俄苏文学经典译著·长篇小说

高尔基（1868—1936）

原名阿列克赛·马克西莫维奇·彼什科夫，苏联作家。生于木工家庭。当过学徒、码头工、面包师傅等，流浪俄国各地，经历丰富。列宁称他为"无产阶级艺术最杰出的代表"。代表作品有《母亲》《童年》《在人间》《我的大学》等。

耿济之（1898—1947）

著名文学家、翻译家。原名耿匡，字孟邕，上海人。1917年就读于北京俄文专修馆。1919年参与创办《新社会》旬刊和《人道》月刊，宣传俄国革命和社会主义。俄专毕业后曾在中国驻苏联赤塔、伊尔库茨克、列宁格勒等地领事馆任职。抗日战争期间隐居上海，专事俄苏文学译介。一生译有《猎人日记》《父与子》《白痴》等二十余部俄苏文学作品，对译介俄苏文学做出了巨大贡献。

Дело
Артамоновых

俄苏文学经典译著·

长 篇 小 说

Gorky

Russian

Literature

Classic.

NOVEL

家事

[苏]高尔基 著

耿济之 译

Copyright © 2020 by SDX Joint Publishing Company.
All Rights Reserved.

本作品版权由生活·读书·新知三联书店所有。
未经许可,不得翻印。

图书在版编目(CIP)数据

家事/(苏)高尔基著;耿济之译. —北京:生活·读书·新知三联书店,2020.3
(俄苏文学经典译著·长篇小说)
ISBN 978-7-108-06510-0

Ⅰ.①家… Ⅱ.①高…②耿… Ⅲ.①长篇小说—苏联 Ⅳ.①I512.45

中国版本图书馆 CIP 数据核字(2019)第 040002 号

责任编辑　陈丽军
封面设计　樱　桃
责任印制　黄雪明
出版发行　生活·讀書·新知 三联书店
　　　　　(北京市东城区美术馆东街 22 号)
邮　　编　100010
印　　刷　常熟市人民印刷有限公司
排　　版　南京前锦排版服务有限公司
版　　次　2020 年 3 月第 1 版
　　　　　2020 年 3 月第 1 次印刷
开　　本　650 毫米×900 毫米　1/16　印张　18.75
字　　数　247 千字
定　　价　59.00 元

俄苏文学经典译著

出版说明

本丛书是对中国左翼作家所译俄苏文学经典一次系统的整理和展现，所辑各书均为名家名译，这不仅是文献和版本意义上的出版，更是对当时红色文化移植的重新激活。

早在1948年生活书店、读书出版社、新知书店合并为生活·读书·新知三联书店前，三家出版社就以引介俄苏经典文学和社会理论图书等为己任。比如1937年生活书店出版托尔斯泰的《安娜·卡列尼娜》，1946年新知书店出版《钢铁是怎样炼成的》。1949年以后，虽然也有出版社对俄苏文学经典进行重译、重编，但难免失去了初始的本色，并且遗失了些许当时出版的有价值的译著；此外，左翼作家的译介因其"著译合一"的特点，在众多译本中，自有其价值；更重要的是，这些文学经典蕴含的对生活的热情、对信仰的坚守、对事业的激情在今天亦鼓动人心，能给每一位真诚活着的人以前行的动力。因此，系统地整理出版左翼作家翻译的俄苏文学经典是必要的。

我们在对书稿进行加工时，主要遵循了以下原则：

一、本丛书为重排本，由繁体字竖排版改为简体字横排版。

二、忠实原作，保持原译语言风格及表现方式；对书中人物及相关译名除必要的规范外基本保留。

三、原书注释如旧，编者所出的注释，均以"编者注"标明，以示与原书注释的区别。

四、对原书中各种错讹脱衍之处,直接订正。

五、数字只要统一、规范,基本沿用;对标点符号的用法,尽可能做到规范。

六、在不影响原译意的情况下,对个别表述可能有歧义的字句进行必要斟酌处理。

俄苏文学经典译著

总　　序

　　生活·读书·新知三联书店推出"俄苏文学经典译著·长篇小说"丛书，意义重大，令人欣喜。

　　这套丛书撷取了1919至1949年介绍到中国的近50种著名的俄苏文学作品。1919年是中国历史和文化上的一个重要的分水岭，它对于中国俄苏文学译介同样如此，俄苏文学译介自此进入盛期并日益深刻地影响中国。从某种意义上来说，这套丛书的出版既是对"五四"百年的一种独特纪念，也是对中国俄苏文学译介的一个极佳的世纪回眸。

　　丛书收入了普希金、果戈理、屠格涅夫、陀思妥耶夫斯基、托尔斯泰、高尔基、肖洛霍夫、法捷耶夫、奥斯特洛夫斯基、格罗斯曼等著名作家的代表作，深刻反映了俄国社会不同历史时期的面貌，内容精彩纷呈，艺术精湛独到。

　　这些名著的译者名家云集，他们的翻译活动与时代相呼应。20世纪20年代以后，特别是"左联"成立后，中国的革命文学家和进步知识分子成了新文学运动中翻译的主将和领导者，如鲁迅、瞿秋白、耿济之、茅盾、郑振铎等。本丛书的主要译者多为"文学研究会"和"中国左翼作家联盟"的成员，如"左联"成员就有鲁迅、茅盾、沈端先（夏衍）、赵璜（柔石）、丽尼、周立波、周扬、蒋光慈、洪灵菲、姚蓬子、王季愚、杨骚、梅益等；其他译者也均为左翼作家或进步人士，如巴金、曹靖华、罗稷南、高植、陆蠡、李霁野、金人等。这些进步的翻译家不仅是优秀的译者、杰出的作家或学者，同时他们纠正以往译界的不良风气，将翻译事业与中国反帝反封建的斗争结合起来，成为中国新文学运动中的一支重要力量。

这些译者将目光更多地转向了俄苏文学。俄国文学的为社会为人生的主旨得到了同样具有强烈的危机意识和救亡意识，同样将文学看作疗救社会病痛和改造民族灵魂的药方的中国新文学先驱者的认同。茅盾对此这样描述道："我也是和我这一代人同样地被'五四'运动所惊醒了的。我，恐怕也有不少的人像我一样，从魏晋小品、齐梁词赋的梦游世界中，睁圆了眼睛大吃一惊的，是读到了苦苦追求人生意义的19世纪的俄罗斯古典文学。"[1]鲁迅写于1932年的《祝中俄文字之交》一文则高度评价了俄国古典文学和现代苏联文学所取得的成就："15年前，被西欧的所谓文明国人看作未开化的俄国，那文学，在世界文坛上，是胜利的；15年以来，被帝国主义看作恶魔的苏联，那文学，在世界文坛上，是胜利的。这里的所谓'胜利'，是说，以它的内容和技术的杰出，而得到广大的读者，并且给了读者许多有益的东西。它在中国，也没有出于这例子之外。""那时就知道了俄国文学是我们的导师和朋友。因为从那里面，看见了被压迫者的善良的灵魂，的酸辛，的挣扎，还和40年代的作品一同烧起希望，和60年代的作品一同感到悲哀。""俄国的作品，渐渐地绍介进中国来了，同时也得到了一部分读者的共鸣，只是传布开去。"鲁迅先生的这些见解可以在中国翻译俄苏文学的历程中得到印证。

中国最初的俄国文学作品译介始于1872年，在《中西闻见录》的

---

[1] 茅盾：《契诃夫的时代意义》，载《世界文学》1960年1月号。

创刊号上刊载有丁韪良（美国传教士）译的《俄人寓言》一则。[1] 但是从 1872 年至 1919 年将近半个世纪，俄国文学译介的数量甚少，在当时的外国文学译介总量中所占的比重很小。晚清至民国初年，中国的外国文学译介者的目光大都集中在英法等国文学上，直到"五四"时期才更多地移向了"自出新理"（茅盾语）的俄国文学上来。这一点从译介的数量和质量上可以见到。

首先译作数量大增。"五四"时期，俄国文学作品译介在中国"极一时之盛"的局面开始出现。据《中国新文学大系》（史料·索引卷）不完全统计，1919 年后的八年（1920 年至 1927 年），中国翻译外国文学作品，印成单行本的（不计综合性的集子和理论译著）有 190 种，其中俄国为 69 种（在此期间初版的俄国文学作品实为 83 种，另有许多重版书），大大超过任何一个国家，占总数近五分之二，译介之集中可见一斑。再纵向比较，1900 至 1916 年，俄国文学单行本初版数年均不到 0.9 部，1917 至 1919 年为年均 1.7 部，而此后八年则为年均约十部，虽还不能与其后的年代相比，但已显出大幅度跃升的态势。出版的小说单行本译著有：普希金的《甲必丹之女》（即《上尉的女儿》），陀思妥耶夫斯基的《穷人》《主妇》（即《女房东》），屠格涅夫的《前夜》《父与子》《新时代》（即《处女地》），托尔斯泰的《婀娜小史》（即《安娜·卡列尼娜》）《现身说法》（即《童年·少年·青年》）《复活》，柯罗连科的《玛加尔的梦》和《盲乐师》，路卜洵的《灰色马》，阿尔志跋绥夫的《工人绥惠略夫》等。[2] 在许多综合性的集子中，俄国文学的译作也占重要位置，还有更多的作品散布在各种期刊上。

其次翻译质量提高。辛亥革命前后至"五四"高潮前，中国的俄国

---

[1] 可参见笔者在《二十世纪中俄文学关系》（学林出版社，1998；高等教育出版社，2002）中的相关考证。
[2] 这套丛书中收入了这一时期张亚权译的柯罗连科的《盲乐师》（商务印书馆，1926）。

文学译介均为转译本,且多为文言。即使一些"名家名译",如戢翼翚译的普希罄《俄国情史》(即普希金《上尉的女儿》,1903)、马君武译的托尔斯泰的《心狱》(即《复活》,1914)、林纾和陈家麟合译的托尔斯泰的《罗刹因果录》(收八篇短篇,1915)等,也因受当时译风的影响,对原作进行改动或发挥之处颇多,有的译作几近于演述。1919年以后,译者队伍与译风发生了根本上的变化。一批才气横溢的通俄语的年轻人加入了俄国文学作品翻译的队伍,其中有瞿秋白、耿济之、沈颖、韦素园、曹靖华等。以本套丛书入选译本最多的译者耿济之为例。耿济之早年在俄文专修馆学习,1919年在《新中国》杂志上发表最初的译作,即托尔斯泰的《真幸福》(即《伊略斯》)和《旅客夜谭》(即《克莱采奏鸣曲》)等作品。20年代初期,耿济之又有果戈理的《马车》和《疯人日记》、赫尔岑的《鹊贼》、屠格涅夫的《村之月》、奥斯特洛夫斯基的《雷雨》、托尔斯泰的《家庭幸福》和《黑暗之势力》、契诃夫的《侯爵夫人》等重要译作。此后他一发不可收,数十年间译出了大量的俄国文学名著,是中国早期产量最多和态度最严肃的俄国文学译介者。当然,这时期仍有相当一部分翻译家依然利用其他语种的文字在转译俄国文学作品,如鲁迅、周作人、李霁野、郑振铎、赵景深、郭沫若等。这些译者大多学养深厚,译风严谨。鲁迅在20年代前期和中期译出了阿尔志跋绥夫的《工人绥惠略夫》《幸福》《医生》和《巴什唐之死》、安德列耶夫的《黯淡的烟霭里》和《书籍》、契诃夫的《连翘》、迦尔洵的《一篇很短的传奇》等不少俄国文学作品。尽管是转译,但翻译的水准受到学界好评。

20世纪二三十年代,中国文坛开始引进苏俄文学。1931年12月,瞿秋白在给鲁迅的信中谈到:有系统地译介苏联文学名著,"这是中国普罗文学者的重要任务之一"[1]。不少出版社在20年代末相继推出

---

[1] 瞿秋白:《论翻译》,见《瞿秋白文集》第2卷,人民文学出版社1954年版。

"新俄文学"作品专集。最早出现的是由曹靖华辑译、北平未名社1927年出版的《白茶（苏俄独幕剧集）》一书。而后，鲁迅、叶灵凤、曹靖华、蒋光慈、傅东华、冯雪峰和郭沫若等辑译的各种苏联文学作品集相继问世。这一时期，译出了不少活跃于十月革命前后的苏俄著名作家的作品。比较重要的有：拉夫列尼约夫的《第四十一》、革拉特珂夫的《士敏土》、绥拉菲莫维奇的《铁流》、法捷耶夫的《毁灭》、聂维罗夫的《不走正路的安得伦》、雅科夫列夫的《十月》、伊凡诺夫的《铁甲列车Nr. 14-6》、富曼诺夫的《夏伯阳》、肖洛霍夫的《静静的顿河》（前两部）和《被开垦的处女地》、奥斯特洛夫斯基的长篇小说《钢铁是怎样炼成的》、诺维科夫-普里波伊的《对马》、马雅可夫斯基的诗集《呐喊》、爱伦堡等人的报告文学集《在特鲁厄尔前线》和阿·托尔斯泰的剧本《丹东之死》等。

这一时期，作品被译得最多的作家是高尔基。最早出现的是宋桂煌从英文转译的《高尔基小说集》（上海民智书局，1928）。这部小说集中载有《二十六个男和一女》和《拆尔卡士》（即《切尔卡什》）等五篇作品。最早出现的单行本是沈端先（即夏衍）从日文转译的高尔基的《母亲》。[1] 30年代中国出版的有关高尔基的文集、选集和各种单行本更多，总数达57种，如鲁迅编的《戈里基文录》、瞿秋白译的《高尔基创作选集》、黄源编译的《高尔基代表作》、周天民等编选的《高尔基选集》（六卷）等。此外问世的还有：鲁迅等译的短篇集《恶魔》和《俄罗斯的童话》、史铁儿（即瞿秋白）译的《不平常的故事》、巴金译的短篇集《草原故事》、丽尼译的《天蓝的生活》、钱谦吾（即阿英）译的《劳动的音乐》、蓬子译的《我的童年》、王季愚译的《在人间》、杜畏之等译的《我的大学》、何素文译的《夏天》、何妨译的《忏悔》、罗稷南译的《四十年间》、赵璜（即柔石）译的《颓废》（即《阿尔达莫诺夫家

---

[1] 该书1929年由上海大江书铺出版第一部，次年出版第二部。

的事业》)、钟石韦译的《三人》、李谊译的《夜店》(即《底层》)和贺知远译的《太阳的孩子们》等。

进入 20 世纪 40 年代,由于苏德战争和太平洋战争的爆发,中国文坛把自己的目光转向了苏联卫国战争文学。1942 年在上海创刊(1949 年终刊)的《苏联文艺》发表的各类作品的总字数达六百多万字,其中大部分是反映苏联卫国战争的文学作品。此外,仅就单行本而言,各出版社出版或重版的此类书籍的数量有百余种之多。这些作品极大地鼓舞了中国人民反抗外族入侵和黑暗统治的斗志。也许今天的人们已经淡忘了它们,有些作品从艺术上看似乎也有些逊色。但是,其中经受住了历史检验的优秀之作,仍值得我们珍视。这一时期,苏联其他一些文学作品也有译介。值得一提的有:肖洛霍夫的《静静的顿河》(全译本)、叶赛宁、勃洛克和马雅可夫斯基合集的《苏联三大诗人代表作》、阿·托尔斯泰的《苦难的历程》和《彼得大帝》、费定的《城与年》、奥斯特洛夫斯基的《暴风雨所诞生的》、潘诺娃的《旅伴》、克雷莫夫的《油船德宾特号》、波列伏依的《真正的人》、卡达耶夫的《时间呀,前进!》、列昂诺夫的《索溪》、冈察尔的《旗手》(第一部)、包戈廷的剧本《带枪的人》《苏联名作家专集》(共五辑)等。其中不少名著在这一时期初次被译成中文。可以说,至 20 世纪 40 年代末,苏联重要的主流文学作品译介得已相当全面。

1919 年以后的 30 年间,译介到中国的俄苏文学作品产生了巨大的影响。钱谷融教授曾经生动地描述过抗战时期他随学校迁至四川偏远小城,在那里迷上俄国文学的一些情景。他还表示自己"是喝着俄国文学的乳汁而成长的","俄国文学对我的影响不仅仅是在文学方面,它深入到我的血液和骨髓里,我观照万事万物的眼光识力,乃至我的整个心灵,都与俄国文学对我的陶冶薰育之功不可分。我已不记得最先接触到的俄国文学名著是哪一本了,总之是一接触到它就立即把我深深地吸引住了,使我如醉如痴,使我废寝忘食。尽管只要是真正的名著,不管它是英、美的,法国的,德国的,还是其他国家的,都能吸引我,都能使我迷醉。但是论其作品数量之多,吸引我的程度之深,则无论哪一国的文学,都比不上俄国文学"。这样的感受和评价在那一时代的知识分子中并不罕见。

由于社会的、历史的和文学的因素使然,中国知识分子(特别是左翼知识分子)强烈地认同俄苏文化中蕴含着的鲜明的民主意识、人道精神和历史使命感。红色中国对俄苏文化表现出空前的热情,俄罗斯优秀的音乐、绘画、舞蹈和文学作品曾风靡整个中国,深刻地影响了几代中国人精神上的成长。除了俄罗斯本土以外,中国读者和观众对俄苏文化的熟悉程度举世无双。在高举斗争旗帜的年代,这种外来文化不仅培育了人们的理想主义的情怀,而且也给予了我们当时的文化所缺乏的那种生活气息和人情味。因此,尽管中俄(苏)两国之间的国家关系几经曲折,但是俄苏文化的影响力却历久而不衰。

在中国译介俄苏文学的漫漫长途中,除了翻译家们所做出的杰出贡献外,还有无数的出版人为此付出了艰辛的努力,甚至冒了巨大的风险。在俄苏文学经典的译著中,我们常常可以看到商务印书馆、中华书局、开明书店、文化生活出版社等出版社的名字,也常常可以看到三联书店的前身生活书店、读书出版社、新知书店的名字。这套丛书中就有:生活书店1936年出版的、由周立波翻译的肖洛霍夫的小说《被开垦的处女地》,生活书店1936年出版的、由王季愚翻译的高尔基的小说《在人间》,生活书店1937年出版的、由周扬和罗稷南翻译的列夫·托尔斯泰的小说《安娜·卡列尼娜》,新知书店1937年出版的、由梅益翻译的普里波伊的小说《对马》,读书出版社1943年出版的、由王语今翻译的奥斯特洛夫斯基的小说《暴风雨所诞生的》,新知书店1946年出版的、由梅益翻译的奥斯特洛夫斯基的小说《钢铁是怎样炼成的》,生活书店1948年出版的、由罗稷南翻译的高尔基小说《克里·萨木金的一生》。熠熠生辉的名家名译,这是现代出版界在中国文化发展史上写就的不可磨灭的一笔。这套丛书的出版也是三联书店文脉传承的写照。

尽管由于时代的发展，文字的变迁，丛书中某些译本的表述方式或者人物译名会与当下有所差异，但是这些出自名家之手的早期译本有着独特的价值。名译与名著的辉映，使经典具有了恒久的魅力。相信如今的读者也能从那些原汁原味的译著中品味名著与译家的风采，汲取有益的养料。

陈建华
2018 年 7 月于沪上西郊夏州花园

目 录

前记 / *1*
一 / *1*
二 / *88*
三 / *167*
四 / *215*

前记

  高尔基的这部小说发表于一九二五年，也正是他的祖国刚从像恶蛇般环缠着、似乎永远不能完结的挣扎中脱离了出来，而他本人目击大动乱中一切壮烈、悲惨、极端和不合理的图画，在狂暴紧张的旋涡中，为他所终身从事的文化奋斗，终于由旧疾的复发（青年时代种下的肺痨），离开了在苦斗中的祖国，在风光明媚的静寂的意大利山中，一面养病，一面重度他的文艺写作的生涯。

  这部书便在这环境中写下的。他还有一部卷帙繁多的《克里姆·萨姆金的一生》[1]（又名《四十年》），同属高氏在革命后写下来的仅有的两部长篇著作。其余的全是些回忆和自传性质的短篇。（固然《我的大学》也是在革命后写的，但是它是自传性的三部曲的第三部，第一和第二部为《童年》与《人间》[2]。）

---

[1] 又常被译为《克里·萨木金的一生》。——编者注
[2] 现一般译为《在人间》。——编者注

此书和《克里姆·萨姆金的一生》一样，在出版后立刻获得了广大的读者群。销行册数之多可以说是在俄国出版事业中创了无与伦比的纪录。虽然严肃的批评界对于这两部伟大的作品不无微词，有的说他"不愿走出狭窄的书斋的范围以外"，有的说这是"冷闷货"，有的说晚年的高尔基已成为"回忆录和史记的作家"，其实那全是过于求全责备的话。这两部巨著固然写的是近年历史的记录性质的东西，前者（《家事》）可以说是一部俄国新兴的资产阶级的兴亡盛衰的历史，后者（《克里姆·萨姆金的一生》）则可称为俄国知识阶级在各个时代兴替的史实，然而明眼的读者总会领悟这两书的线索是一直和现代的一切相通，并非抛弃了现实而置诸不闻不问的。读者群的广大和学究式的批评的严酷成了反比例，不就是更好的一个证明吗？

我不愿用较多的累赘的话为这部书的中译本读者做介绍，对于书中的人物从事解剖般的批判和分析，这一切让读者自己去做吧，我想他们在读完这书后所得的将比我现在替他们写下来的完满得多。

我要说出的只是我个人的（离开了译者和介绍这本书的人的身份）关于这本书的一点印象：我觉得全书中我最爱老阿尔达莫诺夫的形象，而全书中亦以第一章的描写最为有力、最为生动、最为精彩。（读者须知：这书第一章是老阿尔达莫诺夫的本传，第二章和第三章是他的长子彼得·阿尔达莫诺夫的本传，第四章是他的孙儿耶可夫的本传。所以第一章和第二章以下所叙的阿尔达莫诺夫为父子两人，读者将感到奇突的是在第一章末阿尔达莫诺夫已死，而次章又出现了这名字，这是因为全书着重在写这家庭三代兴替的历程的缘故。）这老阿尔达莫诺夫勇敢、狡黠、乐观，富于企业心，具有直率的性格。他创造这环境，和旧势力奋斗，而取得了成功。他虽具有野兽般狰狞的面目，但面目的狰狞不能掩住他的原始性的直率的可爱。他是高尔基惯熟的，尤其是在早期的作品中常见的典型之一。

阿尔达莫诺夫的儿孙辈的形象比起他本人，似见逊色得多了。全书的结构我们乍看，似嫌平铺直叙，甚至生出散漫和沉闷的感觉，但我又要重复一句：这是因为全书着重在叙写家庭兴替的历程，所以在外表上似有不甚紧凑的、迟缓的故事的进展，实则全书是极紧凑的，前后有呼应的。

我不知道我的译笔能否传达出来，我读原文时觉得这书的精彩是在乎一章一段间各自个别的叙写的细腻，用字的谨严（不多也不少），对话的纯粹和简洁。

我努力想把原作文字的简洁、朴实的格调在译文中保存着，然而成功与否，须待读者的批评。

最后要附说一句关于译文的题目。本书原名为《阿尔达莫诺夫家的事情》[1]。我嫌它太冗长，想另寻一个简短些的、抽象些的题目，思索了许多时候，终无适当的可以发见，到后来才决定用现在这个题目——家事，那是从原文题目抽出了两个字来，一种勉强的、取巧的办法。

---

[1] 现多译为《阿尔达莫诺夫家的事业》。——编者注

一

农奴解放令下后两年,基督变容节那天弥撒祭时,尼古拉教堂的信徒们发现一个陌生的人——挤在人群里,不客气地推搡着——勇武有力的男子,被鬓霜侵蚀得极多的圈形的大胡须,吉卜赛式的、微黑的、卷曲的头发形成一只厚帽,巨大的鼻子,瞳仁像小鸽似的灰色的眼睛从浓厚的山丘形的眉毛底下大胆地望人。当他垂手时,人们看得见宽阔的手掌触到膝盖那里。

他走进一群知名士绅的行列,朝十字架膜拜,这尤其使他们不悦。弥撒祭告终时,特辽莫夫的知名人士聚在廊下交换对于这陌生人的意见。有些人说是贩牛商人,有些人说是郡长,但是体弱、心善、性好和平的市董长叶夫赛意·巴意马阔夫却轻声咳嗽,说道:"也许是家仆出身,猎师或是服务贵族娱乐方面的职业。"

布商博卖洛夫,绰号"守寡蟑螂",是一个杂乱无章的登徒子,爱说尖刁话,满面雀斑,十分丑陋,当时不怀好意地说道:"你们瞧——他的手巴掌多长?走起路来,好像钟楼上的钟全是为他撞响的。"

阔肩巨鼻的人在路中大踏步行走，好像走的是自己家里的土地。他穿着质地佳良的藏青呢外衣，好黑的软皮长靴，手插在口袋里，肘紧压腰际。市民们嘱咐烧圣饼的女人叶尔唐司卡耶详细打听他是什么人，随后在彻响的钟声里各自回家吃馅饼了。与此同时，他们还接受了到博卖洛夫的杨梅林里去喝晚茶的邀请。

饭后有些特辽莫夫人看见这不见经传的人到河边——牛舌湾——拉脱司基公爵的辖地。他在柳林里走来走去，用平正宽阔的步伐量着沙峡地，将手掌掩在眼上，瞭望城市，奥卡河像绳结般纷乱的支流，池沼状的小溪瓦达拉克莎。特辽莫夫城里住的全是谨慎的人，谁也不敢唤他，问他是什么人，做什么事。后来到底打发了巡捕槌子·玛司卡前去。他是城里的小丑和酒鬼。当时当着众人，也不避妇女，不知羞耻地脱下官家发的制服裤子，揉皱的军帽还留在头上，涉足渡过沉泥颇厚的瓦达拉克莎河，挺起醉鬼的大肚，举着可笑的、鹅走的步伐，走到陌生人面前，为了增加勇气，故意大声问：”你是谁？”

没有听见陌生人怎样回答，不过槌子立刻就回到自己的人那里，叙说道：

"他问我，你怎么这样难看？他的眼睛恶毒得很，像强盗一般。"

晚上，在博卖洛夫的杨梅林里，烧圣饼的女人叶尔唐司卡耶，颈腺肿大的女人，著名的占卜者和先知者，凸出可怕的眼睛，向良善的人们报告道：

"他名叫伊里亚，姓阿尔达莫诺夫。他说他打算住在我们这里，经营一种事业，是什么事业，我没有探出来。他顺着伏尔哥洛特的大路来的，三点钟后就从原路回去了。"

就这样也没有打听出这人什么特别的来。这很不痛快，好像有人深夜叩窗，然后隐没了，因此一言不发地预告灾害的降临。

过了三星期左右，市民们记忆里的创痕差不多磨平了，忽然这阿尔达莫诺夫在星期四那天亲身到巴意马阔夫家去，像劈斧似的说道：

"你瞧，叶夫赛意·米脱里奇，新的住户到你的聪明的手里来了。请你帮帮忙，让我在你的附近住下来，创立好的生活。"

他简短而有头绪地讲述自己是拉脱司基公爵的人，原住勒提河库尔司基封田。他曾充当戈渥尔基公爵的收租人，农奴解放令颁布后离开公爵，受了重赏，决定经营事业：开设布厂。他的妻子已过世，长子叫彼得，次子是驼背，名叫尼基大，第三子叫奥莱士卡，本是他侄儿，收做儿子。

"此地的乡下人不大种麻的。"巴意马阔夫在凝想中说。

"我们会让他们多种。"

阿尔达莫诺夫的声音浓重、粗鲁，他说话好像大鼓，然而巴意马阔夫一辈子在地上谨慎走路，轻声说话，似乎怕惊醒一个可怕的人。他眨着悲哀的、丁香般的、和蔼的眼睛，望着阿尔达莫诺夫的儿子。他们像石头般站立在门外，长相不大相同的：老大像父亲，宽阔的胸部，眉毛聚拢在一起，眼睛是小的，像熊眼；尼基大的眼睛是处女式的，大而发蓝，像他的衬衣；奥莱士卡是头发卷曲、脸色发红的美男子，皮肤白皙，目光直而快乐。

"有孩子要当兵去吗？"巴意马阔夫问。

"不，我自己需要他们，有证书在手里。"

阿尔达莫诺夫向孩子们挥手，吩咐道：

"出去吧。"

在他们守着长幼辈分，鱼贯地轻声走出以后，他将重掌放在巴意马阔夫膝上，说道："叶夫赛意·米脱里奇，我想连在一起，向你求媒，把你的闺女嫁给我的大儿子。"

巴意马阔夫竟大吃一惊，在长椅上跳了起来，摇手。

"你怎么啦！我初次和你见面，还不知道你是什么人，你居然来这手！我只有一个闺女，出嫁还早，你也没有看见过她，不知道她是怎么样的人……你怎么啦？"

阿尔达莫诺夫从卷曲的胡须里发出冷笑,说道:"关于我,你可以问警官,他受过公爵的恩德,公爵写信给他,叫他尽力为我帮忙。你不会听到什么坏的传言,圣像可以做保证。你的女儿我很了解,我私下到这城里来过四次,这里的一切事情我全知道,全都打听清楚了。我的大儿子也来过,见过你的女儿,请你安心吧!"

巴意马阔夫感觉好像是一只狗熊扑到他身上来一般,求着客人道:

"你等一等……"

"稍等是可以的,如果久等——就等不及了。"固执的人严肃地说,并朝窗外院里喊道,"你们来呀,对主人鞠躬。"

他们辞别后,巴意马阔夫惧怕地望着圣像,画了三次十字,微语道:

"上帝保佑我!这是什么人?免去我的灾难吧。"

他击着手杖,踱进花园里去,妻子和女儿正在菩提树下烧糖浆。肥胖、美丽的妻子问道:"那些在院里站着的年轻人是什么人?"

"不知道。娜泰里亚哪里去啦?"

"到厨房取糖去了。"

"取糖去了,"巴意马阔夫阴郁地重复着,坐到草编的椅上,"人们说,农奴解放令下达后大家都很不安,这话很好。"

妻子盯了他一会儿,惊慌地问:"你说什么?又不痛快了吗?"

"我的心痛起来了,心想这人是来接替我的。"

妻子开始安慰他。

"得了吧!现在人从乡下到城里来的有的是呢。"

"就因为来的人多呢。我暂时不对你说,让我想一想。"

过了五昼夜,巴意马阔夫躺下床去,又过了十二昼夜便死了,而他的死投下了更深厚的黑影到阿尔达莫诺夫和他的儿子们的身上。在市董长病时,阿尔达莫诺夫来过两次,他们两个人面对面谈了许多话。第二次巴意马阔夫把妻子唤进来,两手疲乏地合在胸前,说道:"你同她说吧。我大概在世也不久啦，让我休息休息吧。"

"同我出去一会儿，乌里央娜·伊凡诺夫娜。"阿尔达莫诺夫命令着，也不瞧女主人是不是跟在后面，自己出屋去了。

"去吧，乌里央娜。大概这就是命运。"市董长看见妻子不敢跟客人出去，就轻声劝她。她是聪明的女人，具有自己的性格，不会不假思索地去做任何事的，但是结果却是这样的：一小时后她回到丈夫身旁，美丽的长睫挥弹下泪珠，说道："米脱里奇，显然真是命运；你祝福你的女儿了吧。"

晚上她将服装华丽的女儿领到丈夫床前，阿尔达莫诺夫把儿子推过来。男女两人互不看视，拉住手，低头跪了下来。巴意马阔夫喘着气，将镶珠的祖传的古神像盖在他们头上：

"为了圣父、圣子的名……上帝，愿时常赐恩惠给我的唯一的子息！"

又厉声对阿尔达莫诺夫说道：

"记住，我将女儿托付给你，你应对上帝负责！"

阿尔达莫诺夫对他鞠躬，手触着地板。

"知道的。"

没有对未来的儿媳说一句和蔼的话语，看也不看她和儿子，头朝门外一指，阿尔达莫诺夫说道：

"出去吧。"

等被祝福的男女走出以后，他坐在病人床上，坚决地说道："请放心吧。一切会进行顺利的。我给我的公爵们当了三十七年的差，没有一点儿差错。人不是上帝，人不是慈悲的，很难博取他们的欢喜。亲家母乌里央娜，你将来不会错的。你代替做我的孩子们的母亲，我已经吩咐他们要尊敬你老人家。"

巴意马阔夫听着，默默地望着屋隅的神像，哭泣了。乌里央娜也啜泣了。这人却恼怒地说道：

"唉，叶夫赛意·米脱里奇，你回去太早，不肯保重自己。我真是需要你，太需要了！"

他用手将胡须梳得唰唰地响起来，大声叹气。

"我知道你的事情。你诚实又极聪明，你同我再活上五年，事情会做得很好的，但这是上帝的意志。"

乌里央娜喊着，显得可怜的样子：

"你这乌鸦怎么尽呱呱地叫着，来吓唬我们？也许会……"

但是阿尔达莫诺夫站起来，对巴意马阔夫齐腰鞠躬，像拜死人似的：

"感谢你对我的信心。告辞吧，我要到奥卡河去，载着财产的小船到了。"

他走后，巴意马阔夫女人生气地痛哭起来：

"这乡下野人，连一句和蔼的话都没有对他儿子的未婚妻说一下。"

丈夫阻止她：

"不许哭，不要吵我。"

想了一想，又说：

"你可以依靠他，这人也许比我们这里的人都好。"

巴意马阔夫死后全城都来送殡致敬，五个教堂的牧师们全到了。阿尔达莫诺夫一家同死者妻女一起在灵后随行：这使市民们感觉不快。驼子尼基大落在最后，听见人群里嘟哝着说：

"不知道是什么样人，居然一下子就钻到头位上去。"

博卖洛夫旋转着橡实色的圆眼，微语道："死者叶夫赛意和乌里央娜两人全很谨慎，从不做乱七八糟的事，一定有什么秘密在里面，一定是这鸢鸟用什么方法诱惑了他们，否则他们会同他结成亲戚吗？"

"是的，这是黑暗的事情。"

"我说是黑暗的事情，一定是妖惑。要知道巴意马阔夫生前真是圣人一样呀。"

尼基大俯首听着，驼背弯得低，似在期待打击。那天有风，风追着人群吹刮，几百条腿举起的灰尘像云烟般在人后面飞扬，厚厚地拍贴在除下帽子的油光头发上面。有人说：

"你瞧，灰尘把阿尔达莫诺夫撒得满脸，发灰色气了。这吉卜赛人……"

乌里央娜在丈夫葬后十天上就带着女儿到修道院去住，把自己房子租给阿尔达莫诺夫。他和他儿子们像狂飙般旋转着，从早到晚在众人眼前闪过，在街上迅快地行走，匆忙地向教堂画十字。父亲好嚷闹，爱怒；长子阴沉，不好说话，显然是胆怯或害羞；美男子奥莱士卡同男人们好争辩，看见女人就大胆地眨眼睛。尼基大从日出后就把尖驼背带到河的对岸的牛舌湾去。在那里，木匠、石匠聚了一大堆，建筑一所长形的、砖制的工人宿舍，又在旁边奥卡河边用十二俄寸厚的木头造了一所双层大房，活像一所监狱。晚上，特辽莫夫的居民聚在瓦达拉克莎岸旁嗑南瓜子和向日葵子，倾听锯刀尖利的嘶声、刨子的沙响、锐利斧头甜蜜的裂声，带着嘲笑回忆建造巴比伦宝塔的无用。博卖洛夫还用安慰的口气为这些陌生人预断一切的不幸：

"春水会把这难看的建筑物淹没的。也许会发生火灾：木匠们尽抽烟，到处是刨屑。"

痨病样的神父瓦西里应和着他：

"在沙上建筑的。"

"工人聚拢来，开始喝酒，偷东西，淫乱。"

身躯伟大、灌满脂肪、满身肥肿的磨坊主人兼酒店老板路加·巴司基用嘶哑的低音安慰大家：

"人多了，容易吃饭。不要紧的，让他们工作吧。"

最使市民们可笑的是尼基大·阿尔达莫诺夫。他在一大方块地皮上砍倒柳树，掘去树根，整天挖瓦达拉克莎河里的肥烂泥，切开池沼里的泥炭，驼背朝天，放在小车上运走，铺到沙地上，乌黑的一堆堆地放着。

"想弄菜园呢,"市民们猜出来了,"这个傻子!沙子上加肥料有什么用?"

太阳落山后,阿尔达莫诺夫一家,父亲在前,其他人随着鱼贯地渡越小河,身影落在碧绿的水上。博卖洛夫指着说:"瞧呀,瞧,这驼子的影儿!"

大家都瞧见第三个走着的尼基大的影子在异乎寻常地战栗,似乎比他的弟兄们的长影还重些。有一次,大雨后河水涨了,驼子被河藻绊住脚,或是向坑里踏空,竟没入水里去了。岸上的旁观者全都高兴得哈哈大笑,只有奥里贡卡·奥洛瓦,醉鬼钟表匠的十三岁的女儿,怜悯地喊出:

"喔唷,喔唷,要沉死了!"

有人朝她的后脑击了一下:

"不许瞎嚷嚷。"

走在最后的奥莱士卡钻身入水,抓起他哥哥,让他站住了身子。两人全身湿淋淋,烂泥涂满在衣裳上。登上岸后,奥莱士卡就一直朝着人群走去,使大家全退后让开他。有人惧怕地说:

"你这小畜生……"

"他们不喜欢我们。"彼得说。父亲一边走,一边朝他的脸望了一下:

"过些时候,他们会喜欢的。"

他又骂起尼基大来了:

"你这笨蛋,瞧着点脚,不要让人家发笑。我们活着不是为受人家嘲笑的,木头!"

阿尔达莫诺夫一家住在那里,同谁也不相识。一个肥胖的老妇替他们管理家务。她全身穿着玄色服装,头上扎着黑头巾,头巾的结儿凸出着,像是尖角,说的是一种揉压的言语,说得不多,也不易了解,好像不是俄罗斯人。关于阿尔达莫诺夫家里的事情向她是打听不出什么来的。

"假装做和尚，这些强盗……"

有人打听出父亲和长子常到附近乡村去劝农人种麻。有一次出行时伊里亚·阿尔达莫诺夫受了偷逃兵士的袭击。他用缚在鞣皮带上的两磅重的铁锤掷过去杀死了一个，把另一个的脑袋击破了，第三个便逃走了。警官夸奖阿尔达莫诺夫，但是贫穷的伊里因教区的青年牧师却为了这杀案决定作赎罪的苦行——站在教堂里诵经四十昼夜。

秋天的晚上，尼基大对父亲和弟兄们朗诵圣贤生活记述、教堂长牧的遗训，父亲却时常打断他说：

"这些言辞很高深，不是我们的理性所可了解的。我们是粗人，不会想这些，我们生出来是做普通事情的。先公爵犹里读了七千卷书，用思想用到连上帝也不信了。他走了许多地方，见过不少帝王，是一个有名的人物！但是造了一所布厂，没有弄好。无论想做什么，都做不成，只有一辈子靠乡下人的粮米过活。"

他说时把话语说得很亲切，停下来想想，自己凝听所说的话，重又教训起孩子们来了：

"你们以后的生活很难过，你们自己就是律法和保障。我这一辈子过的日子不靠自己的意志，是听人家吩咐的。看出来不应该这样做，却不能更改，不是我的事情，是主人的。不但不敢照自己的意思去做，连想都不敢想一想，就怕把自己的和主人的理性搅乱了。你听见没有，彼得？"

"听见了。"

"对呀。你要明白，人活在世上，好像没有他似的，自然责任小些，不用自己走路，有人驱使你。不负责任的生活容易过些，但是没有什么意义。"

有时他说上一两点钟，老是问孩子们"听见没有"，坐在炉台上面，脚悬空挂着，手指梳理胡须圈儿，不慌不忙地烙出一环环的话链。宽广清洁的厨房里是温暖的黑暗，窗外风雪呼啸，在熨贴玻璃，像熨烫丝绸，或是霜冻在蔚蓝的寒冷里破裂着。彼得坐在桌旁蜡烛前面，翻纸作响，轻声地打算盘珠子；奥莱士卡帮助他；尼基大熟练地用树枝编筐。

"现在皇上给我们自由了。这应该明了：这解放究竟有什么计算？喂羊吃草也不是没有计算的，现在却是整个民族，好几十万人都被解放了。这意思就是皇上已经明白，在贵族们身上取不到什么，他们自己也要用的。戈渥尔基公爵在解放令以前已经猜到这层，对我说：'强迫的工作并不合算。'这才信任我们，叫我们做自由的工作。现在当兵的不再背二十五年的枪，却应该去工作。现在每人应该表现自己能做什么事。贵族制度已到了末途，现在你们自己就是贵族，听见没有？"

乌里央娜·巴意马阔夫在修道院里住了差不多三个月，回家以后的第二天，阿尔达莫诺夫就问她：

"快办喜事了吧？"

她恼怒了，生气地瞥着眼睛。

"你怎么啦，醒醒吧！她父亲过世还没有半年，你就……你不知道罪孽吗？"

阿尔达莫诺夫严肃地阻止她：

"亲家母，我看不出有什么罪孽。贵族们做得还算少？可是上帝包庇着。我有需要；彼得需要一个女主人。"

随后他问她有多少钱？她答道："女儿的妆奁是五百块钱，多一个也不能给！"

"你会多给的。"这个身材高大的农人盯着她，自信而且不经意地说。他们对坐桌旁，阿尔达莫诺夫靠在桌上，双手的手指插进胡须的浓绒中，女人皱着眉头，胆怯地挺直身子。她的年纪已在三十以外，但是她显得十分年轻，在她的饱满红润的脸上闪耀着浅灰色的、聪明的眼睛。阿尔达莫诺夫站起来，挺直身体。

"你很美丽,乌里央娜·伊凡诺夫娜。"

"还要说什么话?"她问,带着生气和嘲弄的神情。

"没有什么话说了。"

他不高兴地走出,沉重地倒退着两脚。乌里央娜目送着,偶然在衣镜般的冰面上瞥了一眼,愤愤地微语道:

"胡子鬼,黏上了……"

她感到在这人面前的危险,就走上楼找女儿,但是娜泰里亚不在那里。她向窗外望去,看见女儿在院里大门旁和彼得并立着。乌里央娜赶紧跑下楼梯,站在台阶上喊道:

"娜泰里亚,回家来!"

彼得对她鞠躬。

"年轻人,母亲不在身边,你同她女儿讲话,太不合规矩了。以后不准这样!"

"她是我的未婚妻。"彼得提醒她。

"一样的,我们有自己的规矩。"乌里央娜说,但是同时又自问道:

"我生气什么?年纪轻,还能不亲热亲热?有点不好,似乎是妒忌女儿。"

到屋里她狠狠地揪住女儿的辫子,到底禁止她同未婚夫私自讲话。

"虽然他已和你定亲,但是还没有到时候,不定怎样呢。"她严肃地说。

阴暗的惊慌搅乱她的思想。几天以后她到叶尔唐司卡耶那里去问卜未来,全城妇女是常到这颈腺肿的、肥胖的、像一口钟的魔术妇人那里去诉出自己的罪孽、恐惧和苦痛的。

"这没有什么可问卜的,"叶尔唐司卡耶说,"我对你直说,你应该依靠这人。我的眼睛朝额角头上蹿不是没有理由的,我知道人,我看透他们,像看透那副纸牌一样。你瞧他的事情多么顺利,像滚球一般,我们的人妒忌他,只好吞咽恶毒的唾沫。你无须怕他,他生活着不像狐狸,却是像一只狗熊。"

"就因为是狗熊呀。"寡妇同意着,叹了一口气,对女卜者说道,"我害怕,从第一次他来求亲的时候就害怕了,好像忽然从黑云里掉下一个谁也不熟识的人,硬来攀亲。难道有这样的事吗?我记得他说着话,我看着他的傲慢的眼睛,他说的什么话我全答应,好比他掐住我的喉咙管一般。"

"这就是说,他相信自己的力量。"聪慧的烧圣饼的女人解释着。

但这一切不能使乌里央娜安心,虽然女卜者从布满草叶味的屋内送她出去的时候还赠言道:

"记住呀,唯有傻子是在故事里成功事业的……"

她很可疑地把阿尔达莫诺夫大夸一顿,夸得那样厉害,好像被贿买似的。但是玛德连娜·巴尔司卡耶,身大,肤黑,干瘪得像一条咸鲈鱼,却说了另样的话:

"全城都替你叹气,乌里央娜。你怎么不怕这些外来的人?你瞧!有一个小伙子是驼背,这不是偶然的,父母的罪孽不轻,才生出这样的怪物来。"

乌里央娜心里难受,时常殴打女儿,同时又感到恨她是没有理由的。她努力避见房客们,但是那些人却时常横梗在她面前,在她的生命上遮掩一层恐慌。

冬不经意地窜进,袭响的风雪,坚固的霜冻立刻侵袭过来,白糖般的雪山压倒了市街和房屋,椋鸟窠和教堂的尖顶戴上棉帽,白铁封住了河和池沼的黑水。奥卡河的冰上市民和附近村庄里农人开始了拳击戏。奥莱士卡每逢节日出去参加拳击,每次回家时总是挨了打,气狠狠的。

"怎么啦,奥莱士卡?"阿尔达莫诺夫问,"显然这里的战士们比我们的熟练些。"

奥莱士卡用铜币或冰块磨擦伤处,阴郁地沉默着,瞥闪着鹰眼。彼得有一次却说:

"奥莱士卡打得挺凶,只是自己的人——那些城里人——尽打他。"

伊里亚·阿尔达莫诺夫将拳按着桌子,问道:

"为什么?"

"不爱。"

"不爱他吗?"

"不爱我们大家。"

父亲用拳击着桌子,蜡烛竟从蜡台里跳出来,熄灭了。黑暗里传出一阵吼声:

"你为什么老对我讲爱情,好像姑娘一样?我不要听这种话!"

尼基大一面点蜡烛,一面说:

"奥莱士卡可以不必去参加拳击了吧。"

"这样——为的是使人们笑我们阿尔达莫诺夫害怕了吗?你住嘴,你这教堂撞钟的!烂好人!"

这样把大家都骂了。几天后晚餐时阿尔达莫诺夫说着和蔼、唠叨的话:

"孩子们,你们最好去猎熊,是一桩好游戏。我同戈渥尔基公爵到略庄司基树林去过,替他背猎枪,真有趣!"

他兴奋地叙述几桩打猎成功的事件,几天后就同彼得和奥莱士卡到树林里去打死一只庞大的老熊。后来弟兄几人自行前去,追到了一只母熊。它把奥莱士卡的短筒皮袄撕破了,还抓伤了他的大腿,但是弟兄们到底把它打死了,将一对小熊带回城里,把杀死的野兽留在树林里,做狼的晚餐。

"阿尔达莫诺夫一家怎么样?"市民们问乌里央娜。

"没有什么,很好。"

"猪到了冬天总是安静的。"博卖洛夫说。

寡妇有点不相信,开始感到从某个时候起人们对阿尔达莫诺夫一家人的仇恨态度会使她生气,所流露的对于他们的不友善会使她也倒抽一股凉气。她看见阿尔达莫诺夫一家人生活得清醒，友善，固执地经营自己的事业，看不出什么坏处来。她严密地留心女儿和彼得的行动，相信这矮胖、沉默的少年举止十分严正，这与他的年龄不相称。他并不想把娜泰里亚推到黑暗的屋隅里，搔她的痒痒，附耳说些羞人的话，像城里的那些未婚夫那样。使她不安的是彼得对她女儿那份不易了解的、干燥的、却又爱惜的，同时似乎又含着醋意的态度。

"他将是一个不失温情的丈夫。"

有一天，她走下楼梯时，听见下面外屋里女儿的声音：

"你们又要去打熊吗？"

"想去的。怎么样？"

"危险得很，奥莱士卡被野兽抓伤了。"

"那是他自己的错，不应该性急。这么说——你是想我吗？"

"对于你，我一句话也没有说。"

"咦，你这女浪人。"母亲含笑地想，叹了一下。

"然而他却是个笨货。"

阿尔达莫诺夫带着越来越坚决的态度对她说：

"赶紧给他们成亲吧，否则，他们自己会忙起来的。"

她看出来是应该忙了，姑娘夜间失眠，不能隐瞒肉体苦闷在压逼着她。复活节时她又把她送到修道院去。过了一月回家后，她看见荒芜的花园收拾得十分整齐，树上的苔藓业已除去，莓果树全被剪齐，扎好；这全是熟练的手做成的。她顺着小道到河边去，看见驼子尼基大正在修被春水冲倒的篱笆。长及膝盖的麻布衬衫里可怜地凸露出驼峰的骨架，差不多把包在齐直、光亮的头发里的巨头全遮掩住了；尼基大用榆树枝包住头发，不使它披露头上。他的灰色的身形处在嫩绿的叶丛中，很像一个专意工作到自忘程度的老隐士。他挥摇阳光里发银光的斧头，熟练地劈砍一根木柱，轻声浅唱，用女郎的、柔细的声音，哼着一种教堂的歌调。薄绸样子的水在篱外闪烁着绿光，阳光的金影在水中嬉戏，活像一群鲤鱼。

"上帝帮助你。"女人带着出乎自己意外的、温柔的神情说。尼基大柔和的蓝眼瞥看她一下,和蔼地说道:"上帝保佑。"

"是你收拾的花园吗?"

"是我。"

"收拾得很好。你爱花园吗?"

他跪在那里,简单地讲述他从九岁起就被公爵送到花匠那里做学徒,现在他已经十九岁了。

"驼背,却并不恶。"女人想。

晚上她同女儿在楼上喝茶的时候,尼基大站在门外,手持一束鲜花,不美丽、不愉快的、微黄的脸上含着微笑。

"请收下这一束花。"

"这为什么?"乌里央娜惊奇起来,可疑地审视那束选理得十分美丽的花和草。尼基大对她解释说,他在贵族家里每天必须送花给公爵夫人。

"噢,原来这样,"乌里央娜说,脸上带点红润,骄傲地抬头,"莫非我像公爵夫人吗?她是不是一个美女?"

"你也是呀。"

乌里央娜又脸红了。她想道:

"不是他父亲教他的吗?"

"谢谢你这样尊敬我。"她说,但是并没有请尼基大喝茶。在他走后,她想着就说出声来了:

"他的眼睛很好,不像父亲的,大概像母亲的。"

她又叹了一口气:

"显然,我们同他们住在一起是出于命运。"

等到丈夫去世一周年满后,她不再劝阿尔达莫诺夫延到秋天再成亲,却坚决地对亲家公声明道:

"只有一样,伊里亚·阿尔达莫诺夫,请你不要干涉这喜事,让我照我们的老规矩来办。这于你也有利的,你可以一下子和我们那些阔人们结交,显得体面好看。"

"噢,"阿尔达莫诺夫骄傲地吼起来,"没有这样,人家也会远远地看见我的。"

她看见他这样傲慢,有点气,说道:

"这里的人们全不爱你。"

"会惧怕我的。"

他暗笑一声,耸着肩:

"彼得也老是讲什么爱不爱的。你们真是怪物……"

"但是这不爱显然也落到我的身上。"

"亲家母,你不必着急!"阿尔达莫诺夫举起长手,指头握紧成拳头到紫红的程度,"我会把人们击碎的,谁也不能在我身边跳得长久。没有他们的爱我也过得去的……"

女人不说话了,带着苦恼的惊慌想道:

"真是野兽。"

于是,她舒适的房屋里挤满了女儿的女朋友们,城里好家庭的姑娘们。她们全穿上华丽的、古式的、锦织的长袍,带着洋纱和薄布制成的、白水泡形的袖子,镶缘边和莫尔度式的刻花丝边,手肘上围着丝花边,穿着山羊皮和摩洛哥皮的软靴,长辫上戴着绸结。新娘穿着沉重的、银色的锦袍,从领子到缘边缝着一排金色的、细工刺绣的纽扣,肩上披着金锦织的外衣,披着白色和湖色的绸带。她坐在前面屋隅,像冰人一般,用丝织手帕擦着流汗的脸,一面喘气,一面响亮地唱诗:

"绿绿的草原上,
　绀青的花朵上,
　流满了春水,
　冰凉的、混浊的水……"

女郎怨诉的呻吟沉息下去了,女友们就亲密地,大声地接唱下去:
"送我这小姑娘,
送我到水里去,
赤着脚,不穿鞋儿,
光着身,不穿衣裳……"
奥莱士卡埋身在女郎们堆里,嘻嘻哈哈地笑,喊道:
"这支可笑的歌!把姑娘塞在锦织里面,好比火鸡装在洋铁桶里,还嚷着'光着身,不穿衣裳!'"
尼基大坐在新娘旁边,一件藏青的新袍丑陋而可笑地从驼背峰那里拥到脑后,蓝眼张得很大,向娜泰里亚很奇怪地望着,似乎惧怕姑娘立刻就要融化,消失似的。玛德连娜·巴尔司卡耶站在门前,把整个门的空间都占满了,旋转眼珠,用深沉的低声说道:
"你们唱得并不凄凉,姑娘们。"
她跨了一下宽阔的马步,严声教导她们,应该怎样照古式唱歌,预备结婚时应带着怎样的战栗。
"古话说:嫁丈夫好比跟从一面石墙。你们要知道墙是厚的,不容易撞破,是高的,不容易跳过。"
但是姑娘们不大听她。屋里又挤又热,她们推开老妇人,跑到院里和花园里去了。奥莱士卡穿着金色的绸衬衫、棉绒的马裤,挤在姑娘们中间,像花丛的蝴蝶,嘻嘻哈哈地喧闹着,像醉鬼似的快乐。
巴尔司卡耶翘起厚唇,瞪着眼睛,往前高抬锦缎裙子的边缘,像一股浓烟的乌云般跑上楼去找乌里央娜,用先知者的口气说道:
"你的女儿很快乐,这个不对,不合规矩。凡是快乐的开始必得到恶劣的终局。"
乌里央娜跪在一只包铁的大木箱前面,在那里焦心地寻找什么。她身旁地板上,床上,掷满了一块块的锦缎绢布、莫斯科红绫布、毛绒围巾、缎带、绣花手巾之类,像开了一爿市集上的小铺。宽长的目光静卧在鲜艳的绸缎材料上面，使它们熠炽着各不相同的光，好像晚霞里的云乳。

"新郎没有结婚以前就住在新娘的家里，这不合规矩。应该让阿尔达莫诺夫一家人搬出去……"

"你早说，现在说这话晚了。"乌里央娜喃声说，身躯俯到箱上，掩藏那副生气的面孔。她又听到了一阵低音的话语：

"大家说你是聪明人，所以我也不说了，心想你自己会想到的。于我有什么关系？我呢，只要拿实话说了出来，人家不采纳，上帝会记下分数的。"

巴尔司卡耶站在那里，像一尊巨像，头挺得动也不动，像端一个灌满了智慧的瓶。她不等到回答，就钻出门去。乌里央娜在花彩的、火烧的锦缎里跪着，带着烦恼和恐怖微语道：

"上帝，保佑呀！不要叫我失去理智！"

门外又有衣裳擦响的声音，她赶紧把头埋入箱内，藏掩着眼泪。尼基大站在门前说：

"娜泰里亚打发我来问您要不要帮忙。"

"谢谢，亲爱的……"

"奥里贡卡·奥洛瓦在厨房里被糖浆烫了一身。"

"啊呀，那怎么办？很聪明的姑娘，可以做你的媳妇……"

"谁肯嫁我呢……"

园中菩提树下，坐在圆桌上喝家酿啤酒的有伊里亚·阿尔达莫诺夫、笳佛里拉·巴尔司基——新娘的继父、博卖洛夫、皮匠芮铁意金——空虚的眼睛的人和专造大车的伏洛博诺夫。彼得靠在菩提树上站着，黑发上涂了不少的油，头好像是铁制的。他恭敬地倾听长辈们的谈话。

"你们的风俗不同。"父亲凝神地说。博卖洛夫吹起牛来了："我们是基本民族，大俄罗斯！"

"我们也不是附属的。"

"我们的风俗是古代传来的……"

"许多莫尔特瓦人、丘瓦士人……"

姑娘们互相推搡着,随着尖叫声和嬉笑声跑进园里,围着桌子,许多长绸袍成了鲜艳的花圈。她们唱着颂歌:

"喂,伟大的亲家公,

伊里亚·阿尔达莫诺夫,

跨一步——折断一脚,

再跨一步——又折一脚,

跨了三步——脑袋离去。"

"怎么这样歌颂!"阿尔达莫诺夫转身向着儿子,惊异地喊了。彼得谨慎地冷笑一声,望着姑娘们,揪了揪自己的耳朵。

"你再听下去!"巴尔司基劝着,哈哈地笑了。

"这还不够,我们的亲家公,

姑娘的掠夺者……"

"还不够吗?"阿尔达莫诺夫兴奋地喊着,显然感到不安,手指击着桌子。

姑娘们起劲地唱下去:

"应该和着歌声让你撞着犁耙,

从山上把你扔到石上,

好叫你不哄骗我们,

不尽信口夸奖,

那辽远的异方,

无人迹踏到的荒村,

在那里播满了忧愁,

撒满了眼泪……"

"原来是这个意思!"阿尔达莫诺夫生气地喊着,"姑娘们,我虽然不敢触怒你们，可是自己的家乡总是要夸奖的：我们的风俗温和些，人们客气些。我们还有一句谚语，司瓦帕和乌骚若流到赛姆河里。托上帝的福，没有流到奥卡。"

"你等着，你还不大知道我们，"巴尔司基说，不知是夸口，还是恐吓的意思，"应该赏点什么给姑娘们！"

"给多少？"

"愿给多少就多少。"

阿尔达莫诺夫给了姑娘们两块银卢布。博卖洛夫生气地说：

"你给得太多，干吗耍阔！"

"你们是真难侍候呀！"阿尔达莫诺夫也发怒，喊起来了。巴尔司基哄笑了，皮匠芮铁意金却向空中撒布着细碎、尖锐的笑声。

姑娘们的游戏到黎明时才完结。客人散了，屋里每人差不多全睡熟了。阿尔达莫诺夫同彼得和尼基大同坐园中，摸着胡子，低声地说话，不时向园中看望，眼睛抚摸着玫瑰色的云：

"全是些尖刻的人，不和气的人。彼得，你丈母娘叫你做什么，你全依着她做，哪怕是女人的无聊事情，也应该做！奥莱士卡去送女孩子们了吗？女孩子们对他很要好，男孩子们却正相反。巴尔司基的儿子恶狠狠地看他……尼基大，你应该和气些，你是会的。你父亲在那里做下了裂缝，你就当作封泥，替他挡住了吧。"

他用一只眼睛望着大火壶，继续阴郁地说：

"大家都喝了酒，喝得像马一样。你想什么，彼得？"

彼得手里抚弄丝织的腰带——新娘的赠物，小声说道：

"乡村里随便些，住得比较安静。"

"嗯……自然随便些，即使天天睡觉……"

"他们把婚礼拉得太长了。"

"忍着点吧。"

于是到了彼得困难的大日子了。彼得坐在屋子前面的角落里，明知他的眉头紧皱着,感到这不大好,使新娘瞧着不愉快,但是不能将眉毛放松一下,像被一根硬线缝住了。他蹙额望着客人们,摇着头。蛇麻草撒到桌上,撒到娜泰里亚的面纱上。她也低着头,疲乏地微闭眼睛,面色惨白,害怕得像小孩,由于害臊全身抖索着。

"酒苦呀!"一些通红的、多毛的嘴脸,张着凸挺出的牙齿,轰吼起来,已经是第二十次了。

彼得转身过去,像一只狼,不弯下脖颈,抬起面纱,用干燥的嘴唇、鼻子向面颊上撞去,感到她的皮肤上一种像摸到缎子似的凉意,肩头近于恐惧的颤索。他很怜惜娜泰里亚,也觉得羞惭。但是挤坐成圈的酒客们又喊起来:

"新郎官不会呀!"

"往嘴唇上去!"

"叫我吻起来才好呢……"

酒醉的女人声音尖响着:

"我来吻你!"

"酒苦呀!"巴尔司基喊了。

彼得咬紧牙齿,把嘴按到新娘的滋润的唇上。唇抖索着,她全身白白的,似要融化的样子,好像太阳下的云儿。他们两人都饿了,从昨天起没有吃东西。彼得由于心神的惊惶,蛇麻草浓烈的气味,又喝了两杯起沫的秦木良司基酒,感到自己醉了,又怕新娘觉察了出来。周围的一切都动摇了。一群难看的嘴脸形成红色的泡沫,一会儿见凝为色调斑驳的一堆,一会儿飘散到各处。儿子带着哀求和生气的神情看着父亲。阿尔达莫诺夫头发蓬乱,望着乌里央娜赧红的脸,全身像冒火焰似的喊道:

"亲家母,碰一下甜甜蜜蜜的杯!你身上全是蜜——甜得很……"

她伸出一只圆白的手,镶翠石的金镯在阳光里闪烁,项珠圈在高耸的胸部摇曳。她也喝了酒,灰色的眼睛里含着疲倦的微笑,微开的唇诱惑地动着。她碰了杯，喝完了酒，向亲家公鞠躬。他呢，摇着毛发蓬松的头，快乐地喊道：

"你的举动真好，亲家母！你真是有公爵夫人的举动！"

彼得模糊地明了父亲的行动有点不大对了。在客人们醉酒的吼闹中，他微细地捉住博卖洛夫恶意的呼喊、巴尔司卡耶低音的责备话、芮铁意金的细笑声。

"不是喜事，却是——审判所。"他想着，又听见人家说：

"你瞧这狗怎样望着乌里央娜。哈，哈！"

"还有一顿喜酒吃，只是没有牧师……"

这类的话贴进他的耳朵里去，但他立刻就忘掉了，每逢娜泰里亚的膝盖或手肘触到他身上，引起他全身一种惊慌的疲倦的时候。他竭力不看她，头挺直不动，但是眼睛不肯管事，老是向她直盯。

"这一切快完了吗？"他微语。娜泰里亚答道："不知道。"

"真叫人害臊……"

"是的。"他听见她说，很喜欢新娘和他有相同的感觉。

奥莱士卡同女孩们在花园里喝酒；尼基大和长身的神父并坐着，神父满是雀斑的脸上长着潮润的胡须、黄色的铜眼。市民们从院里和街上朝敞开的窗里张望，几十颗头在蔚蓝的空气里摇动着，不时地互相替换；张开着的嘴微语着，发出嗤声，呼喊着。窗户好像是一只只的麻袋，这些喧闹的头颅立刻就要从那里像西瓜般滚进屋里。尼基大特别注意到浚河工人奇虹·瓦洛夫的脸，颧骨耸起，长满赤红的浓毛和斑点。初看过去没有什么颜色的眼睛很奇怪地眨闪着，只是眼珠在耀光，睫毛毫不动摇；还有不动的是不大的嘴上柔细、紧闭的唇，四围有卷曲的胡须微掩着；耳朵不合适地贴在头盖骨上。这人将胸部压在窗台上，人家想推开他的时候，不嚷，也不骂，只是默默地借着肩和肘轻微的行动抵抗着。他的肩膀圆得笔直，脖颈藏在里面，头似是从胸部直接生出来的。他好像也是驼背，尼基大在他的脸上找出些易于接近的、善良之点。

  一个跛腿少年忽然出其不意地敲响小鼓，手指在鼓皮上紧紧地弹着。小鼓咚咚地响起来。有人打啸了一下，在膝上伸开两行键的手风琴，立刻在屋的中央旋转起来。司铁巴萨·巴尔司基，圆脸、蓬发的男傧相，和着音乐的节拍喊起来了：

  "喂，姑娘们——顽抗的女人们，

  转圈跳舞、好游戏的女人们，

  我这里钱儿叮叮地响，

  对着我，出来吧！"

  他的父亲挺直魁梧的身躯，大喊道："司铁巴萨！不要给城里人丢脸，给那些小鸡们看看！"

  阿尔达莫诺夫跳起身来，摇动着像扫帚般蓬乱的头，脸上充满了血，鼻子像烧煤似的红，朝巴尔司基的脸上喊道：

  "我们不是小鸡，是老鹰！还不知谁能跳过谁呢！奥莱士卡！"

  奥莱士卡满脸堆着喜意，像涂上蜡油一般，微笑着审视特辽莫夫的舞客。忽然，他面色惨白，用不可捉摸的迅速的姿势跑去跳舞，像女孩子那样尖声喊叫。

  "连谚语都不知道！"特辽莫夫人们喊。阿尔达莫诺夫凶狠的吼声立即发了出来：

  "奥莱士卡——我揍死你！"

  奥莱士卡不停歇下来，清脆地踏着鼓声起落，彻响地呼啸，大声唱道：

  "有一个靡开老爷，

  用了五个仆人。

  现在靡开老爷，

  自己是一样的仆人！"

  "你们瞧！"阿尔达莫诺夫胜利地咆哮起来。

"吓，吓！"神父意义深长地喊着，举起手指，摇着脑袋。

"奥莱士卡会赛过你们的人的。"彼得对娜泰里亚说。她胆怯地答道：

"身子轻些。"

父亲们鼓煽着儿子们，像唝使战斗的雄鸡。他们喝得半醉，并肩站在一起，一个身材魁梧，举动笨拙，像一袋燕麦，眉毛底下红而窄的缝里巨量地流出醉后欢乐的眼泪；另一个抬着整个身体，好像准备跳跃，摇动着长手，抚摸着大腿，眼睛差不多疯狂的样子。彼得看见父亲颧骨上的须子在动弹着，猜想着：

"他在咬牙吧，立刻会打人的……"

"阿尔达莫诺夫一家跳得不好！"玛德连娜·巴尔司卡耶发出喇叭管的声音，"跳得没有样子！不强！"

阿尔达莫诺夫朝着她的圆似铁锅的脸儿，朝着她宽阔的鼻子哈哈地笑起来。奥莱士卡胜了，巴尔司基的儿子摇曳着身子，走出门外。阿尔达莫诺夫粗鲁地把乌里央娜的手抓了一把，命令道：

"喂，亲家母，出来跳呀！"

她脸色发白，挥摇着空着的手，含怒而慌张地后退着：

"你怎么啦？叫我同你跳？你怎么啦？"

宾客全不出声了。博卖洛夫暗笑一声，同巴尔司卡耶眨着眼，他的话语似油剪般发出唑唑的声音：

"不要紧！乌里央娜，你让我们快乐快乐，跳一跳，好不好？上帝会饶恕的……"

"有罪孽——到我身上去好了。"阿尔达莫诺夫喊。

他似乎清醒了，皱着眉头，好像出场拳击赛，非出于本意似的。有人把乌里央娜推到他的前面。薄醉的女人倾斜了一下身子，往后退了一步，随即昂头挺胸，旋转起来。彼得听出有人惊讶地微语着：

"唉，老天爷！丈夫躺在地底下还不到一年，她就把女儿嫁出去，自己跳起舞来!"

他不瞧妻子,却明白她在替母亲害臊,喃声说:

"父亲不该跳的。"

"母亲也不该的。"她轻声,忧郁地回答,站在长椅上,朝拥挤的人的头上看望;身子摇动了一下,她的手抓住彼得的肩。

"小心!"他和蔼地说,扶住她的手肘。

晚霞的薄光,通过观众的头上,从敞开的窗里流了进来,一男一女在这微红的暮光中像盲人一般的旋转着。花园里、院里和街上,人们嘻嘻哈哈地笑着,闷热的屋内越发静寂了。绷得紧紧的鼓皮碰出一种深沉的声音,手风琴啜泣着,在青年男女拥挤的一群人里,这一对还在狂热地滚来滚去,像被烫伤了似的。姑娘们和年轻小伙子们默然望着他们跳舞,持着严正的神情,像看特别重视的事情。正经的人们一部分已走到院里,只剩下一些昏倒的、不动的醉鬼。

阿尔达莫诺夫跺了一下脚,停住了:

"你跳过我了,乌里央娜·伊凡诺夫娜!"

女人抖索了一下,也忽然站起身来,像站在墙前一样,向大众团转地鞠躬,说道:

"请恕罪呀。"

她摇着手帕,立刻离开屋子。代替她出场的是巴尔司卡耶!

"引开新郎新娘!喂,彼得,跟我来。傧相们,扶着他!"

父亲把傧相们推开,重重的长手搁在儿子的肩上:

"去吧,愿上帝给你幸福!让我们拥抱一下。"

他推他一下,傧相扶着彼得。巴尔司卡耶在前面行走,一面向各处吐唾沫,一面喃声说:

"嗟,嗟!无病,无灾,无妒忌,无恶行!火呀,水呀,按着时间,免灾得福!"

彼得跟着她走进娜泰里亚的房里,里面铺上一张华丽的床。老婆婆沉重地坐在屋中椅上。

"听着，别忘掉啦！"她郑重地说，"给你两个半块钱的银币，你放在靴里脚趾下面。娜泰里亚进来，跪下来替你脱靴，你别让她脱……"

"这是为什么？"彼得阴郁地问。

"不是你的事情。你三次不准她脱，第四次才许她，然后她吻你三次，你就把银币给她，对她说'我送给你，我的奴隶，我的命运！'你记住啦！你脱了衣裳，躺下来，背朝着她，她会来请求你：让我睡吧！你不要作声，到第三次才向她伸手，明白了吗？以后就……"

彼得惊讶地看这女教师黑暗宽阔的脸。她张开鼻孔，舔着嘴唇，用手帕擦肥胖的下颌，头颈，威严而亲切地说出一些粗鲁的、无耻的话来，临别时还重复着说道：

"呼喊——别相信，眼泪——别相信。"她摇曳着身子，钻出屋去，留下一种酒醉的气味。一阵愤怒占据了彼得全身。他脱下靴子，扔到床下，迅快脱衣，跳到床上，像上马似的，咬紧着牙关，像是受了一种使他透不过气来的大辱，怕要哭出来似的。

"一些池沼里的小鬼……"

鸭绒被褥的床上热得很，他跳到地板上，走近窗前，打开窗框，一阵醉酒的哄笑声，女孩的尖叫声从园中朝他的脸上扑来。树际蔚蓝色的朦胧里荡走着一些黑黑的人影。尼古拉钟楼的细尖顶举着铜指直触到天上，没有十字架，卸下来涂金了。奥卡河在屋顶后面悲戚地发光，圆块的月亮融化了，无尽休的树林躺在远处，黑黑的堆在一起。他忆起另一块田地——广阔的田地、金黄的耕田，他抖索了。楼梯上一阵脚步声，嘻嘻哈哈的笑语，他重又跳到床上。门开了，缎带窸窣地发声，皮靴吱吱地作响，有人轻声啜泣了。放进铁搭里的门环响了一下，彼得谨慎地抬头，在朦胧中白色的人形站在门旁，有节拍地挥手，俯身及地。

"祷告呢。可是我没有祷过告。"

然而又不想祷告。

"娜泰里亚，"他轻声说，"你别怕。我自己也害怕。烦得要死呀！"

他两手摸着头发，揪了揪自己的耳朵，喃声说："这一切都用不着，脱靴的一切事情。愚傻事情！我的心痛得很，她还闹玩笑呢。你不要哭！"

她侧着身子，谨慎地走近窗前，轻声说：

"还在游玩呢。"

"是的。"

两人都十分累乏，像怕什么似的，不敢互相挨近，只是许久交换些无用的话语。黎明时楼梯吱吱地响着，有人用手抚摸着墙，娜泰里亚走到门前。

"不要放巴尔司卡耶进来。"彼得微语着。

"是母亲呢。"娜泰里亚说着开门。彼得坐在床上，脚垂了下来，不满意自己，烦恼地想道："我很坏，没有勇气，她会笑我，等得到的……"

门开了，娜泰里亚轻声说：

"母亲唤你。"

她倚靠炉旁，在白瓷砖里藏着，几乎看不见她。彼得走出门外，黑暗里迎接着他的是乌里央娜气愤的、惧怕的、热喷喷的微语：

"你是怎么啦，彼得？你这是干什么？你要叫我和我女儿丢脸吗？快到早晨，人们就要来唤醒你们，应该拿出女人的内衣给大家看，使他们看见：我的女儿是贞节的！"

她说完，一手扶住彼得的肩膀，另一手推他，愤怒地问：

"这是什么意思？没有力气，还是不情愿？你别吓唬我，别不作声……"

彼得低声说：

"很可怜她。有点害怕。"

他看不见岳母的脸，却听见女人短短地笑了一声。

"你去吧，快去做你男人的事情！对受难者基督祷告，去吧。让我吻你一下……"

她紧紧抱着他的脖颈，嘴里吹出温暖的酒味，举着甜蜜、黏湿的嘴唇吻他。他来不及回答她的吻，大声空吮了一下，走进小屋来，关上门，坚决地伸出手来。女郎挺身向前，投进他的怀抱，用抖索的声音说道："她有点喝醉了。"

彼得期待着的是别的话语。他退到床边，喃声说："别害怕！我虽不美丽，心是好的……"

她越发紧紧地偎依在他身上，微声说：

"腿也支不住了……"

特辽莫夫城是喜欢闹酒的，这喜事延长了五天。人们从早到晚闲游着，成群结队，在街上从这家走到那家，在酒醉的氛围里旋转着。巴尔司基预备的酒席特别丰盛而且阔气。奥莱士卡打了他的儿子，为了他侮辱了青年女子奥里贡卡·奥洛瓦。巴尔司基夫妇向阿尔达莫诺夫告了状。阿尔达莫诺夫惊奇起来：

"哪儿看见过年轻小伙们不打架的？"

他慷慨地送给姑娘们缎带和糖果，还给男孩们银钱，把他们的父母灌得烂醉，拥抱着大家，颤声说："喂，诸位！我们还活着吗？"

他闹得很凶，喝许多酒，好像是灌进去扑灭心里的火，喝多少也不醉，这几天来显得瘦了。他离乌里央娜远些了，可是他的儿子们看出他时常看她，带着要求和愤怒的神情。他对自己的力量很骄傲，同驻军的兵士们抢拉木棍，把消防队队员和三个石匠斗胜了。这以后浚河工人奇虹·瓦洛夫走了过来，不是提议却是要求了：

"现在同我吧。"

阿尔达莫诺夫为他的口气吃了一惊，眼光向浚河工人矮短的身躯扫了一下。

"你是谁？力量大，还是吹牛皮？"

"不知道。"他严正地回答。

他们两人互相揪住腰带,在一个地方盘旋了半天。阿尔达莫诺夫从奇虹的肩旁瞧着女人们,无耻地向她们眨眼。他比浚河工人高些,但是身子细些,也整齐些。奇虹用肩头顶住他的胸部,想把竞斗人举将起来,再摔到后面去。阿尔达莫诺夫明白这层,喊道:

"你这不算狡猾,不算狡猾!"

忽然他一下把奇虹扔到他的头后,使劲太大,把他撞倒地下,折坏了腿。奇虹坐在草上,拂拭头上的汗,惭愧地说道:

"有力气。"

"我们看见的。"有人嘲笑着回答。

"很结实。"奇虹重复说。

阿尔达莫诺夫向他伸手。

"起来吧!"

浚河工人不去接手,想自己起来,又起不来,重又伸直腿,举起奇怪的、融化下去的眼睛目送着这群人。尼基大走近他身,同情地问:

"痛不痛?要帮忙吗?'

浚河工人冷笑了一声。

"骨头痛。我比你的父亲有力气,却没有他灵巧。我们跟他们走吧,尼基大·伊里奇,好人儿!"

友善地拉着驼子的手,跟在一群人后面走去,双腿微跛,大概想借此减轻痛苦。

新婚夫妇为数夜的失眠和疲乏所折磨,和在色调斑驳、喧闹酗酒的人群中,不自主地一齐走着,给人家观看,又喝着,吃着,为倾听些无耻的玩笑话而脸红害臊,努力不互相看视,还挽手同行,并头同坐,像陌生人似的默不发言。玛德连娜·巴尔司卡耶觉得这样极有趣,夸口地问阿尔达莫诺夫和乌里央娜道:

"你的儿子被教导得好不好?你瞧,乌里央娜,我把你的女儿训练得多么好！女婿呢？像一只孔雀一样。我不是我，妻子不是我的！"

彼得和娜泰里亚回家去睡觉的时候，抛去了衣裳，便连使他们受拘束，恭谨地接受着的一切，然后谈论着这已过去的一天。

"你们的人真能喝酒。"彼得惊讶着。

"你们的人还喝得少吗？"妻子问。

"乡下人怎么可以这般喝法！"

"你们不像乡下人。"

"我们是侍仆，有点类乎贵族。"

有时他们拥抱着坐在窗旁，呼吸园中美妙的清气，不发一言。

"为什么不说话？"妻轻声问。丈夫也轻声答："不高兴说些普通的话。"

他想听些不普通的话，但是娜泰里亚不知道怎么说。他对她叙讲金色的沙原是如何无境止的广阔。她问道："一点树林也没有吗？喔，这是多少可怕！"

"恐怖是在树林里生活着的，"彼得闷闷地说，"沙原中有什么恐怖，只有地和天，还有我。"

有一天，他们坐在窗旁，静默地赏览着星夜，在园内浴房旁边忽然听见一阵喧哗，有人跑着，拨开，并且倾折杨梅树上的干枝，随后听见一句低微的、怒骂的喊声：

"你怎么啦，魔鬼？"

娜泰里亚害怕地跳起来。

"这是母亲的声音！"

彼得探首窗外，宽阔的背部挡住了整个窗子。他看见父亲抱住岳母，推她到浴房的墙上，想把她压倒在地上。她不住地挥手，打击他的脑袋，喘着气，出声地微语道：

"放开我呀！我要喊了！"

又用不像自己的声音喊道：

"亲家——不要触到我身上来！可怜可怜吧……"

彼得无声地关上窗户，拉过妻子，让她坐在他的膝上。

"别瞧。"

她挣脱他的手，喊：

"怎么，怎么？谁？"

"父亲。"彼得说，紧紧地抱住她，"难道不明白吗？"

"这是怎么回事？"她微语，怀着羞惭和恐怖。丈夫抱她到床上，柔顺地说：

"我们不是父母的裁判官。"

娜泰里亚手捧住头，摇曳着身子，哀声说：

"真是罪孽！"

"不是我们的罪孽，"彼得说，忆起父亲的话来了，"那些贵族也是这么做的。这倒好，不会再来打你的主意。他们这些老人是很随便的。在他们看来，和儿媳妇逗逗，是'小鸟的罪孽'。别哭呀。"

妻子含泪说：

"他们在跳舞时，我就想到了……假使他是强迫起来，那我们怎么办呢？"

但是她已为惊慌所困倦，立刻和衣睡熟了。彼得打开窗，向园里张望，一个人也没有，吹着黎明的风，树儿摇撼着香馥的黑暗。他任使窗打开着，在妻子身旁躺下，不闭眼睛，想着那件发生的事。最好是同娜泰里亚两人住到一个小村里去……

娜泰里亚不久就醒了，她觉得是对于母亲的怜惜和为她感到的侮辱惊醒了自己。她裸着腿，穿一件单褂，迅速下楼去。母亲的房门本来夜里关闭的，现在微开着，这使她更加害怕，但是向放着母亲的床的那个屋隅一瞧，看见了被单底下一个白色的东西，和散披在枕上的黑发。

"睡觉呢。哭够了，愁够了……"

必须想个办法，怎样安慰受侮辱的母亲。她走进园内。露水里的湿草冷冽地使脚发痒；太阳刚从林后升起，斜斜的光眩盲着眼睛。阳光发出一点点的温暖。她摘下一张被露水染成银色的牛蒡叶，放在颊上，一会儿又放在另一颊上，擦了擦脸庞，开始采集一串串红酸栗，放在叶上，一边不含恶意地想着她的公公。他用一只重手拍她的背，冷笑着问：

"怎么样——好吗？呼吸着吗？嗯，生活着吧！"

他显然是没有什么别的话对她说。和蔼的拍击有点使她恼怒，爱抚马匹是用这种方式的。

"真是强盗。"她想，迫使自己对公公作仇恨的想念。鹨鸟、黎明鸟啼着，金翅雀吱吱地叫，树叶轻轻地发出咝咝的绸子移动时的声音，牧童在远远的市稍上游戏，瓦达拉克莎岸旁，工厂所在的地方，传来一阵阵的人语声，在光明的静寂里迟缓地汩着。什么东西嘀嗒一响，娜泰里亚抖索了一下，抬头一看，苹果树枝上悬挂一只捕鸟的陷网，一只金翅雀在细细的干枝中间跳跃着。

"谁在捕捉？尼基大吗？"

一根干枝不知在什么地方压折了。

她回到屋去，向母亲的屋子张望了一下，她醒了，朝天躺着，惊异地举着眉毛，一只手弯放在脑后。

"谁？……你有什么事？"她惊惶地问，手肘微抬着。

"没有什么，给你采点儿红酸果喝茶。"

床旁桌上放着大玻璃瓶的汽水，差不多是空的，汽水流溅在桌毯上，瓶塞躺在地板上。母亲严厉的、发光的眼睛旁边围上一层黑蓝的影圈，但并非由于流泪而发肿，像娜泰里亚希望看见似的；眼睛似乎也发黑，深凹了进去，眼神以前永远带点傲慢的，今天显得不熟识，看得远远的，带点茫然的样子。

"蚊子不让我睡觉，我要到堆房里去睡。"母亲说，被单裹住了颈脖，"咬得很厉害。你为什么起得这样早？为什么在露水里光脚走路？"

边缘全是湿的。你会着凉的……"

母亲说话时并不和蔼,好像不甚乐意,一边自己还在思索着。女儿的惊惶渐渐地被一种不友善的、尖刻的女子好奇心更替了。

"我醒后想到你……梦见了你。"

"想什么?"母亲探问着,眼望着天花板。

"你一人睡在这里,我不在身旁……"

娜泰里亚觉出母亲的两颊涨得通红,当她含笑说"我不害怕"的时候,那微笑显然是虚假的。

"去吧,亲爱的,你的人儿醒了,你没听见脚声吗?"母亲命令着,闭上眼睛。

娜泰里亚慢慢走上楼梯,憎厌而且带点仇恨般地想着。

"他在她那里宿了一夜。汽水是他喝的。她的颈上全是斑点,那不是蚊子咬,却是吻出来的。这点不能对彼得说。又想到堆房里去睡,还喊嚷过的呢……"

"你到哪里去了?"彼得问,锐利地审看妻子的脸。她垂下眼睛,感到自己是做了什么错事似的。

"采红酸果,到母亲房里去了一趟。"

"唔,她怎么样?"

"好像没有什么……"

"是啦。"彼得说,揪自己的耳朵,"是啦!"

他冷笑一声,擦着深红色的下颌,叹气了:

"显然,那傻女人巴尔司卡耶说得很对:呼喊——别相信,眼泪——别相信。"

随后他又严声问道:

"尼基大看见了没有?"

"没有。"

"怎么没有?那不是——他在园里捕鸟吗?"

"喔唷!"娜泰里亚惧怕地喊了,"我可是还穿着一件里衣出去的!"

"可不是吗……"

"他何时睡觉呀?"

彼得穿靴的时候,喉咙里打了一嗝,妻子斜斜地瞧他一眼,冷笑着说:

"虽然是驼背,却很有趣,比奥莱士卡有趣……"

丈夫在喉咙里又打了一个嗝,但是轻了些。

每天日出时,牧童正在召集牲畜,悲哀地吹着桦树皮的长号筒。河边已开始斧头的砍声,住民把牛羊赶到街上的时候,嘲笑地互相对话:

"砍起来了,刚刚天亮……"

"贪财是静谧的劲敌。"

伊里亚·阿尔达莫诺夫有时觉得他已经克服了城内对他的懒洋洋的敌态。特辽莫夫人恭谨地对他脱帽,注意倾听他讲述关于拉脱司基公爵的事情,可是总有人带点骄傲地说:

"我们这里的老爷们随便些,贫穷些,都比你们的严厉些。"

休假日的晚上,他坐在奥卡河旁巴尔司基酒店里美丽的树荫深浓的花园里,对一些富人,特辽莫夫的中坚分子说:

"我的事业会于你们大家都有利的。"

"但愿如此。"博卖洛夫回答,发出短短的、小狗样子的暗笑,无从明了:是和蔼的舔或咬?他的揉乱的脸不成功地藏在乱麻似的须胡里,灰色的鼻子不信任地嗅闻一切的东西,橡实般的眼睛恶毒地看人。

"但愿如此。"他重复说,"固然没有你的时候我们也活得不坏,也许你来了,我们也可以活下去。"

阿尔达莫诺夫皱着眉头:

"你的说话含混得很,不够朋友。"

巴尔司基哈哈笑着,喊道:

"他是这样子的人!"

在巴尔司基脸的部位上吝啬地涂上了一些红肉块。他的巨头、颈脖、面颊、手和他整个身子，全长满了狗熊般的厚绒毛，耳朵是看不见的，无用处的眼睛隐藏在肥厚的小枕里面。

"我的全部力气都跑进肥肉里去了。"他说，哈哈大笑起来，张大着砌满钝牙的大嘴。

造车匠伏洛博诺夫举起十分明亮的眼睛审看阿尔达莫诺夫，用干涩的声音教训道：

"做事是应该的，可也别忘记了上帝的事！俗语说得好：千算万算，天有一算！"

他的明亮的、好像空虚的眼睛那样地望着人，仿佛已算到了什么，立刻将发出不寻常的话语使人震撼。有时他似乎已开始说什么了：

"自然，基督也吃面包，所以玛尔佛……"

"唔，唔，"皮匠芮铁意金——教堂的会首——止住他，"往哪里去啦？"

伏洛博诺夫不说话了，灰色的耳朵动弹了一下。阿尔达莫诺夫问皮匠：

"你明白我的事情吗？"

"这为什么呢？"芮铁意金诚恳地惊讶起来，"事情既是你的，应该由你去明白它。你这怪物！你有你的事情，我有我的。"

阿尔达莫诺夫喝着浓酒，从树林的隙里望奥卡河混浊的水，在它的左旁，像一条绿蛇般蜿蜒弯曲的瓦达拉克莎河从枞树林里、一些池沼里爬将出来。在水岬地上，金色锦缎的沙泥上，一些碎木片与木屑熠耀着，砖头发出红色；在被踩踏的枞树棵中间，透出一所长形的，肉色的厂屋，像没有盖的棺材。堆房在太阳下熠耀着，盖上了粗糙的尚未油漆的铁皮；双层房屋黄色的骨架像蜡制似的溶化着，朝炎热的天举起拉得极紧的金色的椽。奥莱士卡说得很巧妙，说这房子远远里看来像一把"古司里"琴。奥莱士卡就住在里面，和城里的青年男女远隔着。和他相处是很难的，他性情热烈，好怒。彼得比他沉重些，彼得这人有一种模糊的性格，他还不明白一个勇敢的人可以做多少事情。

阿尔达莫诺夫的脸上闪过一阵阴影，他冷笑着从浓厚的眉毛底下看这班市民们。他们是贱价的人，经营事业的心志是畏缩的，没有真正的热气。

在夜里全城死沉沉睡熟的时候，阿尔达莫诺夫像窃贼似的顺着河边、里院，偷偷地溜进寡妇乌里央娜的花园里来。蚊虫在暖和的空气里嗡嗡作响，仿佛是它们把黄瓜、苹果、莳萝的香味传播到地上来似的。月儿在灰色的云端里滚着，黑阴抚摸着河水。阿尔达莫诺夫跳过篱笆往园里来，轻轻地走进院内，在黑暗的堆房的隅角里害怕的微语迎接着他：

"走进来没有被人发觉吗？"

他脱着衣服，生气地嘟哝着：

"真可恨，躲来躲去的！我是一个小孩子吗？"

"那么你可以不姘女人的。"

"很想不姘，可是上帝做了媒。"

"你说的是什么话，你这异教徒？你我两人做的事情是反对上帝的……"

"得啦，得啦！以后再说这事。乌里央娜，唉，你们这儿的人真是……"

"你算了吧。别烦人了吧。"女人耳语着，于是用狂暴的贪馋和他亲热了半天，在休息过来以后，才详细叙讲那班人：谁应该怕，谁聪明，谁的行为奸恶，谁有多余的钱。

"博卖洛夫同伏洛博诺夫知道你需要许多木柴，想把四边的树林全收买下来，抵制你。"

"迟了，公爵已把树林卖给我了。"

他们的身旁和头上是穿透不过的一片黑漆。他们彼此连眼睛都看不见,说着无声的微语。空气里散发着干草和桦木扫帚的气味。地窖里升起一阵阵湿润的、愉快的凉味。沉重的、铅铁铸就的静默弥漫在这小城。有时一只大鼠跑了过来,小鼠啾啾地鸣叫,每小时在尼古拉的钟楼上,一只破钟将忧郁的、病态般战索的声音投进黑暗里去。

"你真胖!"阿尔达莫诺夫赞赏着,摸着女人肥满的、热热的躯体。"你真有力气!你生养得很少,是不是?"

"除了娜泰里亚,还生过两个,因为软弱,死了。"

"这么说来——是丈夫不大强……"

"不知道。"她微语着,"我未和你在一块的时候,不知道什么是爱情。女朋友有时候讲着,我不相信,心想这是为了羞惭而说谎!因为我和丈夫在一起,除了羞惭不知道别的什么,好像一块石头似的躺到床上,还祷告上帝:但愿他睡熟,不要动我。他人很好,静静的,又聪明,就是上帝没有给予他爱情的才能……"

她的叙述使阿尔达莫诺夫兴奋而惊讶。他紧紧地抚摸她丰厚的乳头,喃声说:

"原来是这样的,我不知道,还以为每个男人对于女人都是甜的。"

他和这女人在一起,感到自己更坚强些,更聪明些。这女人在白天永远是那样平静,安详,有理智,且因了她的智慧和学问,她为全城所尊敬。有一天,为她的小姑娘一般的抚爱所感动,他说道:

"我明白,你有什么样的心思?我们不该给小孩们成亲,倒是应该我们自己来结婚……"

"你的孩子们很好,知道了我们的事情,也不要紧,就是城里的人知道了……"

她全身抖索了。

"不要紧的。"阿尔达莫诺夫微语。

有一次她发了好奇的问话:"你说一说,你曾经杀过人,但是做梦不做梦?"

"不，我睡得很熟，不做梦。而且没有什么梦可做的，我没有看见他是什么样子。人家打我，我连脚也站不住，就用铁锤朝一个人头上打去，后来又打了另一个人，第三个人便逃走了。"

他叹了一口气，生气着喃语道：

"傻子们来袭击你，你倒要为他们对上帝负责……"

躺在那里，几分钟没有说话。

"打盹了吗？"

"不。"

"去吧，天快亮了。建筑场上去不去？你同我在一起，会累得很，唉……"

"你别怕，有精神做事，也会有精神游玩。"阿尔达莫诺夫夸着口，穿起衣裳来了。

他在清晨的珍珠色的朦胧里，凉爽地行走；在自己的土地上行走，手叉在背后外衣底下；外衣举起着，像雄鸡的尾巴。他的沉重的脚压踏着刨花、木片，想道：

"应该让奥莱士卡玩一玩，让泡沫在他的身上除去些。这小伙子性子太坏，人是很好的。"

他躺在沙上或刨花堆上，立刻睡熟了。朝霞在微绿的天上和蔼地熠耀着。太阳在地上骄傲地张开孔雀尾巴似的光线，自己满是金色的，也随在后面泅游着。工人们醒了，看见横铺着的、魁梧的身躯，互相警告着：

"来啦！"

颧骨凸起的奇虹·瓦洛夫肩上抬着鹤嘴锄，闪烁的眼睛望着阿尔达莫诺夫，那样子似乎想跨过他的身体，而又不敢似的。

人们像蚂蚁似的繁忙，呼喊，打击，都不能吵醒这魁伟的伟人。他朝天仰睡，发出鼾声，像迟钝的锯子。潴河工人走开了，回头看望，像头上受了一击似的眨着眼睛。奥莱士卡从屋里出来，穿着白麻布的衬衫、蓝裤子，像腾云似的飘飘地走着去洗澡，谨慎地绕过叔父的身子，好像怕脚下践着的刨花的低微的声音将他吵醒。尼基大天刚亮就进树林里去了。他差不多每天从林里运来两车腐殖土，倒在已清除好预备做花园的那个地方上面。他已经种好桦树、枫树、山槐、樱树，现在在沙子里掘深坑，装进腐殖土、泥淖、黏土，这是为栽果树用的。到了节日，奇虹·瓦洛夫和他一块儿工作。

"栽花种树是一件没有害处的事情。"他说。

彼得揪着自己的耳朵，看视着工作。锯啃着树木，津津有味地发出鼾声；铇磨轧着，吹出呼啸；斧清脆地劈着，听得见石灰水有滋味的溅泼声，磨刀石舔着斧口，发出呜咽。木匠们举起梁木，唱着木棍歌。年轻的声音响亮地唱着：

"亲家扎蛤里去找玛丽，

朝玛丽的脸上一拳过去……"

"唱得太粗了。"彼得对潴河工人奇虹说。奇虹齐膝站立在沙里，答道："唱什么，都是一样的……"

"那是怎么回事？"

"词句里是没有灵魂的。"

"莫名其妙的乡下人。"彼得想，离开了。他忆起父亲向奇虹提议，要给他一个监工的位置，这工人望着父亲的脚，回答道：

"不，我不配做这事情，不会支配人。你用我做看院的吧……"

父亲重重地骂了他一顿。

潮湿寒冷的秋天来了，花园被锈霉覆掩着，乌黑的、铁一般的树林也锈得长了红色的斑点。湿潮的风呼啸着，把淡白的、被践踏的刨花驱入河内。每天早晨有载着麻的大车开到堆房那里，这些大车由乱毛的马驾着。彼得在那里收货，关切地留意，不让这些长髯的、阴沉的农人把"出汗的"（就是浸上水）"吃分量"的东西塞进来，不要把普通的麻作"高麻"的价格卖。他同农人们交易很不容易，不耐烦的奥莱士卡愤愤地和他们相骂。父亲到莫斯科去了，岳母也跟着去了，说是去进香的。吃晚餐时，奥莱士卡生气地抱怨着：

"这里的生活真闷，我不爱这里的人……"

这话永远会把彼得惹恼的。

"你自己太好了！把大家都顶撞了。好夸大口！"

"有可夸的才夸呢。"

他摇了摇卷曲的头发，伸直肩膀，挺起胸脯，骄傲地瞥着眼睛，看着弟兄们和嫂子。娜泰里亚老是躲避他，好像怕他身上的什么似的，同他说话很严肃的。

饭后丈夫和奥莱士卡重新上工的时候，娜泰里亚走进尼基大小小的、僧士住的房子，手持活计，坐在窗旁那个驼子巧妙地为她用桦木制成的沙发上面。驼子履行着会计员的职务，从早到晚写着，算着。娜泰里亚进来后，他停止工作，对她讲公爵们如何生活着，在他们的花室里长着什么样的花。他的高亢的、女孩子般的声音兴奋地和蔼地响着，蓝蔚的眼越过女人的脸，向窗外看望。她低头缝活计，在沉思中，默不发言，正像一个人独处屋中那样的沉默。他们几乎互不看视，坐了一小时，两小时，但尼基大偶或用和蔼的、温情的蓝眼，谨慎地而且仿佛身不由己地把嫂子拥抱一下。他的大的、狗一般的耳朵显然发出玫瑰色来。有时女人望她的小叔一眼，对他作宽容的微笑，一种奇怪的微笑。有时候尼基大觉得她有点猜到那使他骚动的一切，有时候呢，这微笑在他看来是又受辱，又冒犯。他像做错事似的垂下眼睛来了。

窗外雨滴沥沥地响着，冲去夏的凋谢的颜色，听得见奥莱士卡的喊声，新近钉在院隅铁链上一小狗熊的吼声。打麻女人像打鼓般敲打着麻。奥莱士卡闹哄哄地走进来。他全身又湿又脏，帽子退在脑门顶后面，但到底还像春天。他笑着讲述奇虹·瓦洛夫被斧子砍断了手指。

"好像是不经意，其实很明显：怕当兵罢了。我倒是愿意去当兵，但求能离开了这里就是了。"

他皱着眉头，像小狗熊似的吼了一声：

"真要到后院找鬼去……"

后来带着要求的神气伸出手来：

"给五分钱，我要进城去。"

"什么？"

"不干你的事情。"

他一边走出去，一边唱着：

"姑娘在小道上跑着，

给亲爱的人儿送饼……"

"唉，他会玩出不好的事情来的！"娜泰里亚说，"我的女朋友们时常看见他和奥里贡卡·奥洛瓦在一起。她只有十五岁，没有母亲，父亲是醉鬼……"

尼基大不高兴她说这话的神气，在他的话语里听得出充分的忧愁，多余的惊惶，又仿佛是欣羡。

阴郁、疲乏的彼得走进来了。

"该喝茶啦，娜泰里亚。"

"还早。"

"是时候了，我说的！"他喊着。妻子走后，他就坐在她的位置上，也嘟哝着抱怨起来：

"父亲把这全部机器全推到我的肩膀上来了。我转着舵轮开往哪里去，可不知道。假如我走得不对，他会骂我的……"

尼基大婉和而且谨慎地对他讲奥莱士卡和女人奥洛瓦的事情，他挥摇着手，显然没有倾听他的话。

"我没有时间来欣赏女人。我连自己媳妇只在夜里或梦里见一见，白天却像猫头鹰似的瞎着眼睛。你的脑子里尽是些傻念头。……"

他拉了拉自己的耳朵，谨慎地说道：

"开工厂，不是我们做的事情。我们最好是退到沙原里，买下土地务农。闹哄哄的声音少些,意义却多些。"

阿尔达莫诺夫回家来了,精神很快乐,显得年轻些,把胡须剃掉了,肩膀发展得更宽些,眼睛熠燿得明亮些,整个身子像一根重新铸炼过的铁犁。他照老爷的架子横躺在沙发上面,说道:

"我们的事情应该进行得像兵士一般。工作是你们,你们的孩子们、孙子们都够做的,够做三百年。应该从我们家里,阿尔达莫诺夫的家中发祥出经济的大富源来!"

眼睛扫了儿媳一下,喊道:

"你肚子大了,娜泰里亚?如果养一个男孩,我会好好地送一副重礼给你。"

晚上临睡的时候,娜泰里亚对丈夫说:

"爸爸高兴的时候是很好的。"

丈夫斜看他一眼,不和蔼地应声说:

"答应送礼物,还会不好吗?"

但是过了两三星期,阿尔达莫诺夫静下来了,开始凝想了。娜泰里亚问尼基大:

"爸爸生什么气?"

"不知道。不容易了解他的心事。"

当天晚上喝茶时,奥莱士卡忽然亲切而且洪声说:

"爸爸,你把我送去当兵吧。"

"送哪儿去?"阿尔达莫诺夫口吃着问。

"我不愿意住在这里……"

"滚出去吧!"阿尔达莫诺夫命令着孩子们。正当奥莱士卡走到门旁的时候,阿尔达莫诺夫朝他喊:

"等着,奥莱士卡!"

他对年轻人打量了许久,手插在背后,眉毛挪动着,后来说道:

"我以为,我有一只鹰鸟!"

"在这里是住不下去的。"

"你瞎说。你的位置是在这里。你的父亲把你交给我管养,一切归我做主,你去吧!"

奥莱士卡像被捆缚似的跨了一步,但是叔父抓住他的肩膀:

"不应该同你这样说话,我父亲是用拳头和我说话的!去吧!"

阿尔达莫诺夫又喊他回来,教训似的补了一句:

"你应该做一个大人,明白吗?往后不许你再有什么尖叫到我耳朵里来……"

剩了他一个人在屋里窗旁站了半天,胡须在握紧的拳头里,看潮湿的、灰色的雪掉落在地上,等到窗外黑得像在地窖里一样,就到城里去了。乌里央娜家的大门已经关闭,阿尔达莫诺夫击着窗,乌里央娜自己出来开,不满意地问:

"你为什么这时候才来?"

他不答,也不脱衣,走进屋内,帽子朝桌上一扔,坐在桌旁,身子斜靠着,指头插进胡须里,讲起奥莱士卡的事情来了。

"他是外生的。我的姊姊同老爷搭上了,所以也就显出那个样子来了。"

女人看了看窗板开得密不密,把蜡烛吹熄了,屋隅圣像前面一盏银托里的蓝灯在发着微光。

"快快地给他娶亲,就可以系住了。"她说。

"应该这么办。不过这还不好。彼得这孩子,没有一点热气,这才是糟心呢!没有热气——是不生,不死的。好像工作的不是自己的事业,好像还在替主人做工,还是一个农奴,感觉不到意志力,你明白吗?至于尼基大更不必说了,他是一个不幸的人,他的脑筋里只有花园和花草。我原希望奥莱士卡会钻进事业里去的……"

乌里央娜安慰他:

"你自己着急得太早了。等一等,等轮盘转得急些,践踏着一切,一切都会踩碎的。"

他们在静寂、温暖的屋内促膝谈到午夜,屋隅里摇曳着模糊的淡蓝的光云,胆怯的火花战颤着。阿尔达莫诺夫诉说着孩子们缺少事业的热忱时,并没有忘掉那些市民们:

"一帮心灵泯绝的人们。"

"因为你的成功,他们才不爱你。我们女人为成功而爱,男人们却是对于别人的成功看作眼中的钉刺。"

乌里央娜善于劝慰。阿尔达莫诺夫只有一次不愉快地哼了一声,当她对他说着:

"我有一件事情怕得要死,那就是和你怀孕……"

"莫斯科的事业像火一般的烧着!"他继续说着,站起身来,拥抱着女人,"唉,你要是个男人才好呢……"

"再见吧,亲爱的,去吧!"

忏悔节的那天,叶尔唐司卡耶把奥莱士卡从城里运来,衣服撕破得稀碎,挨了打,昏迷了过去。叶尔唐司卡耶和尼基大两人用捣碎的姜头和着烧酒擦他的身体,擦了很久。他只有呻吟,不发一言。阿尔达莫诺夫像野兽似的在屋内旋转着,一会抒起衬衫袖子,一会又放下来,牙齿咬得发响,等奥莱士卡醒时,他对他嚷叫起来,挥摇着拳头:

"谁打你的,快说?"

可怜地半开着一只恶狠的、臃肿的眼睛,喘着气,嘴里吐着血,奥莱士卡哑声说:

"你把我打死了吧……"

吓得厉害的娜泰里亚大声哭了,公公向她跺脚,喊着:

"去!滚开!"

奥莱士卡手抓住头,好像要把它摘掉似的,呻吟着。

后来他手一摆,身子往旁边一倒,昏了过去,张开渍血的、发哑声的嘴。蜡烛在床旁桌上眨眼,黑影在破损的躯体上爬着,似乎奥莱士卡

的身体越来越发黑了,臃肿了。弟兄们在他的脚旁垂头丧气地,默默地站着。父亲在屋内踱步,问着什么人:

"果真——活不了的吗?"

但是过了八个昼夜,奥莱士卡起床了,咳嗽里带着痰音,还咳着血。他时常到澡堂去蒸发,喝浸辣椒的烧酒;眼里熠耀着黑沉沉的、阴郁的火,这使那双眼睛更加美丽了。他不愿意说谁打他,但是叶尔唐司卡耶打听出打他的是司铁巴萨·巴尔司基、两个消防队员和一个莫尔特瓦人——伏洛博诺夫的看门人。阿尔达莫诺夫问奥莱士卡对不对?他答道:

"我不知道。"

"你胡说!"

"我没有看见。他们拿了一件外褂,从后面套在我的头上。"

"你有点隐瞒着什么。"阿尔达莫诺夫猜着。奥莱士卡凶恶的、熠耀的眼睛向他的脸看了一下,说道:

"我快痊愈了。"

"多吃些!"阿尔达莫诺夫劝告,从胡须里喃喃地自语,"为这种事情——应该宰一只红公鸡,烤鸡爪……"

他开始对奥莱士卡更显出注意,露着粗鲁的、和蔼的态度,而且炫耀地工作着,不隐瞒自己的用意是在于启发孩子们对于劳力的热心。

"你们一切都应该做,不许吹毛求疵!"他教训着,还做了许多本可以不做的事情,到处表现兽性的、锐利的灵巧。这灵巧使他能精确地断定抵抗力在何处较为坚强,如何易于予以克服。

媳妇的怀孕非自然地延长着,等到娜泰里亚受了两昼夜的磨难,第三天上生下一个女孩的时候,他愤然说:

"唔,这是怎么回事……"

"你应该感谢上帝的恩惠,"乌里央娜严声劝告,"今天是叶林娜·连娜尼蔡的日子。"

"是吗？"

他抓起一本寺历，瞧了一下，像孩子似的快乐了：

"领我去看儿媳妇！"

在儿媳的胸前放下一副罗宾石的耳环、五个金币，他喊道：

"拿去！虽然没有养男孩——也是好的！"

又问彼得：

"怎么样，鲶鱼，高兴吗？你生出来的时候，我是很高兴的。"

彼得畏葸地望着妻子失血的、痛苦的、几乎不认识的脸。她的疲乏的眼睛陷入黑坑中间，从那里望着人与物，似在回忆久已遗忘的事情，舌头做出迟缓的姿势，频频舔着咬焦的嘴唇。

"她为什么不说话？"他问岳母。

"喊得累了。"乌里央娜解释，把他推出屋去。

两昼夜以内，日夜听着妻子的呼号，起初怜惜她，怕她死，后来被她喊声震得聋聩，被家里的忙乱情形弄得脑筋麻木，连惧怕和怜惜都累乏了。他只想离开得远些，使妻子的呼号达不到他的耳朵，但是躲开是办不到的，呼号在他的头脑的内部响着，挑逗出些不寻常的思念。无论他往哪里去，总看见尼基大持斧子或铁铲在手，在那里劈、刨、掘抗，像鼹鼠似无声地迅跑着，似乎他跑的是圈子，所以到处遇得见他。

"好像生不下来。"彼得对兄弟说。驼子把铲子插入沙里，问道：

"产婆说什么？"

"安慰，给我们希望。你为什么抖索？"

"牙痛呢。"

生产的那天晚上，他同尼基大和奇虹在坐在家里台阶上面，带着凝想的微笑说道：

"丈母娘要把孩子放在我的手上，我因为喜欢，连重量都感觉不到，几乎把女孩扔到天花板上去。真难以了解，为了这么一点点的东西，受了这样严重的痛苦……"

奇虹·瓦洛夫摇了摇颊骨，安静地说，像平常说话时的样子：

"一切人类的痛苦是由于一点点而起的。"

"这是怎么回事？"尼基大厉声问。看院人打着哈欠，冷淡地回答："是的，是这样的……"

家里唤他们吃晚饭。

婴孩生下来又大又沉，但是五个月后被煤气熏死了，母亲也几乎死去，同她一块儿受了煤气。

"得了吧！"在坟场上父亲安慰彼得，"还可以生的。现在我们家的坟墓都将设在这里——那是说，抛下了深深的锚。在你身旁是你的，在你脚下是你的，地上是你的，地下也是你的，人在世上是站得这样坚稳！"

彼得点着头，望妻子一眼。她拙笨地弯着背，看自己的脚下，又看那座小坟山，尼基大正在上面聚精会神地举铲工作。她用手指挥去颊上的眼泪，那样战栗般的迅快，好像把手指触到红肿的鼻上炙伤了似的。她微语着：

"天呀，天呀……"

奥莱士卡在十字架堆里行走，打着旋转，读石碑上的文字。他瘦了，显得比自己的岁数老些。他的不像农夫的脸长满了深毛，好像被烤焦，并且被烟煤熏黑了似的；胆大的眼睛深陷在黑眉底下，不客气地看一切人。他用深哑的声音说话，高傲而似乎故意含糊，有人追问他时，便尖嚷了：

"你不明白吗？"

然后他就骂开了。在他对于弟兄们的态度中间有点不好的、嘲弄的成分。他当对娜泰里亚喊嚷，像喊女仆，尼基大责备他说：

"你何苦这样欺侮娜泰里亚？"

"我是病人。"他答。

"她的性子十分懦善。"

"那么让她耐着点儿吧。"

奥莱士卡时常说他有病,而且永远很骄傲地说着,似乎疾病是使他和别人分别的一种善德。

他同叔父并肩从坟场回家。他对叔父说:

"我们应该造自己的祠堂,死了同这班人躺在一起也是可耻的。"

阿达尔莫诺夫暗笑了一声。

"我们会都弄好的。我们什么都会齐备:教堂呀,坟场呀,还要设立学堂、医院,等着吧。"

在瓦达拉克莎桥上行走时,有一个乞丐模样的人,穿着乌红色的、破烂的睡衣,像是饮酒伤残的官吏,扶住栏杆在桥上站立。在他的长满了灰色的、剃硬的粗毛的松弛的脸上,毛茸茸的嘴唇挪动着,展开黑牙的裂片,温润的小眼模糊地闪烁着。阿尔达莫诺夫扭转身,吐了一口痰,但是看见奥莱士卡特别和蔼地对这废物似的人点头时,问道:

"这是怎么回事?"

"表匠奥洛夫。"

"早看出是奥洛夫!"

"他是聪明人,"奥莱士卡坚决地说,"人家迫害他——"

阿尔达莫诺夫斜看了他一眼,不响了。

干燥、旱热的夏降临了,奥卡河的那头,树林在燃烧着。白天,地上布满玛瑙色的、云一般的浓烟;夜间,光秃秃的月亮显出不愉快的红色,星儿在黑暗里丧失了光辉,像铜钉的帽一般凸出着,河水被混浊的天色照映,好像是地底下冒出的寒冽的、浓厚的烟。

阿尔达莫诺夫一家人晚餐后坐在园中半环的槭树里面喝茶,在闷热中喘着气。这些树下容积极阔,但是图案形的叶子所形成的壮丽的帽子在这半黑暗的夜里不能给予多少的阴凉。蟋蟀鸣着,独角的铁甲虫响着,水火壶啾啾作声。娜泰里亚解开小褂的上面一排纽扣,一声不发地斟茶,她胸前的皮肤作温暖的像甜乳油似的颜色。驼子俯首坐着,刨树枝，预备做鸟笼。彼得用手指揪着耳朵，轻声说：

"惹恼人家是有危险的，父亲却喜欢惹人。"

奥莱士卡干咳了一声，看着城市的方面，似在期待什么，伸直着脖颈。

城里钟吼响了。

"警报吗？火灾吗？"奥莱士卡问，手掌按在额上，跳起身来。

"你怎么啦？看钟楼的人在打钟报时辰呢。"

奥莱士卡站起身来走了。尼基大沉默了一会儿，轻声说：

"他一直在做火灾的梦。"

"他成为恶性的人了，"娜泰里亚谨慎地说，"他曾有过多少的快乐……"

彼得带着教训的意思，装出长辈的模样，责备兄弟和妻：

"你们两人都用愚傻的神气望他。你们的怜惜在他是一种侮辱。睡觉去吧，娜泰里亚。"

两人走了。尼基大目送他们，也站起身来，到凉亭里去——他就在里面干草上睡——蹲坐在门限上面。凉亭造在泥炭堆成的小丘上面，从那里越过围墙看得见城里的房屋像黑黝黝的牛群，而由钟楼和消防队瞭望台看守着。仆役收拾桌上的器皿，茶杯叮当地响着。织工们沿围墙行走，有一个拿着曳网，另一个打得铁桶叮叮作响，第三个在燧石上击出火星，准备点燃火绒抽烟斗。狗吠了，奇虹·瓦洛夫的安静的声音向静寂里投击：

"谁在走路？"

静寂在大地上绷得紧紧的，好比鼓上的皮，连织工们脚底下沙泥的微弱的压响也被它反映得不愉快的明晰。尼基大最喜欢夜间万籁静寂的景象。这景象越圆满，他越能将全部的想象力聚在娜泰里亚的周围，那双可爱的眼睛永远有点受怕或吃惊的，也越发熠耀得光亮。很容易想出各式各样对于他来说幸福的事件：不是他寻到了富有的宝藏，交给彼得，由彼得再交给娜泰里亚，便是有盗贼袭击，他干出异乎寻常的功劳，使父亲和哥哥自己把娜泰里亚交付与他，以奖酬他所干的一切。疾病侵来了，病后只剩他和娜泰里亚两人活着，那时他可以向她表示，她的幸福是藏在她的心灵里面的。

已经是子夜了，他看见城内一大群的房屋上面，从花园边静止不动的乌云那里，又生出一堆乌云，慢慢地升上深灰色的、混浊的天空。一分钟后下面发出血红的光，他才明白发生火灾了，跑到家去，看见奥莱士卡迅快地从楼梯上爬到堆房的顶上去。

"着火了。"尼基大喊。弟弟一边爬高，一边答：

"我知道的。唔？"

"可不是——你是等待着的。"驼子忆起来了，便惊异得在院中立定了。

"是等待着的！怎么样呢？在这样干燥的日子永远会生火灾的……"

"应该唤醒织工们……"

但是职工们已经由奇虹·瓦洛夫唤醒了，他们一个随着一个，跑到河边去，快乐地喊嚷着。

"爬到我这儿来。"奥莱士卡提议，坐在马背似的屋顶上。驼子驯顺地爬上去，说道：

"娜泰里亚不会吃惊吧。"

"你不怕彼得再给你打出一个峰来？"

"为了什么？"尼基大轻声问。他听见回答：

"你的眼睛别尽射到他的妻子身上去。"

驼子许久不能答出一句话，他觉得他从屋顶溜了下来，立刻就要倒下，跌在地上。

"你说什么？你怎么想得出来的。"他喃声说。

"唔，好了，好了！我看见的……你别怕。"奥莱士卡快乐地说，像这样是好久没有说过的了。他用手掌按在眼上，望着厚厚的火舌摇曳

着,使静寂骚动起来,呼呼地作响。他活泼地讲:

"这是巴尔司基家里失火了。他们园里有二十桶胶油。火不会达到邻舍,花园给挡住了。"

"应该离开这里。"尼基大想,向远处被火光撕破的黑暗里瞭望。在微红的空气里站立着树,是铁炼成的,在微笑的地上忙乱地跑着一些玩具似的小人,还看得见他们将细长的钓竿伸进火里。

"烧得真好。"奥莱士卡夸奖着。

"我要到修道院去了。"尼基大想。

在院子里彼得睡得迷迷糊糊地,而且生气地嘟哝着,奇虹·瓦洛夫回答他的话懒洋洋地浮泅着。娜泰里亚站立窗前,像被配在镜框里一样,画着十字。

尼基大坐在屋顶上,直坐到大烧的场所一堆火炭熠耀出金光,将一排黑烟囱围绕住为止。随后他爬下去,走出门外,和父亲撞到了。父亲全身潮湿,涂满了烟煤,没有戴帽子,穿着撕破了的外褂。

"往哪里去?"父亲特别愤怒地喊,把尼基大推进院里,看见奥莱士卡的身影在屋顶上,更加凶狠地命令道:

"你为什么在那里站着?爬下来!你应该保重你的健康,你这傻子……"

尼基大走进园内,坐在父亲屋子窗下长椅上,不久就听见父亲重重地合着门,小声却沉重地问:

"你要害自己吗?叫我丢脸吗?啊?我打死你……"

奥莱士卡失声回答:

"是你自己示意的。"

"住嘴!你应该感谢上帝,那个混蛋丧失了舌头……"

尼基大站起身来,轻轻儿,却匆忙地走进园隅凉亭里去了。

早晨喝茶时,父亲讲道:

"有人放火。人们发现出放火的是那个醉鬼——表匠。大家把他揍了,一定要死的。大概是巴尔司基使他破了产,而且他还恨他的儿子——司铁博加。那是一件黑暗的事件。"

奥莱士卡安然喝牛奶,尼基大觉得他的手抖索了,便伸到两个膝盖中间,紧紧地捏了一把。父亲看见他的行动,问道:

"你为什么缩作一团?"

"不舒服呢。"

"你们大家都不舒服。只有我是健康的……"

他生气地推开一杯未喝完的茶,走了。

阿尔达莫诺夫的事业吸引了许多人,从工厂起两俄里长的路,沿着栽满灌木的小丘,在稀稀的枞树林里,造起了一些小小的土屋,没有院落,没有篱笆,远远里好像蜂窝。阿尔达莫诺夫为单身无家室的工人在不深的沟上,一条不知名的河的已经干枯的底床上,盖好了一所长长的板房。房顶带着一个斜坡,顶上有三个烟囱,还有些为保持温度造得小小的窗;这些窗户给板房添上和马厩相似的形状,工人称呼它做"小马院"。

伊里亚·阿尔达莫诺夫开始越发好作夸大口的闹嚷,但是富翁的那种傲慢性还未取得,同工人们交接随随便便的,到他们家去吃喜酒,做小孩们的教父,爱在节期同老织工们谈心。他们对他说,让他劝农人们在旧牧场上和烧焦的树林里种麻,结果良好。老织工们对于好迁就的主人深致赞赏,看出他是一个连命运对他慈祥地微笑的农夫,还教训青年们:

"你们瞧,应该怎样经营事业。"

伊里亚·阿尔达莫诺夫也教训自己的孩子们:

"农人、工人,比市民们较有理性。城里人的肉体是软弱的,脑筋是摇动的。城里人贪心,却没有勇气。他们做出的一切事肤浅而不坚固。城里人不知道精确的分量,乡下人却在真理的范围内紧紧地抓住自己,不去东撞西窜的。他们的真理极简单:譬如说就是上帝、面包、皇上。农人整个是简单的,你们应该依赖他们。彼得,你同工人说话太干燥,讲的尽是关于事业,这是不行的,应该会讲些乱七八糟的话。应该开开玩笑,快乐的人是容易被人了解的。"

"我不会开玩笑。"彼得说,又照老习惯揪着自己的耳朵。

"你学一学。玩笑是一分钟的事情,却管得到一个钟头。奥莱士卡也和人们处不合适,好闹嚷,爱吹毛求疵。"

"他们是流氓和懒徒。"奥莱士卡热烈地回响。

阿尔达莫诺夫厉声喊:"你知道多少人呀?"但是隔着胡须微笑了,为使微笑不被觉察,连忙用手遮住。他忆起奥莱士卡如何勇敢而有理性地和那些市民们辩论关于坟场的事情。特辽莫夫人不愿意在他们的墓地上葬阿尔达莫诺夫的工人,他只得向博卖洛夫买一大块赤杨林地,布置自己的墓地。

"墓地(Pogost),"奇虹·瓦洛夫思量着,同尼基大一块儿在斫伐细弱的树木,"这个字放得不是地方。名叫 Pogost,其实是永久的居住。倒是房屋,城市才算 Pogost 呢。[1]"

尼基大看见奇虹工作得很轻巧,在劳动里所发现的理性,比在隐暗的、常出人意料的话语里所发现的为多。他和父亲一样,能在一切事情内迅快地找到最小的抵抗点,节省力量,用狡猾取得一切。但是显然内中大有区别:父亲是永远热心地着手一切事情,而奇虹则好像不很乐意,出于一种好意,好像是一个自知尚能干较好的事的人。他说话也是这样:不多,带着好意,并且意味深长,有点忽略,似在暗示,"我知道许多事情,能说的还不只此呢"。

在他的话语里尼基大永远听出某种暗示,这暗示引起他对于这人的

---

[1] 俄文墓地(Posgost)一字另有"暂住"义,但坟墓为人死后永久居住的处所,所以奇虹发此妙论。在中文内找不到这样双关的词句,只好予以直译。——译者按

恼怒、惧怕和尖锐的、惊慌的好奇心。

"你知道得很多。"他对奇虹说。奇虹不慌不忙地回答:"活在世上就为了这个。我知道是没有害处的,我是为了自己。我的'知道'藏在悭吝人的箱里,谁也看不见的,你放心吧……"

从没有看见奇虹盘问过人家,他们思想的是什么,他只是用闪烁的鸟一般的眼睛强缠地注视一个人,似在吮吸他人的思想,突然说出他不应该知道的一些话语。有时尼基大希望奇虹咬掉自己的舌头,砍掉它,像他曾砍过一只手指似的,他砍掉自己的手指,也不像一般情形,在右手上,却是左手的无名指。父亲,彼得和一般人都认他做傻子,但是尼基大不觉得他是这样的。他对于奇虹,这颧骨高耸,不易了解的农人,那种好奇和恐惧混合着的情感越来越增长了。恐惧的情感特别的增加了,当奇虹同尼基大从树林里回来的时候,忽然说:

"你越发消瘦下去了。你这怪物,该对她说出来,也许她会怜惜的,她好像是有善心的。"

驼子止步。由于恐惧,他的心沉住了,他张皇地喃声说:

"说什么?对谁说?"

奇虹看他一眼,往前走了一步。尼基大抓住他的衬衫袖子,奇虹轻蔑地推开他的手。

"你为什么装假?"

尼基大将林里掘出的桦树从肩上掷到地上,回头望了一下,想向奇虹粗糙的脸上打去,想叫他闭嘴。但是奇虹眯着眼睛,向远处望去,照常安静地说:

"如果她没有好心,那么你可以装装假。女人是好奇的,每个女人全愿意尝试尝试别的男子,辨别一下,有没有比糖再蜜的?我们男人有什么很多的需要?两三下就饱了,健康了。你老是消瘦下去,你试一试,说一说,也许她会答应的。"

尼基大从他的话里听出一种友谊的、怜惜的情感,这对于他是新奇,无可捉摸,喉咙里压出一阵苦味,但同时,又似乎觉到奇虹在卸除他的衣裳,使他裸露。

"你想出这些无聊的话来。"他说。

城内钟声响了,召唤人们赴弥撒祭。奇虹摇了摇肩上的树,往前走去,铁铲叩击着地,还是安静地说:

"你别怕我。我是怜惜你,你是一个有趣的、有意思的人。你们阿尔达莫诺夫一家人全是十分有趣的。你的性格不像驼子,但你到底是驼子。"

尼基大的惧怕在热烈的忧愁里融化了。他惧怕得眼里模糊,像醉人般颠踬着,想躺倒地上休息一下。他轻声问:

"你不许乱说这件事情。"

"我已经说过,像在箱里关住了一样。"

"你忘掉它。不许对她乱说出来。"

"我不会同她说的。为什么同她说呢?"

两人默默地一直走到家去。驼子的蓝眼显得更大些、圆些,更忧郁些。他的眼睛不向人注视,却朝人家的肩旁看望。他开始更加沉默,更加躲起人来了。但是娜泰里亚看出来了一点。

"你为什么这样忧郁?"她问。

尼基大回答:"事情很多。"然后就很快地走开。这使女人生气,她已非初次感到小叔不像从前那样待她和蔼。她的生活很苦闷。四年之内,她养了两个女孩,现在肚腹中已经不是空的了。

"你怎么尽养女孩,她们有什么用处?"在她养下第二个女孩时,她的公公嘟哝着说,一点东西也没有赠送给她。他对彼得抱怨道:

"我需要的是孙子,不是孙女婿。我创这事业,难道是为了别人吗?"

公公每一句话使女人感到自己是有错的,她知道连丈夫都不满意她。夜间,她同他躺在床上,望着窗外的远星,摸着肚子,在思想中祈

求着:

"上帝,但愿得一个儿子……"

但是有时她想朝丈夫和公公喊嚷:

"我要故意养出女孩来泄恨!"

于是想做出点奇怪的,使众人意料不到的事情,做点好事,让大家对她和蔼些,或是恶事,让大家害怕。但是无论好的、恶的,她都想不出来。

她黎明起身,下厨房,和女厨同备喝茶的凉菜,跑上楼去给小孩吃东西,给公公、丈夫、小叔子斟茶,又喂小孩奶,随后就缝针线,替大家补衣裳,饭后带孩子们到花园去,直坐到喝晚茶的时候。活泼的绕线女工向园中张望,诌媚地夸奖小女孩的美貌。娜泰里亚微笑着,却不信夸奖,她觉得小孩子们是不美丽的。

有时候,尼基大在树木中间闪了一下,他是唯一对她和蔼的人。但是现在每逢她请他同坐一会,他总是像做错事似的答道:

"对不住,我没有时间。"

她不知不觉地发出一个恼怒的念头:驼子对她和蔼是虚假的,是丈夫派他做看守人,监视她和奥莱士卡。她怕奥莱士卡,因为她喜欢他;她知道只要这美丽的小叔愿意,她是抵抗不住他的。然而他不愿意,他简直不注意她。这使女人气恼,引起他对这活泼胆大的奥莱士卡的仇恨。

五点钟喝茶,八点钟开晚饭,随后娜泰里亚洗婴孩,喂奶,打发她们睡觉,跪下来祷告许多时候,才躺到丈夫身旁,怀着得子的希望。如果丈夫想她,他就躺在床上嘟哝着说:

"够了。快躺下吧。"

她匆忙地画着十字,中断了祷词,走近他身边,驯顺地躺下。有时候,很少的时候,彼得打趣着说:

"你为什么祷告得这般久?不是样样都能求到的,有的是不足的事……"

夜间被婴孩的哭声惊醒了,喂了奶,把他安慰好了,娜泰里亚走到窗前,向园中,天空里看了半天,无言无语地想着自己,母亲,公公,丈夫和一个不知不觉地过去了的、不容易的日子所给予她的一切。奇怪的是听不见熟悉的声音:女工们快乐或忧郁的歌声,工厂里各色各样的叩击声,沙沙的声音,蜜蜂的嘈动声。这无止休的匆忙的喧闹声音充满了整个日子,它的回响在各屋内荡漾着,在树叶里裂爆着,在窗户的玻璃上纠缠着。工作的喧声迫使人听,妨碍人们思想。

在夜籁的静寂里,一切生物睡梦的沉默之中,娜泰里亚记起了尼基大关于被鞑靼人俘虏的女人的可怕的讲述,神圣的女隐士和苦行者的行述,记起了关于快乐的、幸福的生活的故事,但记忆总是时常将苦痛的事情私下顶替了。

公公望她时,像望着一个空虚的地位,这还算好,他还时常在外屋或屋内和她面对面相遇时,无羞耻地用尖锐的眼光抚摸她,从乳部直到膝盖,而且敌视地发着鼾声。

丈夫严肃而冷淡,她感到有时他望着她,那种样子好像她妨碍他看见一些隐在她背后的别的什么东西似的。他时常脱了衣裳,不躺下去,却许久地坐在床边,一手支撑着鸭绒枕头,另一只手揪自己的耳朵,或摩擦颊上的胡须,好像牙痛似的。他的丑陋的脸皱得有时显出可怜,有时显出生气的样子,在这时候娜泰里亚是不敢躺到床上去的。他很少说话,只是讲些家务事,偶尔回忆着农人和田主的生活,这生活对娜泰里亚是不能理解的。每逢冬天过节的日子,圣诞和忏悔节,他带她乘车游城。一匹魁伟的玄色的雄马套在雪橇上,它有一双黄色的铜眼,附着血丝的条纹,恼怒地摇着脑袋,大声嘶叫。娜泰里亚很怕这野兽,奇虹·瓦洛夫却更加吓唬她,说着:

"一匹贵族的马,不满意别人家的权力。"

母亲时常来。娜泰里亚羡慕她的自由的生活,羡慕她眼里的闲暇的光辉。女人看见公公和母亲如何开着年轻人的玩笑，他如何自足地摸着胡子，欣赏自己的姘头，而她走路像一只孔雀，摇着臀部，无耻地在他面前夸耀自己的美貌。每当这时，她的羡慕就显得更加尖锐，而且苦恼了。城里人早就知道母亲同亲家发生了关系，严厉地责备这行为，看见她就躲开了。正经的人家禁止女儿们去找她——一个坏品行的女人的女儿，外路的、来历不明的农人的儿媳，充满了骄傲的、阴郁的丈夫的妻子。女孩子生活的小快乐，现在她看来是大的，鲜明的了。

她觉得气恼的是看见母亲以前那样心直口快，现在竟和人们虚伪地周旋，施展狡猾的手段；她显然怕彼得，而为使他不注意到，和他说话十分谄媚，对于他的事务的能干，深致其赞美；她大概怕奥莱士卡的嘲笑的眼睛，同他和蔼地打趣，交头接耳地讲什么事情，时常送东西给他，命名日那天送他一口磁钟，上有几只绵羊和一个装饰着花的女人，这个美丽的、奇巧制成的东西使大家惊讶了。

"有人欠了债留下这只钟来，一共值三个卢布，是古式的，不能走的了，"母亲解释着，"奥莱士卡成亲的时候，可以用来装饰自己的屋子。……"

"我也可以用来装饰呀。"娜泰里亚心想。

母亲详细问家务的情形，闷闷地教训着：

"平常日子不必把饭巾摆到桌上，饭巾经胡子一擦立刻弄脏的。"

尼基大是她以前喜欢的，现在却咬着嘴唇向他看望，同他说话像对待一个遭人家疑惑做了不干净行为的伙计。她还警告女儿：

"你瞧着，别太和他客气，驼子全是狡猾的。"

娜泰里亚屡次打算对母亲诉说她丈夫怎样不相信她，吩咐驼子监视她，但是永远有一点什么事情阻碍她说出这话来。

但是最坏的是母亲也为了娜泰里亚不能生下男孩感到不安，盘问起她和丈夫夜里所干的事来了，她问得没有一点羞耻，不加任何的隐饰，她的潮润的眼睛微笑地眯着，低压的声音呜呜地叫着，她的好奇沉重地骚扰着人，使娜泰里亚很高兴听到了公公的一句问话：

"亲家母，——要套马吗？"

"最好步行回去。"

"好啦，我送你。"

丈夫凝虑地说：

"岳母是聪明人，她很灵巧地抓住了父亲。在她面前他对待我们软和得多。她最好把房子卖掉了，搬到我们家来住。"

"不必这样。"娜泰里亚想说，却又不敢，因为越发对母亲生气为了她受人的爱，是有幸福的。

她坐在朝花园的窗中，或花园内，手持活计，听着奇虹和尼基大两人谈话的片断，他们在澡室旁梅果树里而工作着，这看院人的安静的话语从工厂的柔和的喧声里渗了出来。

"烦闷是由于人而来的，他们聚在一堆，便开始了烦闷。"[1]

"真对！"娜泰里亚想。但是尼基大愉快的声音宣告着：

"你说的是些无聊的话。环围舞呢？游戏呢？没有人便没有快乐。"

"这也对。"女人一面惊讶，一面同意着。

她看见在她周围的一切人说话全有信心，每人都深切地知晓一些事情，她看见那些互相紧紧地靠凑拢来的、普通的、坚实的言语给每个人围栏下一方块坚固的真理。人们以言语互相区别，以言语为装饰，以言语为显耀，游戏，像玩弄表上的金银链条。她却没有这样的言语，她无从给自己的思想披上什么衣装。这些思想，是无可捉摸的，像秋雾般混浊的，只是压室着她，使她的脑筋糊涂，使她时常怀着烦闷与苦恼，沉沉的想：

"我很愚傻，一点也不知道，不明白……"

---

[1] 这又是双关语。"烦闷"的俄文 skuka 和 "堆聚" skuchatjsia 音相似，故谓烦闷由于人们的堆聚。——译者

"狗熊是魔法师,猜得出藏蜜的所在。"奇虹在红梅果树林里喃喃地说。

"就是这样的。"娜泰里亚想,抖索了一下,忆起奥莱士卡杀死她的爱物的情节来了:这狗熊在十三个月以前,在院中跑来跑去,十分安静,和蔼如狗,钻进厨房,后腿站立住,求面包吃,轻声鸣叫,闪着可笑的眼睛。它很可笑,性善,也能了解善。大家全都爱它。尼基大服侍它,给它梳理一团团浓厚的堆在一起的毛,带它到河里去洗澡,因此狗熊也爱上了他,当尼基大到什么地方出去时,这野兽会抬着头,惊慌地嗅闻着空气,一面吼叫,一面在院中跑着,推门到办事室去,保育人的屋中去,屡次打破窗上的玻璃,压坏窗框。娜泰里亚爱用小麦面包涂上糖蜜喂它。它自己学会了把面包浸泡在糖蜜的杯子里,快乐地吼叫着,摇摆着茸毛的腿,把面包塞进玫瑰色的、尖牙的嘴里,舔着黏涎的、蜜甜的脚掌。它的善良的小眼快乐地闪光,头撞娜泰里亚的膝盖,引她和它游戏。同这可爱的野兽是可以说话的,它已经有点明白了。

但是有一天,奥莱士卡给它烧酒喝。喝醉了的熊跳舞了,打着跟斗,钻到澡堂顶上,把烟囱拆坏,又把砖头推滚下来。一群工人聚了拢来,瞧着它,哈哈大笑。从那天起,奥莱士卡每逢过节的日子,为博人们的欢娱,开始给狗熊喝酒,后来这野兽习惯了酗酒,竟去追赶身上有酒味的工人,而且不让奥莱士卡通过院子,总要扑奔到他身上来。大家把它锁了起来,但是它弄破自己的窠,颈上戴着链条,链的另一端带着一根木棍,开始在院中走来走去,挥着脚爪,摇着脑袋。大家想捉住它,它把奇虹的腿抓伤了,把青年工人莫洛作夫给摔倒了,又用脚爪抓着尼基大的臀部,弄伤了他。后来奥莱士卡手持猎枪跑来了,一跑过来就举枪朝野兽的肚腹上触去。娜泰里亚从窗里看见狗熊蹲着后腿,挥摇着脚爪,像是向在它周围怒喊的人们求饶恕似的。有人讨好似的把一把尖利的、木匠用的斧头塞进奥莱士卡手里。这长着尖胡子的小叔就跳跃起来,用斧头劈它的脚爪,又劈另一只脚爪。狗熊咆哮了一声,蹲坐在被斫伤的脚爪上面,向左右面流着鲜血,在已踏平的地上染上了浓厚的红斑点。野兽可怜地吼叫着,把头伸到斧子底下去。那时候奥莱士卡宽阔地摆直了腿,将斧头插进狗熊的后脑,像劈木柴一般。狗熊的脑袋撞倒在血泊里,斧头深进骨内,奥莱士卡只好用一只脚踏在茸毛的肚子上,费了许多力量好容易才把斧子从脑壳里抽了出来。可惜这狗熊,尤其可惜的是这无畏的、灵便的、快乐的、好捣乱的小叔竟同一个不值钱的小娘打混,却不理她——娜泰里亚。

大家都夸奖小叔,赞他的伶俐、勇敢。公公拍着他的肩膀,喊道:

"你还说是有病呢?你这人,唉……"

尼基大从院里跑了出去。娜泰里亚哭了,丈夫带着惊讶和恼怒问她:

"假使在你面前杀死了人,你又怎么办呢?"

就像对小孩似的喊道:

"停止了吧,傻子!"

她觉得他想打她,忍住眼泪,忆想和他过第一夜的情景来了,那时候他是如何的情爱,小心。她又忆起他还没有打过她,像一般丈夫打妻子那样,便忍住呜咽的哭声,说道:

"对不住,很觉得可惜。"

"怜惜的应该是我,而它是狗熊。"他低声答,显得和蔼些了。

当她初次向母亲怨诉丈夫如何严肃的时候,她记得母亲对她说道:

"男人是蜜蜂,我们对于男人是花朵。他们向我们采蜜,这是应该明白的,应该学会耐性,亲爱的。男人们支配着一切,他们关心的事情比我们更多,他们在那里造教堂,造工厂。你瞧,你公公在一块空地上造好了多少……"

伊里亚·阿尔达莫诺夫越加疯狂地忙着发展和巩固自己的事业,他仿佛预感到他的日子不多了。五月间,尼古拉节前不多的日子,第二厂屋用的汽锅到了,在小船上运来的,停在奥卡河沙岸旁,就在瓦达拉克莎河绿油油的池水懒懒地流合在一起的处所。这是一件艰难的工作：必须将汽锅在沙地上拖拉一俄丈半远。尼古拉节那天，阿尔达莫诺夫给工人们预备下一顿饱满丰盛的饭食，还有烧酒和家酿啤酒。桌子摆在院里，女人们在桌上装饰了枞桦树枝、早春的花束，自己也打扮得花枝招展。主人和一家人，还有几个客人，坐在老织工们的桌上，同一些能言善说的绕线女工说着带脏字眼的玩笑话。一个老织工喝了许多酒，巧妙地逗人们快乐，用手拨开灰白的胡子，兴奋地喊着：

"喂，孩子们！我们不是生活着吗？"

大家欣赏着他以及他的举止。他感觉到自己受欢迎，由于喜悦他成为这样的人，醉得更加厉害了。他容光焕发，像这阳光燠暖的春日，像这整个大地盛装地穿着青春的绿草和翠叶，吹出桦树和幼松的香气。这些树朝着蔚蓝的天举起金色的烛光。今年的春天来得早而热，樱花和丁香已盛开了。一切都带着过佳节的样子，一切都喜洋洋，连人们在这天里也似乎盛开内心最优良的鲜花来了。

老式的织工莫洛作夫，瘦弱的小老头儿，蜡黄的脸舒服地藏在灰中带绿的胡须里，全身是白的，像死人般洗得干干净净，站了起来，扶着长子——一个六十岁模样的农人的肩，猛烈地叫喊起来，摇着尽是骨头没有肉的手：

"你们瞧，——我九十岁了，九十多岁了，——瞧呀！当过兵，打过蒲加奇，自己也在莫斯科造过反。在有瘟疫的那年，还打过拿破仑……"

"但是亲过谁呢？"阿尔达莫诺夫朝他的耳朵喊嚷，这织工是耳聋的。

"两个妻子，除了别的女人以外。你们瞧！七个小子，两个女儿，十九个孙子，五个曾孙，赶了这一大堆！那不是他们，全在你那里过活，全在那边坐着……"

"再来一些。"阿尔达莫诺夫喊。

"会有的,我活过了三朝皇上,一朝女皇。在许多主人家里做工,全都死了,只有我活着,织了许多里路长的布。你是主人,你爱事业,事业也爱你。你不会欺侮人的。你是我们自己树上的枝儿,你向前进吧!好运对于你是结发的妻房,不是姘头:玩耍几下,就没有她了!你用全力向前进吧。祝你健康,老弟!祝你健康,我说的……"

阿尔达莫诺夫抓住他的手,微举他起来,吻了一下,感动地喊:

"谢谢你,小伙子!我派你做经理……"

人们喊着,哄笑着,薄醉的老织工高高地被举在他们头上,在空中摇着骸骨般的手,尖声地嘻嘻笑着:

"他做一切事有他自己的办法,特别的……"

乌里央娜一点不害臊地从颊上拭去快乐的泪珠。

"多少的快乐。"女儿对他说。她一边吸着鼻涕,一边答道:

"是这样的人,上帝造成他这样快乐的人……"

"你们要学一学,孩子们,怎样和人们相处。"阿尔达莫诺夫朝孩子们喊,"你瞧呀,彼得。"

饭后收拾好桌子,女人们开始唱歌,男人们角力,拉棍,扑斗,阿尔达莫诺夫到处有他的份,又跳舞,又扑斗。他们闹酒闹到天明。太阳刚出时,主人领导了七十多个工人,闹闹嚷嚷地到奥卡河去,像出去抢劫一般,醉醺醺地唱歌,呼啸,肩上荷着粗粗的铁棍、橡木杠杆、绳子之类。老织工跟着,在沙子上一拐一拐地行走,喃声对尼基大说:

"他会达到目的的!他呀?我知道的……"

红色的、呆笨的怪物,像一只无头的牛,顺利地从木船运卸到岸上;周围绑好绳子,啊唧啊唧地,友谊地发着吼声,装在铺在沙上的木板的铁棍上搬运起来。汽锅摇曳着往前移动,尼基大好像看见汽锅张开着愚傻的、圆圆的大嘴,致奇于人们的快乐的力量。醉醺醺的父亲也帮着拖拉汽锅,兴奋地喊:

"轻些,喂,轻些!"

离工厂不到五十俄丈远的时候，汽锅摇得特别厉害，不慌不忙地从前面的铁棍上脱走，一张呆钝的大嘴直撞进沙里。尼基大看见它的圆嘴向父亲的腿上吹了灰色的尘埃。人们生气地围在沉重的躯体上面，预备把铁棍塞到底下，但是他们已经使尽了最后的力气，汽锅却顽固地黏在沙里，不肯迁就他们的努力，而且似乎越埋越深了。阿尔达莫诺夫持杠杆在手，挤在工人中间忙乱着喊：

"好汉们，齐心一致地着手！啊唷……"

汽锅不乐意地动了一动，又沉重地坐了下去。尼基大看见父亲举着不熟识的步伐从人群出来，他的脸也是不熟识的了。他走时一手伸进胡须里，扶着自己的喉咙，另一手捉摸着空气，像瞎子那样做法。老织工跟在他后面喊道：

"吃点土，泥土……"

尼基大跑到父亲面前去。父亲噎了一声，吐出一口血到他脚下，沉重地说：

"血。"

他的脸发灰白了，眼睛惧怕地眨着，下颚抖索起来，他的整个魁伟的、聪明的躯体惧怕地缩小了。

"压伤了吗？"尼基大问，抓住他的手，父亲靠在他身上，推了一下，低声答：

"也许，血筋爆裂了……"

"我说，你吃点土下去……"

"离开我，走吧。"

又吐了多量的血，阿尔达莫诺夫怀着惊疑喃喃地说：

"还吐呢。乌里央娜在哪里？"

驼子想跑回家去，但是父亲紧紧地抓住他的肩膀，低垂着头在沙地上拖着慢步，似欲倾听在工人们的怒喊中辨不清切的飒响与轧声。

"怎么回事？"阿尔达莫诺夫问着，走回家去，谨慎地踏步，像跨着悬在深川上面的木板。乌里央娜站在台阶上，和女儿道别。尼基大看见她望见了父亲的时候，她的美丽的脸很奇怪地好像轮子似的往右一转，又往左转去，变了白色。

"拿冰来，呀！"她喊着。父亲笨拙地弯着腿，坐倒在台阶上，时常打噎，吐血。像在梦里一般，尼基大听见奇虹的声音：

"冰是水，水不能代替血的……"

"应该嚼点泥土下去……"

"奇虹，骑马请神父来……"

"举起来，抬着。"奥莱士卡命令说。尼基大抬着父亲的手肘，忽然有人踏他有脚趾，踏得那样厉害，使他的眼睛发了一阵黑，但是后来他的眼睛开始看得更加锐利，带病态的贪馋一般记下了人们拥挤在父亲屋内和院内所做的一切。奇虹在院里跳上一匹大黑马，却无力驾驭它。那匹马不肯走大门，跳跃，旋转，仰起恶狠狠的嘴脸，驱散着众人，大概是太阳在天上炙烧出来的炫目的火光使它吃惊。后来它才跳了一下，跑将前去，但是跑到汽锅前面一大堆红色的东西时，便往旁边蹿去，把奇虹扔了下来，回到院里，鼻中哼了一声，摇着尾巴。

有人喊：

"小孩子们，快跑去……"

奥莱士卡坐在窗台上，捏着深暗的、尖尖的胡须。他的不好看的、非农人般的脸尖长了些，好像蒙着灰尘。他目不转睛地隔着人们的脑袋，向床铺望去。父亲躺在那里，用不是自己的声音说着：

"那就是——错了。上帝的意志。孩子们——我的命令：乌里央娜应该代替你们的母亲，听见没有？乌里央娜，为了基督的分上，你帮帮他们忙吧。唉！外边人请他们离开屋子……"

"你别说话了吧，"乌里央娜拉长着调子，可怜地呻吟着，把一小块冰塞进他的嘴里，"这里没有外边人。"

父亲咽着冰，不坚决地叹口气，说道：

"你们不是我的罪孽的裁判者,而且也不是她的错。娜泰里亚,我待你严,但是不要紧的,孩子。彼得、奥莱士卡,你们和和气气地生活下去,对工人和气些。他们全是好人。选好的,奥莱士卡,你就娶了这个,你那个吧……不要紧的!"

"老爷子——你别丢下我们呀。"彼得请求着,跪了下来,但奥莱士卡推他的背,微语道:

"你怎么啦?我不相信……"

娜泰里亚用厨刀在铜盆里砍冰,铜器的银铛和女人的呜咽伴着清脆的打击。尼基大看见她的眼泪掉在冰上。黄黄的阳光照进屋里,反映在镜内,无形式的斑点在墙上抖索着,预备拭去黑夜的天色那般蓝的墙纸上的红色长胡华人的图形。

尼基大站在父亲脚边,等候他忆起他来。乌里央娜一会儿用梳子理清阿尔达莫诺夫卷曲的浓发,一会儿用饭巾在他的唇边擦干不断的血流、额角上和两鬓的汗。她对着他模糊的眼睛微语,热烈地微语,像祷告一般。他一只手放在她的肩上,另一只手放在膝上,沉重的舌尖上发出最后的话语:

"我知道的。愿基督救你。你们把我葬在我们自己的坟场上,不要在城里。我不愿意在那里,他们那些人……"

他又带着极大的、沸腾的烦闷,微声说:

"唉,我弄错了,上帝……弄错了……"

来了一个高身、弯背的神父,带着基督式的小胡和忧郁的眼睛:

"等一等,神父。"阿尔达莫诺夫说,重又对孩子们说道:

"孩子们——你们不要分家!和和气气地生活下去。事业是不喜欢仇恨的。彼得,你是长子,你应该负一切责任,听见没有?你们去吧……"

"尼基大。"乌里央娜提醒着。

"尼基大——你们要爱他。他在哪儿?你们去吧。以后……还有娜泰里亚……"

午后，太阳还在天顶上慈祥地照耀的时候，他流尽血，死了。他躺在那里，微仰着头，蜡脸发皱，显出焦虑的样子，闭得不很紧的眼睛似乎在看望驯顺地按在胸上的宽阔的手肘。

尼基大觉得家里所有的人对于他的死并不有所忧愁与恐惧，却是怀着惊讶。这惊讶他在一切人身上都感到，只是除了乌里央娜以外。她不发一言地坐在死人身旁，像冻僵了似的，对于一切都充耳不闻，手搁在膝上，目不转睛地望着石头般的脸，四围修饰着雪般的胡须。

彼得挺直身子，说些多余的话，声音不合适地洪响，走进父亲躺着的屋内，同尼基大轮流着进来，一个肥胖的女尼诵唱诗篇的诉词。彼得怀着疑问看视父亲的脸，画着十字，站了两三分钟，就谨慎地走出来。后来他的矮胖的身形在花园里、院里闪来闪去，好像寻找什么似的。

奥莱士卡忙乱地张罗丧事，骑马进城，一会儿回来了，跑进屋内，询问乌里央娜关于殡葬和追悼祭的手续。

"等一等。"她说。奥莱士卡便溜走了，满头大汗，身体十分累乏。娜泰里亚进来了，胆怯而且可怜地劝母亲喝碗茶，吃点东西。母亲注意地听着，说道：

"等一等。"

父亲在世时，尼基大不知道自己是否爱他，却只是怕他，虽然这惧怕并不阻止他对于这待他不和蔼，也不理会有没有这驼背儿子存在的人所做的兴奋神往的工作，致其欣赏。但是现在他觉得是父亲一个人真正地、深深地爱了他，他感到自身充满了模糊的烦恼，为这坚强的人突然的死亡感到无怜惜的、粗鲁的侮辱。为这烦恼与侮辱，他连呼吸都困难了。他坐在屋隅箱子上，等待轮到他诵读诗篇的时候，默唱着赞诗，还回头环顾，温和的微光充满了屋子，鲜花般的蜡烛的黄光摇曳着。长胡的华人粘贴墙上，像在魔术里的样子，肩挑着茶叶箱。在每条墙纸上有十八个华人，两个一行，一行向天花板，一行往下垂着。油油的月光落在墙上，月光下的华人显得活泼些，迅快地往上或往下走着。

忽然从诵经人单调的、流水似的话语里，尼基大听到了一个低声的、固执的问题：

"难道——是死了吗？上帝呀？"

问的是乌里央娜，她的声音响得万分的凄凉，所以女尼竟中断了诵经，有过错似的答道：

"死了，太太，死了，奉了上帝的意志……"

尼基大觉得完全受不了了，立起身，带着响声离开屋子，带走了对于女尼的一份沉重的、恶毒的恨意。

奇虹坐在大门里的长椅上面，用手指把一块大木片拆碎成一块块小片，塞进沙泥里，用脚蹬得深深的，埋到看不见为止。尼基大并排坐着，默默地看着他工作。他觉得奇虹很像城里那个面貌可怕的傻子安得努司卡——一个衣衫褴褛、脸色乌黑的少年。奇虹一只脚膝部有点弯曲，圆圆的眼睛像一只猫鸮，握着木杖在沙上画圆圈，在圈的中央用木片和树枝搭着方块，刚刚搭好，立刻用脚践踏，拿沙泥、灰土堆在上面，还用鼻音唱道：

"——基督复活，复活！

马车丧失了轮儿。

蒲铁马，巴意，巴意，蒲司搭马。

巴意，巴意，巴意，基督复活！"

"出了这样的事情，啊？"奇虹说，拍着自己的脖颈，打杀了一只蚊子，手掌在膝上擦了一擦，朝挂在河边柳树枝上的月亮瞧了一眼，随后就把眼睛停放在一大堆肉似的汽锅上面。

"今年蚊子生得早了，"他安静地继续说，"是的，蚊子——会活着的，但是……"

驼子有点怕似的，不让他说完这句话，生气地提醒他道："但是你杀死了那蚊子。"

驼子赶紧就离开了看门人，但是过了几分钟，不知道自己要往哪里去，重又回到父亲的屋内，代替了女尼，开始诵经。他把自己的烦恼输进赞美诗的话语里，没有听见娜泰里亚在什么时候进来的，忽然从他的背后传来她的声音，就像微浪的溅激。每逢她走近他时，他永远感到也许会说出或做出一点异乎寻常的事，也许是可怕的事，即使在这种时候他也怕自己会违背了自己的意志说出什么话来。他低着头，微抬驼峰，压低了迸出的声音，当时随着第九诗篇的话语，流出来呜咽似的两个语音。

"你瞧，我把他身上佩带的十字架卸了下来，预备自己佩带。"

"妈妈，亲爱的，原来我也是一个人呀。"

尼基大又抬高嗓音，想压抑，不去听这潮润的微语，但到底倾听了下去。

"上帝不能容忍罪孽……"

"在陌生的窠里，独自一个人……"

"往何处避看你的脸，往何处逃掉你的怒？"尼基大努力唱出恐怖与失望的呼号，但是记忆给他暗中提出了一个悲哀的谚语："没有爱情的生活是苦痛，有了爱情就成双。"他羞惭地感到娜泰里亚的苦痛对于他将熠耀成幸福的希望。

巴尔司基和市董长耶古夫·芮铁意金早晨从城里坐着弹簧马车来了。耶古夫是一个目光短促的人，绰号"煎不透的"，圆圆的身子，的确像是一块生面团制成的。他们走到灵前鞠躬，每人都朝那发黑的脸惧怕而且不信任地看了一眼，显然对于阿尔达莫诺夫的死亡也大为惊讶。后来，耶古夫发出咬人似的、恶毒的声音对彼得说：

"听说你们想把你父亲葬在自己的坟场上，是不是？彼得·伊里奇，这是对于我们全城的一种侮辱，好像你们不愿意同我们来往，和和气气地生活着。对不对，对不对？"

奥莱士卡咬响着牙齿，对哥哥微语说：

"把他们赶走吧。"

"亲家太太,"巴尔司基冲着乌里央娜发出洪大的声音,"这是怎么回事?真可气。"

耶古夫盘问彼得:

"是不是格莱勃神父出的主意?不行的,你取消了吧,你父亲是本县第一个厂主,新事业的发起人,本城的名人。连警察局长都奇怪了,想知道你们是不是信正教的?"

他不间断地说着,不理会彼得屡次企图打断他的话头,但是等到彼得说这是父亲自己的意思,耶古夫立刻就安静下去了。

"无论是不是这样,我们要来送殡的。"

大家开始明白他不是为了说这些话而来的。他走到屋隅里去,巴尔司基正在那里把乌里央娜逼在墙根上,喃声说些什么话,但是耶古夫刚走近过去,乌里央娜就喊道:

"你是个傻子,亲家,你走吧!"

她的嘴唇和眉毛抖索着。她骄傲地抬着头,对彼得说道:

"这两个人,还有博卖洛夫和伏洛博诺夫请我劝你们弟兄们把工厂卖给他们,还答应给我钱,如果我帮他们的忙……"

"走吧。……两位先生!"奥莱士卡说,指着门外。耶古夫咳了声嗽,含笑着把巴尔司基领到门外,推他一肘。乌里央娜坐在箱上,哭着怨诉:

"他们想磨去对于死人的纪念……"

奥莱士卡看着阿尔达莫诺夫的脸,庄严而且恶狠狠地说:

"我也许还坏些,可是像这样子的人是不愿意做的!宁可砸破自己的脑袋。"

"居然找到这时候来打交易。"彼得嘟哝着,也斜看着父亲。

娜泰里亚走近尼基大身旁,轻声问他:

"你为什么不作声呢?"

他受了感动,因为有人忆起了他,尤其喜欢的是娜泰里亚忆起了他来,因此抑制不住快乐地微笑,也轻声地说:

"我有什么……我同你……"

但是女人忧郁地离开他了。

差不多全城优秀人士都来送殡。警察局长,一个高身羸瘦的人,尖尖的下额,灰色的小胡,庄重地微拐着腿,在沙地上和彼得同行,两次对他说了同样的话:

"先尊是蒙公爵大人郭尔基·拉脱司基介绍给我的。对于这介绍,他完全没有什么辜负的。"

但是过了一会儿,警察局长又对彼得说:

"朝山上抬死人吃力得很!"

说完这些,警察局长侧身从人群里离开,紧咬着剃光的嘴唇,站立在松树荫里,让一群市民和工人走过自己的身边,像阅兵典礼时的兵士。

天气晴朗,太阳慈祥地放光,照耀着黄绿浓点中间花花绿绿的人群。这群人慢吞吞地从两个沙土山爬到另一个土堆上去。山上已有好几十个十字架点缀着,高耸在蔚蓝的天上。年老弯曲的松树伸展着宽阔的巨掌;沙土闪着宝石般的金星,在人们的脚下发出沙沙的声音;在人们头上摇曳着神父们浓重的歌声;最后颠踬着,而且跳跃着走的是傻子安得努司卡。他用无眉的圆眼看望自己脚下,伛着身子,拾道旁的细树枝,挟在怀里,也是尖响地喊:

"——基督复活,复活,

马车丧失了轮儿……"

虔信的人们打他,禁止他唱这个。现在警察局长用手指向他威吓,喊道:

"去你的,傻子……"

城里的人不喜欢安得努司卡。他是莫尔特瓦人,或是丘瓦士人,所以不能把他当作基督教的疯僧看待。但是大家全怕他，认他为一个不幸事端的先知者。在追悼宴时，他走到阿尔达莫诺夫家的院里，在斟斟的桌子中间走来走去，喊出一些离奇的话语：

"库耶退尔，库耶退尔，鬼到钟楼上去。啊呀，啊呀，快下雨了，快湿了，卡耶玛司哀哀地哭！"

当时有几个善于猜事的人们偶语起来：

"这么看来，阿尔达莫诺夫一家是不会有幸福的！"

彼得提到了这偶语。过了几分钟，他看见奇虹·瓦洛夫把傻子推挤到院隅，又听见看门人安静，搜索似的问话：

"卡耶玛司——这是什么意思？不知道吗？得啦。滚开吧！喂，走吧……"

一个年头像山上冲下来混浊的秋水那般迅快地溜过了。没有什么特别的事故发生，只是乌里央娜头发白得厉害，太阳穴上刻镂下老年的悲苦的微光。奥莱士卡变化很明显，开始温和些，和蔼些，但同时伴随的是一种不愉快的匆忙的样子。他时常用快乐的玩笑话，尖刻的话语鞭挞着一切的人，最使彼得不安的是奥莱士卡对于事业的胆大的态度，好像他把工厂当作游戏的玩具，正和他同那只狗熊游戏一样，随后又自己把它杀死了。很奇怪的是他的对于贵族日用物品的嗜好，除了乌里央娜赠送的时钟以外，他的屋内摆了些无用而美丽的小物什，墙上挂着碎珠绣成的图画——女孩们滚圈游戏的情景。奥莱士卡很会省钱，何以在这些无用的东西上面花钱呢？他开始穿时髦的、贵重的衣裳；蓄养深黑的、带尖刺的胡须，两颊剃得精光，这更加丧失了普通乡下人的样子。彼得在这表兄弟身上感到很陌生的，不明显的一切，便不知不觉地对他不信任地审看着，这不信任越来越见增加了。

彼得经营事业，谨慎而畏葸，像他对人一样。他自己造成一种不慌不忙的步调，偷偷地靠近工作，似在期待他所靠近的东西会离开他溜走似的。有时候，因为操心事务而累乏了，他感到自己处身在一种特别的、恐慌的、烦闷的冷云里。在这样的时候，工厂在他看来像一头石头般的，却是活的野兽。这野兽屏住呼吸，伏在地上，影儿投在一边，像它的翅膀翘起烟囱的尾巴。它的嘴脸是迟钝的、可怕的，白天时窗户闪耀得像冰齿，冬天的晚上则是铁的，由于狂怒而炙烧得通红。彼得又觉得工厂的真正的、内蓄的事并不在于织许多里长的布，却是做另一件为他所嫉恨的事情。

父亲周忌的那天，坟上悼祭以后，全家聚在奥莱士卡那间光明、美丽的屋内。奥莱士卡神志骚扰地说：

"父亲遗嘱要我们和和气气地生活着。这是对的，我们在这里像被俘虏着一般。"

尼基大看见和他并坐的娜泰里亚很奇怪地望着小叔，抖索了一下，但是奥莱士卡继续很温和地说：

"但是即使在和气之中，我们也不应该互相妨碍。事业是大家一致的，生活却是各人不同的。对不对？"

"怎么样呢？"彼得谨慎地问，朝兄弟的头上看了一下。

"你们大家全知道我同那女孩奥洛瓦同居着，现在我想和她结婚。尼基大，你记得，在你落入水里的时候，只有她一个人怜惜你。"

尼基大点着头。他初次和娜泰里亚挨坐得这样近，这对于他太好了，竟不愿动一动，说句话，甚至不想听别人所说的话。当娜泰里亚不知为什么原因抖索了一下，手肘微微地推他一记，他微笑了，望着桌下她的膝盖上面。

"她对于我是命中注定的，我这样想。"奥莱士卡说，"同她是可以过另一种的生活的，但是我不愿意接她到家里来住，怕你们和她住不合适。"

乌里央娜举起低垂着的，注满了沉重的忧郁的眼睛，帮着奥莱士卡说话：

"我知道她这人，是一个稀贵的做女红的手儿。她识字。她父亲是醉鬼，她除了养自己，还得养他，只是有点脾气：恐怕娜泰里亚同她合不拢来。"

"我同任何人都合得拢来的，"娜泰里亚生气地说。丈夫斜眼看了她一下，对兄弟说："这确是你的事情。"

奥莱士卡对乌里央娜提议把她的房子卖给他：

"这房子于你有什么用？"

彼得附和着他：

"你应该同我们住在一块。"

"我走了，叫奥洛瓦快活一下。"奥莱士卡说。他走后，彼得推尼基大的肩，问道：

"你做什么？打瞌睡吗？想什么？"

"奥莱士卡这事做得很好……"

"是吗？往后瞧吧。你的意思怎么样，妈妈？"

"他要和她结婚自然好，将来他们怎样过活，那谁知道呢？她是特别的人，好像是傻子。"

"攀了这样的亲戚，多谢得很。"彼得嘲笑着。

"也许我说得不对。"乌里央娜说，仿佛朝着那一切错乱地摇动着，肉眼无接触地向黑暗处望去。

"她狡猾得很，她父亲有不少东西，她拿来藏在我那里，不让他卖了变酒喝。夜里奥莱士卡把那些东西送到我那里，以后算是我送给他的。她一切的东西，一切的妆奁，都在他手里，也是贵重的东西。我终归不很爱她——因为她任性得很。"

彼得背朝岳母，向窗外看望，园中椋鸟喃语，反复地逗引着世上的一切，彼得忆起奇虹的话来了：

"我不爱椋鸟，它们像些小鬼。这奇虹是一个愚人，显然是太愚傻了。"

乌里央娜还在轻声地，不乐意似的（显然间杂着别的思想）叙讲奥洛瓦的母亲——女田主,一个放浪的女人——在丈夫在世时就和奥洛夫相奸,和他姘了五年多。

"他是一个工匠:做木器,修表,用木头雕刻人像。在我那里还藏着一个裸体的女人,奥洛瓦把它认作她母亲的遗像。他们两人都喝酒。丈夫一死——他们就结婚,就在那年工匠喝醉了酒,到河里洗浴,淹死了。……"

"人们是这样相爱的。"娜泰里亚突然说。这句不对题的话使乌里央娜用责备的眼神对女儿看了一下。彼得冷笑着说:

"这讲的是酗酒,不是爱情。"

大家不作声了。尼基大留神观察娜泰里亚,看出母亲的叙讲使她心神骚动,她的手指拘挛地抓掏掉毯的须头,一张自然的、善良的脸涨红着,显得生气,令人不能相识。

晚餐后,尼基大坐在园中窗下,丁香的矮树丛里,听见了彼得的凝虑般的言语在自己的头上:

"奥莱士卡伶俐得很,他很聪明。"

接着立刻传来了娜泰里亚刺心的号哭:

"你们全是聪明的,唯有我是傻子。他说得很对,做了俘虏!这是我生活在你们家的俘虏里面……"

尼基大由于惊吓,由于怜惜,竟呆住了,两手捧住长椅,一种自己也莫名所以的力量把他举了起来,往什么地方推去。然而在他的头上,那个心爱的女人的声音越加响得洪亮起来,引起他热烈的希望。

娜泰里亚正在编辫子,丈夫的话突然炽燃了她心里的怒火。她靠在墙旁,手叉在背后,那两只手真想举起来去撕打。她哽咽着说话,带着干涩的哭声,不听自己所说的话,也听不见吃惊的丈夫的喊声。她在家里是一个外人,没有人疼爱,像一个下仆。

"你不爱我,不同我说什么话,像一块石头似的压到我身上来,就完事了!为什么你不爱我,难道我不是你的妻子吗?我有什么不好的,你说！你瞧，我母亲多么爱你的父亲，有时候我的心竟羡慕得要爆裂了……"

"你也就这样爱我好了。"彼得提议。他坐在窗台上，审视屋隅阴黑里妻子的变样的脸。她的话语他认为愚傻，却惊讶地感到她的忧愁是合理的，而且明白这是聪明的忧愁。最不好的是在这忧愁里含有一种长期不安的危险，将发生新的关心和惊惶的事的危险，而关心的事已经多得很。

妻的白白的，穿着睡衣的，无手的身影战栗着，发着光耀，怕要隐灭的样子。娜泰里亚一会儿微语，一会儿叫喊，好像在秋千上一升一降地摇曳着：

"你瞧，奥莱士卡多么爱自己的那个……爱他也容易，他性子快乐，穿扮得像阔公子。你是怎么样呢？同谁也不和蔼，永远不笑。假使我同奥莱士卡在一块儿，我们可以心心相印地过活，但是我同他却永远不敢说一句话，你把你的驼子派到我面前来看守着，故意派这可憎恶的滑头……"

尼基大立起身来，低垂着头，神志颓丧地走到花园深处，用手拨开触他肩膀的树枝。

彼得也立起来，走近妻子身旁，抓住她头顶上的头发，把脑袋推后，看她的眼睛：

"同奥莱士卡在一块儿。"他用不洪亮却浓重的声音问。妻子的话使他吃惊到不能恼怒她，不想打她的地步。他更加明显地承认妻子说的是实话：她的生活是十分的厌闷。这厌闷他是明白的。但是必须使她安静下去，为达到这目的，他把她的后脑朝墙上碰撞，轻声地问：

"你说的是什么话，傻东西啊？同奥莱士卡在一块儿？"

"你放手，你放手，我要喊……"

他用另一手抓牢她的喉咙，抓得紧紧地，妻子的脸立刻涨得通红，嘴里发出嘶哑的声音。

"贱货。"彼得说,把她推到墙根,自己走开了。她也跳开墙边,从他身旁穿过,走到吊悬的摇篮那里去;婴孩早就呱呱地哭了。彼得觉得妻子跨越了他的身体。一块蓝色的天在他面前摇曳,从这头爬到那头,星儿跳跃着。妻子坐在身旁,差不多并排着,不用站起来,就可以朝她的脸打一下大耳刮子。她的脸显得迟钝,好像变成麻木了,但是颊上缓缓地,懒懒地流着眼泪。她喂小女孩吃奶,隔着眼泪的玻璃般的薄膜,向屋隅看望,没有理会到这婴孩极不方便地吮着奶头,凸出着成垂直线的奶头不时从她的嘴唇里滑出。婴孩一边啜泣,一边吮着空气,摇转着脑袋。彼得战栗了一下,像从黑夜的梦魇中醒来一般,说道:

"把奶头挪一挪,没有看见吗?"

"屋里有苍蝇,"娜泰里亚喃声说,"没有翅膀的苍蝇。"

"要知道我也是一个人,没有两个彼得·阿尔达莫诺夫活在世上呀。"

他模糊地感到他所说的不是那想说的话,而且还说了一些不真实的话,但是为了安慰妻子,避免自己的危险起见,必须要说实话,十分自然的,无可辩驳的明显的实话,使妻子立刻了解它,服从它,不再用愚傻的怨诉、眼泪,那至今她从未做过的女人的玩意儿,阻碍着他。他瞧着她在漫不经心地、拙笨地哄弄女儿睡觉,说道:

"我有正事!工厂,那并不是种粮食,栽马铃薯。那是一件难题。你的脑筋里有什么呢?"

他起初说得极严正、庄重,试着接近这无可捉摸的真实,但是它滑走了,他的声音便开始响得近乎可怜的样子。

"工厂,那不是随便可办的。"他重复说,同时感到话语枯竭了,再也没有什么话可说。妻子默然无言,背朝他,摇着摇篮。奇虹·瓦洛夫的低低的、安静的声音救了他了。

"喂,彼得·伊里奇!"

"有什么事?"他问,走近窗前。

"请你出来一下。"看门人用要求的神气说。

"糊涂东西！"彼得喃喃地说，又责备妻子了，"你看见没有？连晚上都没有安静的时刻，你还这样沮丧……"

奇虹没有戴帽子，眼睛闪耀着，和彼得在台阶上相遇。奇虹回头向被月光照耀得通亮的院落看了一眼，轻声说：

"我刚才把尼基大·伊里奇从吊梁上救了下来……"

"什么？从哪里？"

彼得垂坐在台阶的级段上面，像要钻进地里去似的。

"你别坐下，快到他那里去，他要见你呢……"

彼得不立起来，微声问：

"他是怎么啦？啊？"

"现在已经醒了。我用水喷醒了他。我们走吧……"

奇虹抬着主人的手肘，领他到花园里去。

"他在澡堂里的前屋上吊，一根绳子从阁楼的屋橡上悬下，就开始……"

彼得站定了脚步，重复着说：

"这是什么意思？是想父亲吗？"

看门人止了步：

"他竟到了开始吻她的衬衫的地步了……"

"什么衬衫？你说什么？"

光赤的脚抚摸着土地，彼得朝看门人的狗细细地审看，它从树木中间走了出来，摇着尾巴，疑问地望着他。他怕去见兄弟，感到自身是空虚的，不知道对尼基大应该说什么话。

"唉，你活在那里，不张着眼睛。"看门人喃喃地说。彼得不作声，期待他还要说什么话。

"她的衬衫，娜泰里亚的衬衫，挂在那里，洗了以后晒着。"

"他这是为什么？……你等着！"

彼得一脚把狗推开，意念中想象着一个短短的、驼背的兄弟的身形在吻女人衬衫的景象。这实在可笑，引出他一口厌恶的痰来。但是一个炙热的猜想立刻撞过来，震聋了他。他抓住看门人的肩膀，摇着他，咬牙问：

"他们亲吻吗？你看见了吗？"

"我全看见的。娜泰里亚连知道也不知道呢。"

"你扯谎吗？"

"我有什么扯谎的原因？我并不等待你的奖赏。"

奇虹似乎用斧劈开黑暗里的微光一般，用不多的言语对主人讲述他兄弟的不幸事。彼得明白了看门人说的是实话，在兄弟的蓝眼的眼神里，在他对娜泰里亚那种殷勤侍候的样子里，在琐细的、却不断关心她的行动里，他早就模糊地觉出一点儿来了。

"是的，"他微语着，又自言自语地思索起来，"我没有工夫明了这个。"

后来，他推奇虹往前走，说道：

"我们走吧。"

他不愿意先行承受尼基大的眼神，所以走进澡堂低矮的门时，还没有辨清在黑暗里的兄弟的所在，就从奇虹背后用抖索的声音问：

"你做的是什么事情，尼基大？"

驼子没有回答。他在窗旁长凳上坐着，黑黑的看不大见他的身子，模糊的光降落在他的肚上、脚上。后来，彼得才分辨出尼基大垂头坐在那里，驼峰支在墙上，衬衫从领子那里一直破到边上，而且是湿的，黏贴在他前面的驼峰上，头发也是湿的，颧骨上印着深黑的星儿，紫血印发着闪闪的光。

"血吗？跌伤了吗？"彼得微语地问。

"不是的，这是我匆忙时弄伤了他一点儿。"奇虹发出愚蠢的大声回答，走到一旁去了。

彼得走到兄弟身旁去，显得可怕。他像听别人家说话似的听着自己的话，揪着自己的耳朵，抱怨着，责备着：

"多么可耻。违背上帝，弟弟呀。唉，你……"

"我知道的！"尼基大哑声说，发的也不是自己原来的声音，"忍不住了。你放了我吧，我要到修道院去。听见没有？我是用整个心灵请求你……"

他带着啸声咳嗽了一下，就沉默了。

彼得不知为什么受了温和之感，开始重又轻声而且和蔼地责备，终于说道：

"关于娜泰里亚的事，自然是魔鬼把你弄昏了……"

"唉，奇虹，"尼基大用哭声喊着，痛苦地呻吟一下，"我求过你的，奇虹，不要作声！最好不必对她说呀。看基督的分上！她要笑起来的，会生气的。可怜可怜我吧！我将一辈子替你们祷告上帝。千万别说！永远不要说。奇虹，这全是你，唉，你这人……"

他喃语着，头挺得不自然的直，还动也不动，这样子也是很可怕的。看门人说：

"假使没有出这件事，我是不作声的。她绝不会从我的嘴里知道这事……"

彼得的温和感更加深些，而自己对于这又怀着惭愧，当时坚决地答应着：

"十字架做保证，她绝不会知道的。"

"谢谢你，我就要到修道院去。"

尼基大不响了，似乎睡着的样子。

"你痛吗？"彼得问。没有取得回答，彼得又重复问：

"脖子——痛吗？"

"没有什么，"尼基大哑声说，"你们去吧……"

"不要走开。"彼得向看门人耳语，从他身旁走过，退到门外去。

然而当他步进花园，深深地吸进了甜蜜的、温暖的湿土的气味的时候，他的温和感立即消逝，一阵恐慌的念头拥了过来。他顺着小径行走，留神着不使脚下的碎石发响。他需要的是伟大的静寂，否则将不能对于这些念头加以分析。这些仇恨的念头多得吓人，好像并非从他的内心里发生，却是从外面，从黑夜的朦胧里侵袭而来，像蝙蝠一般闪来闪去。这些念头迅快地互相更迭，使彼得来不及将其捉住，化为言语，只捉到一些巧妙的绳结的花样，那绳结把他、娜泰里亚、奥莱士卡、尼基大、奇虹都捆在一起，束成一个旋转得分外迅快的乱哄哄的圆环，而他则独自处身于这个圆圈的中央。他用言语所思想的却是极普通的应对措施：

"应该让岳母赶紧搬来，把奥莱士卡支走。娜泰里亚应当好生哄一哄。'你瞧，人家多么相爱呀。'他的上吊不是为了爱情，却是为了自己那种丑样。他去修行很好，在尘世上本来没有他的份儿。这是很好的。奇虹是一个愚人，他应该早些告诉我。"

然而这些话并不是那些使他惭愧和惊吓的、无从捉摸的、无言语的念头。那些念头会使他恐惧地注视着浓厚、潮湿的夜的黑影。在工厂的村落里远远地传来不愉快的歌声，像一条微微的河流那般蜿蜒着，发着微光。彼得明确地感到有尽快驱走、压抑恐慌的必要。他不知不觉地走到丁香树那里，在自己卧室窗下坐了许久，手肘支住膝盖，手掌捧住脸，注视黑黑的土地，脚下的土地微微的动弹，还冒水泡，似乎准备松塌下去的样子。

"真奇怪，尼基大如何吞得下沙土的，他得到修道院去做园丁。这对于他是很好的。"

他没有看见妻子走过来，正当白色的身形似乎从地底下升了出来的时候，他惧怕得跳了起来，但是一个熟悉的声音使他安心了一点：

"我刚才喊闹，看基督的分上，恕了我吧……"

"那有什么，上帝会饶恕的。刚才我自己也喊闹的。"他宽容地说，显得快乐，因为妻子自己来了，现在他不必再寻觅一些软话，以涂抹口角的裂缝。

他坐了下来，娜泰里亚不坚决地坐在他身旁。到底应该对她说点安慰的话，彼得说：

"我了解你的烦闷。我们家里没有快乐。有什么可快乐的？父亲在工作里找到了快乐。在他看来，普通的人是没有快乐的。除去乞丐、老爷们以外，其余人全是工人，大家都为了事业而生活着，事业以外是看不见人的。"

他谨慎地说话，怕说出些多余的来，一面听着自己说话，一面发现他说话的样子像一个严正的业务家、真正的主人。但是他感到这些话全是外表的，在思想的上面溜滑着，而不予以剖析，没有嚼碎这些思想的力量。他觉得他坐在深渊的边上，也许下一分钟会有人把他推下去，那人正注意听他的话语，微语着：

"你说的不是实话呀。"

恰在这当儿，妻子的头搁在他的肩上，她微语道：

"要知道你对于我是一辈子的事。你怎么不了解这一点儿呢？"

他立刻抱着她，把她搂在怀里，一面听着热烈的微语。

"你不了解才是罪孽呢。把女孩子娶了来，她给你养了许多小孩，而你仿佛没有这女人在心上，你对于我是没有一点儿心的。彼得，这真是罪孽。还有谁再比我对你亲近的，在痛苦的日子里谁来怜惜你呀？"

他觉得妻子把他举了起来，在空中翻了一转，弄得他愉快地累乏无力，他沉浸在醒人的凉爽里，近乎感谢地说：

"我答应他不说的，现在不能了！"

于是他匆忙地对妻子叙讲从看门人那里听来关于尼基大的一切事情。

"他吻你的衬衫——在花园里晒着的——竟狂到这个地步！怎么你不知道，没有理会到你这种情形吗？"

妻子的肩在他的手下剧烈地抖索起来。

"怜惜什么?"彼得想。但是她匆忙地、恼怒地答道:

"从来没有看出他有这样贪婪的心思!真是阴沉的人!驼子全很狡猾,这话真对。"

"嫌恶呢?或是假装呢?"彼得问自己,又提醒妻子道,"他对你很和蔼的……"

"那有什么?"她挑战似的回答,"图龙也是和蔼的……"

"但是到底……图龙是一只狗。"

"所以你把他当作狗一般的安插在我身边,叫他监视我,不让公公和奥莱士卡想念头,我明白的!我看他真讨厌,真可恶……"

显然,娜泰里亚是十分愤激,而且恼怒,这从她的皮肤的战栗上,从她揪捏衬衫时指头的拘挛性的行动上可以感觉到的,但是男人觉得愤激是过分的,无法置信,所以又对妻下了最后的打击:

"奇虹把他从吊梁上救了下来。他在澡堂里躺着。"妻子的身体在他手底下松软了,坐了下去,带着显然的恐怖喊了:

"不……你说什么?上帝……"

"如此说来——在扯谎呢。"彼得推定。然而她把头一甩,好像有人打击她的额角,恶狠狠地抽咽,微语道:

"这是怎么回事?父亲死后才稍稍地隐瞒了人们的批评,现在又开始说我们家里的事了!唉,上帝,这是为了什么?一个弟弟上吊,另一个却娶一个不知名的女人,娶他的情妇。这是怎么回事?尼基大·伊里奇!怎么这样无耻,谢谢还要你来侍候呢,这昧良的人……"

丈夫叹了一口气,紧紧地抚摸妻子的肩膀。

"不要怕,谁也不会知道的。奇虹不会说出,因为他是尼基大的朋友,而且还对我们满意。尼基大预备去修行……"

"什么时候?"

"不知道。"

"快些才好！现在叫我怎样同他在一块儿呢？"

彼得沉默了一会，提议说：

"你到他那里去，看一看……"

但是妻子好像被针扎一般跳了起来，几乎喊嚷了：

"不要叫我去，我不去！我不愿意去，我怕……"

"怕什么？"彼得迅快地问。

"怕吊死鬼，随你怎样处置，我是不去的，我害怕。"

"好了，我们去睡觉吧，"彼得说，站定了坚固的脚跟，"今天我们也被折磨得够了。"

慢慢儿同妻子并行走着，他感到这一天随着些坏的还赠予他一些好的，而彼得·阿尔达莫诺夫这人，在今天以前还不知道自己是什么样的人，居然是一个既聪明又狡猾的人，他刚刚把那个硬生生以黑暗的思想搅得他心神不安的人给愚弄了。

"自然你是我最亲近的人，"他对妻子说，"谁还比你亲近？你应该想，你是我最亲近的人。那时候便一切都妥当了。……"

过了这夜的第十二天早上，在晨曦里，尼基大执棒在手，驼峰上负着皮袋，沿着被多量的露水浸黑的流沙小径，迅快地走着，似欲赶紧脱离刚才家人们送他时一幅画景的回忆：他们大家都没有睡足的样子，聚在厨房旁边的饭厅里，规规矩矩地坐着，约束地说话，显然他们中间谁也没有一句知心的话对他说。彼得和蔼，而近乎快乐，像一个做了有利的事情的人，两次说着：

"我们家里现在有了自己的人，可以为我们的罪孽祈祷……"

娜泰里亚冷淡却很留神地斟着茶水，她的老鼠般的耳朵显然燃烧着，好像揉扁了似的，她皱着眉头，时常离开屋子。她的母亲凝虑地沉默着，用唾沫黏湿了手指，抹平两须上的灰斑头发，唯有奥莱士卡超越了寻常的样子，显出不安，耸肩问：

"你怎么会决定的，尼基大？突如其来？我不明白……"

身材不大，鼻子尖尖的女人奥洛瓦和奥莱士卡并坐着，举起深黑的眉毛，不客气地审看大家，她用以看人的那双眼睛大得和脸庞不相称，尖得不像姑娘应有的样子，而且闪得次数太多，尼基大瞧着不大中意。

尼基大坐在这些人中间感到难过，不由得惧怕地想：

"要是彼得对大家说了出来，便怎样？赶快放走罢了……"

彼得首先来告别。他走近来，抱着尼基大，用抖索的声音说得十分响亮：

"亲弟弟，告别吧……"

乌里央娜阻止他：

"你怎么啦？应该坐一会，静默一刻，再做祈祷，然后大家告别。"

一切做得很快，彼得重又走近来，说：

"请饶恕我们。关于献金一层，你写信来，我们立刻寄出去。你别答应修累重的苦行，告别吧。你替我们多多地祈祷祈祷。"

乌里央娜朝他画着十字，三次吻额与颊，不知为什么缘故哭了；奥莱士卡紧紧地抱着他，细看他的眼睛，说道：

"愿上帝和你同在。每人有自己的路。我终归不明白你怎么忽然决定了……"

娜泰里亚最后一个走过去，但是没有走到跟前，就手叉胸前，低低地鞠躬，轻声说：

"告别吧，尼基大·伊里奇……"

她的胸脯还是高高的，像女孩子的一般，虽然已经喂了三个孩子的奶。

这就完了。还有奥洛瓦：她伸出像木片般坚硬的、热烘烘的小手，她的脸近看更加显得无趣了。她愚蠢地问：

"果真要剃度吗？"

三十多名老织工在院内和他道别，古貌的、耳聋的鲍里司·莫洛作夫摇头喊着：

"兵丁和僧士是世界上第一位仆人,好极了!"

尼基大转到坟场上,对父亲的墓作别,跪在前面,凝想了一会,并不祈祷,生活是转变得如何急呀!他的背后升出太阳,一个宽阔的、多角度的影子覆在露水洗涤的坟墓的草根泥上,形式像恶狗图龙的窠儿。尼基大叩着头,说道:

"恕了我,爸爸。"

在早晨的敏锐的静寂里,声音响得沉重而且发嘎,静默了一会,驼子又重复得响些:

"恕了我,爸爸!"

他哭了,哭得十分悲苦,像女人一样抽咽着,对于自己那种明晰、洪亮、和以前一样的声音感到忍耐不住的怜惜。

离开坟场一俄里路远,尼基大忽然看见了奇虹。奇虹肩上背着铲子,腰里系着斧头,站在道旁树棵里,像一个岗兵。

"走了吗?"他问。

"走了。你在这里做什么?"

"打算掘一棵山梨树,栽在我的看更屋窗旁。"

两人站了一分钟,默默地互相看望,奇虹把溶化着的眼睛挪到一旁去。

"你走吧,我送你几步。"

默默地走着,奇虹首先说话。

"露水真重。这是有害的露水,会得到旱灾,收成不好。"

"但愿上帝拯救了吧。"

奇虹说了一句不清楚的话。

"什么?"尼基大问,带点吃惊的样子,他永远期待这人有触人心灵的特别的话语。

"我说,也许会拯救的。"

但是尼基大相信浚河工人说了一句不愿意再复说的话。

"你怎么——不相信上帝的恩惠吗?"他责备着问。

"为什么?"奇虹安静地回答,"现在需要的是雨,这些露水对于蘑菇是有害的。好的主人是一切都应时而有的。"

尼基大叹气一声,摇头。

"你心里想得总不大好,奇虹……"

"不,我想得很好。我不是用眼睛思想的。"

他们又默默地走了五十几步路。尼基大望着脚下,自己的宽阔的影子;奇虹合着步伐的节拍,用手指弹斧头上的木柄。

"我会来看你的,尼基大·伊里奇,过了一年以后,好不好?"

"来吧。你是好奇的。"

"这个很对。"

他脱下帽子,止步:

"这样吧,告别吧,尼基大·伊里奇,"——摸了摸颧骨,他凝虑地补说:

"我从心灵上喜欢你。你有温和的性格。你的父亲有聪明的肉体,而你却是精神的、心灵的……"

尼基大把手杖扔在地上,摇了摇驼峰,为着改正皮袋的位置,默默地抱着他。奇虹紧紧地搂住,大声、坚决地回答:

"如此说来,你要来的。"

"谢谢你。"

走到道路深折进松林的地方,尼基大回头看了一下,奇虹把帽儿挟在腋下,身支着铲子,站在路的中央,似乎决定不放任何人走过似的,朝风吹了过来,摇动着在他的不愉快的头上的头发。

远看奇虹有点像傻子安得努司卡。尼基大想起这个黑暗的人物,加紧了步伐,在他的记忆里固执地响着:

"基督复活,复活,

马车丧失了轮儿……"

二

父亲死后第十周忌的那天，阿尔达莫诺夫家的教堂方才落成，题名"先知伊里亚教堂"。造了七年，负迟延责任的是奥莱士卡。

"上帝可以等待的，他不忙。"他敏捷而且恶毒地打趣着，竟两次用去了造教堂用的砖头，一次造第三厂屋，又一次造医院。

题名后，在父亲自家小孩们的坟场上做完了追悼祭，阿尔达莫诺夫一家人等待人们从坟场散尽，有礼貌地不去理会乌里央娜独自留在家院内榆树下的长椅上面，不慌不忙地走回家去。没有什么可忙的，为宗教，亲友，职工们预备的盛宴下午三时才开始。

一个灰色的日子。天皱着眉，照秋天的样子；湿润的风像疲乏的马似的打鼾，摇动着枞树的尖顶，预定了雨。一些微黑的小人形在栗色丝带般的砂道上，摇曳着，爬到工厂那里去；处在半径形的地位上的三所厂屋插立在地里，像拘挛地伸直着的红色的指头。

奥莱士卡挥摇着手杖说："过世的父亲看见我们这样的作为，一定会喜欢的。"

"沙皇被打死的时候,他会愤激的。"彼得想了想才回答,不愿意和兄弟随声附和。

"他不很喜欢愤激。他不是依照沙皇的,而是自己的智慧生活着的。"

奥莱士卡把帽子拉得迸深些,止步,看了女人们一下:他的妻子,小小的、齐整的身材,穿着普通的深色的衣裳,在揉碎的砂子上轻快地走着,手帕擦着眼镜,像一个乡村女教师;并排走着的是肥胖的娜泰里亚,穿着黑绸外套,肩上和袖头带着硝玉,深紫藤色的头上美丽地覆掩着她的丰满的、发栗色的头发。

"你的媳妇越来越美了。"

彼得默不作声。

"尼基大又没有来过周忌。是不是生我们气?"

每逢阴天奥莱士卡胸腿作痛;他拐着腿行路,支着手杖。他打算磨平追悼祭上忧郁的印象和灰色的日子的悲愁。他做一切都是固执的,执意使他哥哥说出话来。

"岳母留在坟上痛哭,还全记念着。一个好老太太。我低声吩咐奇虹,让他等一等,送她回家。她说她气喘,她说她走路都困难。"

彼得低声而且勉强地重复着:

"困难呀。"

"你睡着了吗?什么困难?"

"奇虹应该打发走了。"彼得回答,朝旁边看,朝向竖着柏树的山丘看。

"为了什么?"兄弟奇怪地问,"他是一个诚实、勤谨的乡下佬,并不偷懒……"

"是一个傻子。"彼得补说着。

女人们走近了。奥洛瓦用愉快的声音,对于她的小身体显得突然强烈的声音对丈夫说:

"我劝娜达里亚把伊里亚送到中学里读书,她却害怕。"

怀孕的娜泰里亚走路像一只饱食的鸭子,两腿反复地摇摆,用长辈的语气,慢吞吞地从鼻子里哼着说:

"据我看来,中学是有害的时新样儿。叶连娜写起信来,用的那些话语叫人没有法子明白。"

"大家全应该读书,读书!"奥莱士卡严声说,除下帽子,擦流汗的额和早期的秃头发。这秃发从鬓上爬往头顶,成尖角形,使他的脸拉得长长的。

娜泰里亚含着疑问看了丈夫一眼,辩论道:

"博卖洛夫说得很对,人因读书而变成野蛮。"

"是的。"彼得说。

"你们瞧!"娜泰里亚满意地喊。但是丈夫焦虑地补说:

"应该读书的。"

兄弟和奥洛瓦都笑了。娜泰里亚责备他们:

"你们这是怎么了?忘记了吗?你们刚刚做了追悼祭。"

他们搀着她的手,走得快些,彼得却放慢了步:

"我等一等母亲。"

这无趣的人——奇虹·瓦洛夫使他愤怒。做追悼祭以前,彼得站在坟上,向远远的工厂眺望,出声说了一句话,是自对自说的,并不是夸嘴,却是说他所见的:

"事业扩展了。"

他立刻在肩后听见了以前的浚河工人的安静的声音:

"事业好比地窖里的霉菌,是用自己的力量生长的。"

彼得一句话也没有对他说,连回头看也不看,但是看门人这句话显然的、可气的愚傻使他生怒。一个人工作着,给几百人吃饭,日夜想着事业,在事业中看不见,也感觉不到自己。忽然一个傻子说,事业是用自己的力量生活着的,而非依了主人的理智。这小人儿永远喃语着灵魂、罪孽一类的话。

彼得蹲坐道旁砍掉的松树的老根上面，拉自己的耳朵。记得他有一次曾对奥洛瓦诉怨道：

"思想着灵魂都没有工夫。"

他听见一个奇怪的问题：

"难道灵魂是离开你而生存的吗？"

他在这句话里嗅出一个女人的玩笑，但是奥洛瓦的面容是正经的，她的微黑的眼睛在眼镜的玻璃里面和蔼地发着微笑。

"我不明白。"

"我也不明白，人们离开了人，谈论灵魂，好像谈论一个领养的孤儿。"

"我不明白。"彼得重复说，丧失了同这女人谈话的愿望。他对于她是陌生，而不易了解的，却爱她的坦白的性情，但是又怕在这明显的坦白里面隐藏着狡猾。

他永远不喜欢奇虹·瓦洛夫。一瞧这颧骨耸起、斑点重重的脸，奇怪的眼睛，藏在栗色头发后面、黏贴在脑后的耳朵，生长得紧紧的胡须，不迅快，却还赶得上的步伐，丑陋而矮短的身躯，他便感到不愉快。他感到不愉快的，又似乎可羡慕的，是他的安静；连奇虹工作时那种勤慎样子也会惹出他的气来。奇虹工作着，像一架机器，永不授予遭埋怨的借口，但这也能引起愤恨。最不痛快的是看着这人一年年越插越深地埋根在家务里面，显然感到自己是阿尔达莫诺夫一家生活之轮里的一个必要的条辐。奇怪的是小孩们爱他，狗和马也爱他。老猎狼狗图龙被系在铁链上面，因此性情显得激怒，除去奇虹外谁也不让近身。他的大儿子，好任性的伊里亚，听从看门人的话，比他的父母还多些。

彼得为使奇虹离远些，给他一个教堂守役或守林人的位置。奇虹总是否定地摇着沉重的头：

"我不合宜做这事。假使你厌烦了，你可以休息一下，给我一个月的假,我到尼基大·伊里奇那里去一下。"

他说的就是这句话:"你可以休息一下。"这句愚蠢、胆大的话,随着又提出了隐藏在池湖后面森林里的穷修道院的兄弟来,当时勾起彼得的惊慌的疑心。除去奇虹从吊绳上把尼基大救下来时所说的话以外,大概他还知道一些可耻的事,他似在期待新的不幸事情,他的闪耀的眼睛暗示着:

"不要动我,我对于你是有用的。"

他已经到修道院去了三次;背着麻袋,持杖在手,不慌不忙地走了。他在地上行路,好像施恩惠于它,他所做的一切,似乎是一种恩惠。

等奇虹回家后,彼得问起尼基大的一切,总是寥落地回答,而且含糊不清,永远使人想他说的不全是知道的。

"他很健康,受着尊敬。为着你们带的祝福,还有送的糖果,他叫我向你们道谢。"

"他说什么呢?"彼得盘问着。

"和尚有什么可说的?"

"但是总有话的?"奥莱士卡不耐烦地问。

"讲到上帝的事情;对于天气发生兴趣,说雨下得不是时候;还抱怨蚊虫,他们那里蚊虫太多了;还问起你们。"

"怎么样呢?"

"关心着,怜惜着。"

"怜惜我们?为了什么?"

"为了一切。你们在迅跑中生活着,他却止住步了,所以怜惜你们,为了你们的不安。"

奥莱士卡哈哈笑着,喊着:

"真是废话!"

奇虹的眼瞳溶化了,眼睛空虚了。

"我不知道他怎么想,我是说他所说的话。我是普通人。"

"是的,很普通!"奥莱士卡嘲笑地赞成着,"类乎傻子安东的样子。"

风吹着香馥的暖气到彼得·阿尔达莫诺夫的身上,天色明亮了些。太阳从云端里的深蓝坑里透了出来。彼得看了看太阳,眼睛炫瞎了,更加沉浸到自己的思想里去。

尼基大捐给修道院一千卢布,除去终身用费每年支一百八十卢布以外,其余父亲死后的遗产部分全拒绝收受,让给弟兄们,这举动总有点令人可气的。

"这是什么礼物?"彼得嘟哝着。但是奥莱士卡却高兴了:

"他要钱做什么用?给那些吃白食的和尚们长肥肉吗?他这个决定是很好的。我们有事业,还有儿女。"

娜泰里亚居然感动了。

"他总算没有忘记他对我们的错处!"她满意地说,手指从粉红的颊上挥去孤单的泪珠,"叶连娜的妆奁也有了。"

兄弟的举动在彼得的心灵上落了黑影,城里对于尼基大遁入修道院说些坏话,对于阿尔达莫诺夫一家不好听的话。

彼得和奥莱士卡相处得还平和,虽然活泼的兄弟担任了最容易的一部分事情:他到下新城博览会去,每年去莫斯科两次,回来以后,热闹地讲述一些京城里的实业家如何成功的故事。

"生活得十分体面,不比贵族们差。"

"过老爷的生活是简单的。"彼得暗示着。但是兄弟没有明白这暗示,还在赞扬着:

"商人造着大楼,就像教堂一样!孩子们都是有学问的。"

他虽然年纪近老,但是青年人的活气却返了回来,那双鹰眼快乐地闪耀着。

"你为什么老皱着眉头?"他问哥哥,甚至教训起来了,"一个人应该闹着玩笑做事，事情是不爱烦闷的。"

彼得发现他和父亲有相似之点，不过他对于奥莱士卡不了解的地方越来越多了。

"我是有病的人。"他还在时常提起这话，但又不去珍惜健康，喝许多酒，整夜赌博，显然同女人们也不讲干净。他的生活中间有什么主要的呢？似乎不是他自己，也不是他的窠儿。乌里央娜的房子早该重新修理，但是奥莱士卡不去注意它。孩子们生出来全是软弱的，只有米郎活着，不愉快的、多骨的男孩，比伊里亚大三岁。奥莱士卡和他的妻子染上了贪得无用物件的可笑的习惯，他们的屋子装满各色各样贵族用的家具，两人都把它们赠送出去，送给娜泰里亚一张装饰着瓷器的有趣的柜子，送给岳母一只大皮安乐椅、卡莱里亚桦木和古铜制成的华丽的床。奥洛瓦会巧妙地用小珠绣织图画，但是丈夫到省里去走了一趟回来时又给她带了同样的织物。

"你在作怪呢。"彼得接到兄弟的一件礼物后说。那是一张巨大的桌子，有许多抽屉，还带着花巧的雕刻样子，但是奥莱士卡用手掌拍着桌子，喊道：

"在唱歌呢！这样的东西不容易再有的了，莫斯科的人都明白的！"

"你不如收买银器，贵族们银子很多的……"

"等候几天——我们会把一切收买下来！在莫斯科……"

如果相信奥莱士卡的话，在莫斯科生活着一些半糊涂半聪明的人，他们不但经营事业，还每个人都努力过贵族的生活，因此向贵族收买一切可以买的东西，从庄园一直到茶杯为止。

彼得坐在兄弟家里做客，永远又恼怒又欣羡地感到比在自己家里舒服得多，这使他同样的不了解，和他不明白他为什么喜欢奥洛瓦一样。奥洛瓦在娜泰里亚面前像是一个仆妇，但是她没有对于煤油灯的愚蠢的恐怖，也不相信煤油是学生们从自杀者身上的脂油里挤出来的。听她的柔和的声音感到有趣，而且眼睛也极美丽，眼镜隐藏不住和蔼的眼睛的光辉,但是讲起事情和人来,却总是带着气恼和孩子气,好像从远远的什么地方来的。这使他惊讶,惹恼。

"你看起来——是个没有做错事的人,是不是?"彼得嘲笑地问。她答道:

"错的人是有的,可以我不爱加以审判。"

彼得不信她的话。

她似乎比她丈夫年长些,并且知道自己比他聪明。奥莱士卡并不生气,称呼她婶婶,偶然带着轻微的气恼,说道:

"止住吧,婶婶,烦死人了,我是有病的人,让我娇惯一点是没有害处的。"

"娇惯得够了,可以了!"

她对丈夫微笑了一下,那微笑是彼得愿意在自己的妻子的脸上看得到的。娜泰里亚是模范妻子、巧妙的主妇,腌黄瓜、酱蘑菇、烧糖浆都很拿手,家里的用人像钟表机器里的齿轮那样精确地工作着。娜泰里亚用安静的爱,像乳油那般凝止住的爱,无休息地爱着丈夫。她用钱十分节省。

"我们在银行里现在存着多少?"她问着,又惊慌起来,"你瞧着,那银行好不好,别关闭了!"

她手里握着银钱的时候,美丽的脸显得严肃了,红红的嘴唇紧紧地抿紧着,眼里现出一点油光光的、恶毒的神情。她点着花色不同的污秽的钞票,肥肿的手指谨慎地摸着那些纸,似乎怕银钱会从她的手里像苍蝇似的飞散。

"你们怎么样,收入是不是和奥莱士卡均分的?"她在床上问,在和彼得亲热到满足了以后,"他不会算得使你吃亏吗?他狡猾得很!他和他妻子全是贪财的。一切都抓着,抓着!"

她感到自己被一群坏蛋包围住了,说道:

"除了奇虹以外,我谁也不相信。"

"如此说来，你相信傻子。"彼得疲乏地喃语着。

"他是傻子，却很有良心。"

彼得第一次同她去游下新城博览会，对于这全俄市场那种伟大的气派感到惊讶，问妻子道：

"怎么样？"

"很好，"她回答，"一切很多，而且全都比我们那边便宜。"

她开始盘算应该购买的东西：

"两普特肥皂、一箱蜡烛、一袋砂糖，还有方糖……"

她坐在马戏园里，演员出台的时候，闭上了眼睛。

"啊哟，不识害臊的人们！光着身子！我瞧他们好不好？对于婴孩好不好？你不应该叫我吃惊吓，我也许怀的是鬼胎呢！"

彼得·阿尔达莫诺夫在这时刻内感到压榨着他的是一种烦闷，发绿的、浓密的烦闷，像瓦达拉克莎河底里的泥，里面住着的只有一些鱼——愚蠢的、肥满的鲤鱼。

娜泰里亚还是一本正经地祷告了许多时候，祈祷完毕，就倒身床上，努力引逗丈夫，来享受她的肥满的躯体。她的皮肤发出伙食间里的气味，里面藏着咸菜罐头、西红柿酱、熏鱼、火腿之类。彼得时常感到妻子努力得过度，她的亲热劲儿把他蹂躏得空无所有。

"走开，我累了。"他说。

"好啦，好好地睡吧。"妻子驯顺地回答，很快地睡熟了，惊异地竖起眉毛，微笑了，似在用闭住的眼睛观看一些很好的，永未见过的东西。

在彼得特别明晰而且烦恼地感到他不愿意和娜泰里亚在一起的时候，他使自己忆起她在生产头生子时的可怕的情景来了。她的痛苦延长到第十九小时，惊吓异常的岳母包着眼泪领他到充满一种特别闷热的屋子里来。在揉皱的床铺上转侧不已，瞪出被凶狠的痛楚变了形相的眼睛，头发蓬乱着，样子和平日不大相像的妻子发出野兽般的号哭迎接着他：

"彼得，告别吧，我要死了。男孩会生下的……彼得，别了……"

她的因咬紧而发肿的嘴唇几乎不动了，话语似乎不是从喉咙里出来，却是从丑陋的肿胀着，快要涨破，已经垂悬在腿上的肚腹内出来的。发紫的脸也肿了，她喘着气，像疲乏的狗，也伸出红肿的、嚼破的舌头。她抓住头发，拉着，揪着，一直号哭着，怒吼着，在劝解、战胜那个不愿或不能对她让步的某个人：

"生了男孩……"

天上有风，窗外樱树摇曳，喧哗着，黑影在玻璃窗上战栗，彼得看见那些影儿的跳跃，听见蟋蟀的声音，狂怒地喊道：

"把窗户挡好帘子，没有看见吗？"

他带着恐怖跑走了，伴着一声声女人的尖叫。

"喔唷……喔唷……"

一个半小时以后，由于幸福与疲乏说不出话的岳母重又把他领到妻子的床旁。娜泰里亚用大苦难行人那种忍不住发笑的眼神迎接他，发出软弱，酒醉般的言语说道：

"男孩。儿子。"

他伛身把脸颊附在她的肩上，喃声说：

"母亲，这是我到死也不会忘记的，你要知道，唔，谢谢你……"

他第一次称呼她"母亲"，把一切的恐怖和一切的快乐全放进两个字里去。她闭着眼睛，沉重而乏力的手抚摸他的头。

"一个大力士。"雀斑满面，鼻大的助产师说，举着小孩给他看，带着那种骄傲样子，好像是她自己生产下来的。但是彼得没有看见儿子，一切都被妻子的死脸挡住了，她的眼睛现出了深黑的坑：

"不会死的吧？"

"好吧，"雀斑脸的助产师大声而且快乐地说，"如果这样就会死去，那么我们助产师就不会有了。"

现在这大力士已经九岁，身高，健壮，巨额弯鼻的脸上正经地闪耀着深蓝的大眼，奥莱士卡的母亲，还有尼基大，都有这样的眼睛。一年以后娜泰里亚又生了一个儿子——耶可夫，但是从五岁起，高额的伊里亚已成了家内最显著的人物，他受了众人的骄纵，谁的话也不肯听从，独立地生活着，时常落进不方便的、危险的局面里去。他的淘气样儿差不多永远具有点不寻常的性质，这引起父亲一种近乎骄傲的性格。

有一天彼得在堆房里遇见了伊里亚，这男孩冀图把水车的轮子装进旧水槽里。

"这是什么？"

"轮船。"

"不会走的。"

"我的轮船，会走的！"儿子用祖父那样充满活力的口气说。彼得不能够劝信他这个工作的无用，一面劝，一面想：

"真的像他祖父的性格。"

伊里亚为达到目的是勇往直前的，但是他到底不能用水槽和两只水车轮盘造成轮船。他于是用煤炭在水槽的边上画了轮子，拖到河边，放在水里，自己当时陷到水泥里了。然而他并不害怕，立刻对洗衣服的女人们喊道：

"喂，娘儿们！拉我出来，否则要淹死了……"

母亲吩咐人把水槽劈碎，揍了伊里亚一顿，从那天起他开始用白眼看她，和看两岁的小妹妹达尼亚一样。大体上，他是好做事的人，永远在刨着，劈着，拆着，装着。父亲在旁留神观察，心想：

"会有出息的，一个建筑家。"

有时候伊里亚许多天不理会父亲，忽然到办事处来，爬到膝上，命令道：

"给我讲点什么。"

"我没有工夫。"

"我也没有工夫。"

父亲冷笑一声,把纸张推到一旁去了。

"好了。有几个乡下人……"

"关于乡下人的事情我全知道了,你讲些可笑的事情。"

父亲不知道可笑的事情。

"你去找外婆吧。"

"她今天直打喷嚏。"

"找母亲去。"

"她要让我洗脸。"

彼得笑了。儿子是唯一的人能引起他善良的、轻松的笑的。

"那么我去找奇虹。"伊里亚声明着,打算从父亲膝上跳下来,但是他阻止他。

"奇虹说什么话?"

"全说。"

"究竟是什么话?"

"他全知道,他在白拉赫娜住过。在那地方造货船、小船……"

有一次伊里亚从什么地方掉了下来,弄破了脸,母亲打他,喊着:

"不许爬屋顶,你会成为残废、驼子!"

儿子受了侮辱,脸涨得通红,并没有哭,却对母亲威吓道:

"你还要打我,我就给你一个死。"

她把这威吓告诉彼得,他笑了一声:

"你别打他,送到我这里来好了。"

儿子来了,站在门柱那里,手叉在背后,彼得对他除了好奇和动人的柔情以外,没有其他感觉,当时问道:

"你为什么对母亲这样硬?"

"我不是傻子。"儿子生气地回答。

"既然这样硬,还不是傻子吗?"

"那么她还打架呢。奇虹说的,唯有傻子才挨揍呢。"

"奇虹说的吗?奇虹自己……"

但是彼得不知为什么避着称呼看门人做傻子。他在屋内踱步,审视门旁的人,不知道说什么话好。

"你也打你兄弟耶可夫的。"

"他是傻子。他不痛,他胖得很。"

"胖子——就应该挨打?"

"他贪吃。"

彼得感到自己不会教训儿子,儿子也明白这个。也许打他的耳刮一下,比较的简单而且有用些,但是手举不到这亲爱的乱发蓬松的头上去。在这双可爱的蓝眼凝神期待的视线之下,连加以惩罚的念头都不好意思想起来。太阳也停止着,永远在有阳光的日子里,伊里亚淘气得最厉害。彼得对孩子说些普通的劝谕的话的时候,总忆起他自己也曾听过同样的话,这些话达不到他的心上,不留在记忆里,唯有引起沉闷和偶来不久的恐怖,但是挨揍,即使是应该得的,也难于忘却,这是彼得·阿尔达莫诺夫深知道的。

次子耶可夫,圆圆的、红红的脸,很像母亲。他多哭,甚至好像喜欢哭,流泪以前总要气喘,鼓腮,拳头触眼睛。他胆怯,贪吃,吃得多,吃多了觉得累重,不是睡觉,便是诉怨道:

"妈妈,我闷呢!"

女儿叶连娜夏天才回家来,她是一个陌生的小姐。

七岁时,伊里亚开始向格莱勃神父学识字。有一次,他知道了办事员尼可诺夫的儿子并不读圣诗集,却读带图画的小书"国语",便对父亲说:

"我不读了,我的舌头痛。"

父亲长久而且和蔼地盘问他,他到后来才解释道:

"巴莎·尼可诺夫读的是国语,不是别人家的言语。"

然而有时这个很活泼的孩子忽然停留在什么念头上，会许多钟点内孤独地坐在小丘上松树底下，把干松实扔在瓦达拉克莎河混浊的、发绿的水里。

"发闷呢。"父亲猜想。他也曾好几个礼拜或好几个月被事务的喧声震压得聋聩，旋转着，旋转着，忽然堕入一些不明晰的浓雾里，盲目地在烦闷里被缠住了，不能了解究竟是什么东西使他目眩：对于事务的关心，或是由于实际上单调的关心而来的烦闷？在这些日子，他时常和人们过不去，为了斜看的眼神，为了一句说得不对的话，开始恨这人。就在这个灰色的日子里，他差不多把奇虹·瓦洛夫恨得要死。

奇虹挽着岳母的手，走近过来，一面叙讲着：

"我们瓦洛夫是一个大家庭……"

"那么你为什么不同你自己家族一起生活？"彼得问，走近乌里央娜身边，拉着她的手肘。奇虹不作声，走到一旁。阿尔达莫诺夫固执而且严厉地重复这问话，看门人这才把无色彩的眼睛眯小些，冷淡地回答：

"自己家里的人已经没有了，全都弄死了。"

"什么叫作弄死？谁弄死的？"

"两个兄弟被赶到雪瓦司托鲍尔去，就在那里丧了命。大哥加入了叛乱，就在那年乡下人为解放造反的时候。父亲也和叛乱发生了关系，政府强令农人改种马铃薯，我父亲不肯答应；他们要抓起来打他，他跑出去躲藏，掉入水里淹死了。我母亲和第二个丈夫瓦洛夫捕鱼为生的，我和兄弟雪尔该意……"

"兄弟在哪里？"乌里央娜问，眯着哭得红肿的眼睛。

"他被杀死了。"

"你的叙讲好像读祭文。"彼得生气地说。

"这是因为乌里央娜·伊凡诺夫娜好奇的缘故。……她有点发愁，所以我……"

没有说完这句话，他俯下身去，从道上捡了一根干枝，扔到一旁去。他们沉默地走了两分钟。

"谁杀死兄弟的?"彼得忽然问。

"谁杀死的？人杀死的。"奇虹安然说，乌里央娜叹了一口气，补说道：

"雷电也会的……"

仲夏里临到了艰难的日子，压迫人的，暑热得无情的静寂，横立在大地上，充满黄色烟雾的天上。泥炭地和树林里，四处起火。干热的风忽然狂暴地吹了过来，疯狂地发着啸声，从树上剥去干叶和隔岁的栗色的松针，吹起一堆沙子的乌云，带着刨花、麻皮和鸡毛之类，一并赶到地上来。风推着人，冀图剥去他们的衣裳，又躲藏在林内，更加热辣辣地吹炽火灾来了。

工厂里有许多病人，彼得从纺锤和铁梭的喧闹的声音中间听见了困惫的干咳，在机器旁边看见一些忧愁的、生气的脸，观察到疲弱的行动。出产的数量低减了，货物的品质显已见劣，怠工的日子大增，男人们开始饮酒，女人们的孩子病了。快乐的木匠赛拉菲姆，一个带着婴孩的玫瑰色的脸的老人，不停地做着小棺材，也时时用枞树的白木板为那些做完了自己的功课的大人们钉棺材。

"应该举办游艺会，"奥莱士卡主张，"应该让人们快乐一下，鼓励鼓励！"

同妻子到博览会去的时候，他又提议道：

"办一个游艺会，人们会活跃起来的！你要相信，快乐是一切灾害的救星！"

"着手办吧，"彼得对妻子说，"办得好些，丰富些。"

娜泰里亚不满意地哼了一声，他生气地问：

"什么？"

妻子表示抗议似的在围巾边上擤了擤鼻子，回答：

"听见啦。"

游艺会开始时先行祈祷礼，格莱勃神父很庄严地领导着。他显得更加干瘦、破裂的声音发出不寻常的话语，响得很可怜，似用最后的力量哀求着。生着痨病的织工们灰色的脸严厉地皱紧着，虔信地呆立着。许多女人呜咽地哭着。神父举着悲切的眼睛向烟云的天看望的时候，人们也随着哀求似的望烟云中的黯淡的、光秃的太阳，大概是以为温良的神父会在天上看见那知道他、倾听他的一个人。

祈祷礼完后，女人们把桌子抬出村庄的街上，全体工人端端正正地坐在盛满油肥的羊肉面条的木盆旁边。每只木盆周围坐了十个人，每张桌上放着一桶强烈的家酿啤酒和一瓶烧酒。这使那些精神不振，身体疲弱的人们很快地高兴起来。像一只热辣的帽子覆盖着大地的沉寂摇动起来，推移到池沼上林火那边去了。村庄上发出快乐的语声，有木匙的叩击声、孩子们的笑声、女人们的呼唤声、青年人的语声。

这顿丰满、耐饱的饭食吃了三个多钟头，随后把喝醉的人们扶回家去，青年人全聚在清洁、勤快的木匠赛拉菲姆身旁。他的缟织的蓝衬衫和洗过多次的同样颜色的裤子变成湖色的了，薄醉的、玫瑰色的脸，带着尖尖的鼻子，欢欣地微笑着、活泼的，不见老的眼睛眯眯地发光。在这快乐的棺材匠身上，和他的名字相符合，有一种乐天的气息，一种轻松的战栗。他坐在长凳上，把"古司里"琴放在尖长的膝上，用弯曲像老姜根一般的乌黑的手指拨理弦条，唱着行乞瞽者的调子，用故意的凄凉的声音，还发着鼻音：

"现在给众位讲故事逗趣，

凭你们的智慧细细推详！"

对女郎们使了一下眼色，他的女儿缫线女工齐诺伊达，乳峰耸起，姿色美丽，有一副胆大的眼睛，就在她们中间庄严地站着，更加高声，而且凄凉地唱起来了：

"基督坐在光明的天堂上，

天空上香馥的清凉境地，

高高的、金色的菩提树下,
端坐在韧皮制的宝座上。
他分散金和银,
分散珍珠宝石,
奖给富有的人们。
为了他们这些富人,
穷人们的恩主,
爱贫穷的弟兄,
喂饱乞丐和残废。"

他重又向女郎们使眼色,忽然将声音转成跳舞的拍子。他的女儿照吉卜赛女人的样子,双手叉在脑后,摇着乳头,尖喊了一声,就在父亲的洪响的歌声和弦琴的操奏之下跳起舞来:

"谁取了银子——
腿将成跛!
谁取了金子——
火焰烧身!
宝石珍珠,
全是眼中的钉刺!……"

青年男子们的啸声把"古司里"琴声和赛拉菲姆快乐的歌声压了下去。女郎和女人们随着唱起舞歌来了:

"快船从海上驶来,
给美女们致送礼物!"

齐诺伊达一面跺脚,一面尖声地唱:

"帕诗卡送给帕拉诗卡
做衬衫的席;
铁莱士卡送给玛德雷士卡
两只桦木的耳环。"

伊里亚·阿尔达莫诺夫和保罗·尼可诺夫坐在一堆木板上面。保罗是一个瘦弱的小孩，衰老的、光秃的头在长颈上不安地旋转着，畏葸的、灰色的眼睛在灰色的、不健康的脸上贪馋地迅跑着。伊里亚很喜欢穿湖色衣裳的小老头子，有趣地倾听"古司里"琴的奏演，和赛拉菲姆快乐的、可笑的声音，但是那个穿红锦布短衣的女人忽然着烧了，旋转了，摧残了一切，引起了狂暴的啸声，不整齐的、喊嚷的歌调。他觉得这女人十分讨厌，保罗附耳说道：

"齐诺伊达是荒唐女人，同许多人姘识，同你父亲也有关系，我亲自看见他和她捏手捏脚的。"

"为什么？"伊里亚糊里糊涂地问。

"你知道的！"

伊里亚的头垂下了。他知道为什么要捏姑娘们，所以对于自己还向同伴询问，觉得遗憾。

"你胡说。"他嫌恶地说，不再去听尼可诺夫的耳语。他并不喜欢这个畏缩的、胆小的男孩，在松软而且单调地讲些关于工厂女工们的沉闷的故事，但是尼可诺夫对于猎鸽颇有研究，而伊里亚最爱鸽子，并且喜欢保护这软弱无力的小孩，免受一群工厂顽童的蹂躏。此外，尼可诺夫会讲述他所见的一切事情，虽然他所见的唯有不愉快的事情，并且像小兄弟耶可夫一样，什么事情都说，好像抱怨着一切的人。

伊里亚默默地坐了几分钟，回家去了。家里的人正在园中蒙着尘土，发灰色的热树荫底下喝茶。有些客人坐在大桌旁边：静肃的格莱勃神父，头发高耸，而且黑褐得像吉卜赛人一样的机器师郭卜乔夫，洗得干干净净的办事员尼可诺夫，他的脸洗到难以了解是什么样子的地步。有一个小小的、连着胡髭的鼻子，额上有一个肿块，鼻子与肿块之间浮着微笑，拥起抖索的皮肉有褶纹，把眼睛的窄隙封闭住了。

伊里亚和父亲并坐，不相信这不快乐的人会同不知羞耻的缫织女工打混的。父亲用沉重的手，默默地摸他的肩。大家都被暑热困扰，流着汗，不大高兴地说着话，只有郭卜乔夫的响亮的声音像在冬天水晶般的、霜冻的夜里那样锵锵地发声。

"我们到村庄去吗？"母亲问。

"是的，我去换衣裳。"父亲说，从桌旁立起，走到屋内去。过了一分钟伊里亚跑过来追他，在台阶上追到了。

"你有什么事情？"父亲和蔼地问。儿子望着他的眼睛，也问道：

"你捏齐诺伊达，还是没有捏？"

伊里亚看出父亲吃惊了。这不使他惊异，他把父亲看作胆怯的人，对什么人都害怕，所以那样的沉默。他屡次感到父亲连他也害怕，那不是——现在也害怕着。为了鼓励这受惊的人，他说道：

"我不相信，我只是问一问。"

父亲把他推进外屋，又从走廊推进自己屋内，紧紧地关好了门，自己却像守壕似的从这个屋隅走到另一个屋隅，在他生气的时候他总是这样走的。

"到这里来。"彼得说，站立在桌旁。伊里亚走过来了。

"你说什么？"

"这是保罗说的，我不相信。"

"不相信吗？是的。"

彼得从自己身上喷出怒气，盯着儿子的额角广阔的头，正经的、不和蔼的脸。他拉自己的耳朵，心里估计：儿子不相信同他自己一样的小孩子的愚蠢的啮舌，而且显然用这不信来安慰他，这究竟是好，或是不好？他不知道应该对儿子说什么话，以及如何讲，他也完全不愿打伊里亚一顿。但是必须做点什么，他决定最普通而且易解的是打。他当时重重地举起不很听命的手，把指头插进儿子的生硬的乱发里，揪住了，开始喃语：

"不许听傻子们的话，不许听！"

彼得推了一下儿子，命令道：

"去吧。坐在自己屋内,一直坐着。是的。"

儿子走出门外,斜垂着头,好像端着别人的头,父亲瞧着他,安慰着自己:

"不哭。我没有打痛他。"

他试着生气:

"你这东西!我不信!我叫你试试我的颜色。"

但这掩不住对儿子怜惜之感,代他的气恼和对自己的不满。

"第一次打他。"他想着,敌视地细看茸毛的、红红的手。"我呢,到十岁为止,大概挨了一百次的打。"

但是这不能使他安慰。他朝窗外望着太阳,像混水里的一滴油渍,听了听村庄内叫唤的喧声,不乐意地出去看游艺会,途中对尼可诺夫轻声说:

"你的继子对我的伊里亚说些蠢话……"

"我来揍他。"办事员带着充分的准备,甚至是愉快,提议着。

"你叫他少嚼舌头。"彼得补说,斜眼望着尼可诺夫空虚的脸,轻松地想:

"真是简单极了。"

全村庄的人喧哗而且亲善地迎接主人们,醉酒的微笑荡漾着,谄媚的话语大声地喊出。赛拉菲姆穿着新草鞋、白脚袜,照莫尔特瓦人的式样系着红纽扣,跺着脚,在彼得面前旋转着,唱着犹太的"得救"歌:

"噢,谁来?

自己来!

他领谁?

领自己!"

灰须长发的伊凡·莫洛作夫像一个牧师,用低音说:

"我们满意你。我们很满意。"

另一个老人马马也夫欢欣地喊:

"阿尔达莫诺夫一家待人太好了！"

尼可诺夫对郭卜乔夫说，说得大家全听见了：

"见恩的人是会珍重他们的恩人的！"

"妈妈，人家推我！"耶可夫抱怨着，他穿玫瑰色的绸衬衫，像只圆球。母亲拉着他的手，庄严地向女人们微笑，劝慰着：

"你瞧，那小老头儿跳得多好……"

湖色衣装的木匠无止歇地旋转，跳跃，嘴里说着谚语：

"喂，跺脚呀！

再跺呀！

草鞋比皮靴轻，

女人比姑娘甜！"

彼得并非初次听见对他夸奖的话，他有理由不信这类夸奖的诚恳，但是它总使他的心松软了。他冷笑说：

"得啦，谢谢！还好，我们还和气。"

彼得心里想：

"可惜伊里亚没有看见人们如何赞扬他的父亲。"

他的心里发生了做点好事，借以安慰人们的需要。他想了想，拉着耳朵，说道：

"儿童医院必须扩充两倍才好。"

赛拉菲姆广阔地挥手，从他身旁跳开。

"你们听见没有？来呀，喊万岁，对主人喊！"

人们不和谐，却大声地喊万岁。娜泰里亚被女人们围在中间，受了感动，用鼻音像唱歌似的说：

"喂，你们女人再去取三桶啤酒来，奇虹会发给的，快去吧！"

这更加增加了女人们的喜悦。尼可诺夫摇头，感动地说：

"真和主教府上办的宴会一样……"

"妈妈，我热。"耶可夫喊着。

伙夫伏尔可夫，黑胡子，李子般巨大的眼睛，将这喜悦稍稍地揉碎，破坏了。他跳到娜泰里亚身旁，左手不谙熟地抱着婴孩，这婴孩骨瘦如柴，由于暑热脸上发土色，紫蓝的皮肤上长着痂癣。他跳了过来，神经性地喊：

"怎么办？妻子死了。受了暑热死的！留下了这块东西，怎么办？"

从他的疯狂的眼里流出黄澄澄的眼泪。女人们推开伙夫，好像道歉般说：

"你不要听他，你瞧，他的脑筋错乱了。他的媳妇是荒唐女人，害痨病。他自己也有病。"

"抱走他的小孩。"彼得含怒提议，立刻有几只女人的手伸到软弱的婴孩的身体上去，但是伏尔可夫狠狠地骂了一声，跑走了。

大体上一切都好，花样翻新，而且十分快乐，像节日应该有的样子。彼得瞧着一些新工人的脸，近乎骄傲地想：

"人数增加了。父亲如果看见了……"

妻子忽然惋惜了：

"你把伊里亚惩罚得不是时候，他没有看见大家对你的爱。"

彼得不作声，蹙眉偷看齐诺伊达。她在十几个姑娘前面走着，用不愉快的低声唱：

"挨近了走过，

可爱的样儿，

显然在心坎里，

下了情爱的种儿。"

"会闹极了，"他想，"歌调也不好。"

他掏出表，看了一下，不知为什么原因撒了谎：

"我回家去一趟，大概奥莱士卡有电报来。"

他迅快地走了，一边走，一边想应该对儿子说什么话，想到了几句十分严厉又充分和蔼的话，但是轻轻地开了伊里亚的房门，便全忘却了。儿子跪在椅上，手肘支在窗台上，瞭望血红的、烟云的天空。朦胧的光线像栗色的灰尘似的充满了小屋；画眉在墙上大笼里忙着：准备睡觉了，清理着它的黄鼻。

"为什么坐着？"

伊里亚抖索了，回转身去，不慌不忙地从椅上爬下。

"你瞧！尽听些无聊的话。"

儿子低头站立，父亲明白他是故意这样做，表明还记着挨打的事情。

"为什么弯腰？头挺直些。"

伊里亚抬起眉毛，却不看父亲。画眉开始在小竿上跳跃，低声地啸叫。

"生气呢。"彼得想，坐在伊里亚的床上，指头触在枕上，"不应该去听空虚的话。"

伊里亚问：

"但是人家讲，便怎么样呢？"

他的正经的、好听的语音使父亲快乐了。彼得愈加和蔼而且勇敢地说：

"让人家说，你不要听！你忘掉它！以后人家在你面前说脏话，你应该忘掉。"

"你会忘掉的吗？"

"当然喽！假使我把听来的一切话全记住，我将成什么啦？"

他不慌不忙地说，小心地选择比较普通的话语，同时明白这些话没有用处，很快地在这些普通话语阴晦的智慧里绕不过弯来，便叹了一声，说道：

"你到我这里来。"

伊里亚谨慎地走过来。父亲用膝盖夹住他的腰部，手掌轻轻地压着他阔广的额，感到儿子不愿抬头，发火了。

"你为什么这样任性？你看我。"

伊里亚盯直眼睛看他，但是结果却更坏了，因为他问：

"你为什么打我？我已经说过我不相信保罗的。"

彼得没有一下子回答。他惊异地看见，由于某种奇迹，儿子和他并肩站立在一起，不是他自己升到了成人的意识的程度，便是把成人降低到和自己一般的地位。

"这气劲儿是和他的年龄不相符合的。"他脑筋里转了一个念头，便立起来，匆忙地说，竭力想快些和儿子讲话。

"我没有打痛你。我的父亲打起我来真凶呀！母亲也是的，还有马夫、经纪人、德国仆人。自己人打时，并不可气；别人打，那才苦呢。父母的手是轻的！"

他在屋内踱步，从门到窗走十步，很快地了结这谈话，有点怕儿子还要动问什么话。

"你在这里会看到、听到一些不相宜的事情和话语。"他讷讷地说，不看贴紧在床背上的儿子，"你应该出去读书，到省城里去。你愿意读书吗？"

"愿意的。"

"好极了……"

他打算和儿子亲热一下，但是有什么东西阻梗着。他记不清，他挨打了以后，父母是不是就和他亲热的？

"快去玩吧。最好不要再同保罗要好。"

"谁也不爱他。"

"这个腐败的小孩，没有什么可爱的。"

彼得走下楼到自己屋内，站在窗前，想着：他同儿子这一幕没有弄好。

"我娇惯他。他不会怕我了。"

村庄的方向传来杂乱的喧声、女郎们的尖叫和歌声、嘈杂的话语声、手风琴的弹奏声。大门里明晰地传来奇虹的话语：

"你怎么在家里，官官？开着游艺会，你倒坐在家里？你要外出读书吗？好极了。'不念书，和没有生出来一样。'有人这样说。但是没有了你，我要闷得慌了，官官。"

彼得打算呼喊：

"你胡说！闷的是我！你倒会奉承小主人，你这卑贱的灵魂。"他恶狠狠地想。

彼得打发儿子进城到格莱勃神父的兄弟家去，他是一个教师，由他替伊里亚补习功课，预备考进中学。儿子走后，彼得却感到心灵里的空虚和家内的烦闷。他觉得那样不方便，不惯熟，好像卧室内神龛油灯熄灭了。彼得对于这绿油油的灯光太惯熟了，如果灯光熄灭，他会在这漫漫的长夜里自己醒来的。

伊里亚离家以前特别地淘气，似乎有意打算留下关于自己的恶劣的纪念。他对母亲说许多狠话，竟使她哭了，把耶可夫的鸟全从笼里放生，又把答应给耶可夫的画眉送给尼可诺夫。

"你怎么这样淘气？"父亲问，但是伊里亚没有回答，只是将头侧垂下去。彼得觉得儿子在逗他，重新提起他想忘却的事情。奇怪地感触到的是这小人儿在他的心灵里占据了如此重要的位置。

"难道我父亲也是这样为我不安吗？"

记忆坚信地回答，他从没有感到他父亲是一个亲近的、可爱的人，却只是一个严肃的主人，对奥莱士卡比对他注意得多些。

"怎么我比父亲心善些吗？"彼得自问，心中起了疑问，不知道他是善的，或是恶的。一些杂念阻扰着他，突然在不适宜的时间发生了，在工作的时候袭击着。事业热闹地发达起来了，有几百只眼睛望着主人，时常需要兴奋的注意，但是只要为什么事情想起了伊里亚，——事务上的念头就裂碎了，像腐败朽坏的屋基，必须用极大的努力，用紧结重新系住。他尝试填满因伊里亚的离家而造成的空虚，增加对于幼子的注意,然后怀着阴郁的恼怒,明白耶可夫是不会使他得到安慰的。

"爸爸,给我买一只山羊。"耶可夫请求着。他永远有所请求的。

"买山羊做什么用?"

"我要骑它。"

"这主意想得不好。魔女才骑山羊呢。"

"叶连娜送给我一本画书,里面有一个好看的小孩骑在山羊背上……"

父亲想:

"伊里亚是不会相信这类画的。他一定追着要求讲述关于魔女的事情。"

他不喜欢耶可夫把工厂里的小孩惹恼了,反而诉怨:

"他们欺负我呢。"

长子也是好争善斗的人,但是他永远不控告任何人,虽时常在村庄内被同伴们聚殴;耶可夫却胆怯、懒惰,永远在嚼着什么,吃点什么。耶可夫的举动里有时发现出不易了解的、不良好的地方:母亲在喝茶时给他斟牛奶,衣袖碰了玻璃杯,弄翻了,开水把她烫痛了。

"我看见你碰倒的。"耶可夫大笑地夸口。

"我也看见,可是没有作声。这个很不好,"父亲说,"你看,母亲的脚给烫痛了。"

耶可夫眯着眼睛,哼了一声,继续悄悄地嚼食。过了几天父亲听见他在院里对什么人说话,像啜饮汤水一般的样子:

"我看见他想打他;走着,走着,走了过来,就从后面来了一拳!"

彼得向窗外看望,看见儿子挥拳作势,兴奋地和坏蛋保罗·尼可诺夫谈话。他唤耶可夫来,禁止他同保罗要好,想说些教训的话,但是瞧着丁香色的眼白和一种很光亮的眼珠,叹了一口气,打发儿子走开了:

"去吧,你这白眼的东西……"

耶可夫谨慎地走着,像走光滑的地面,手肘压紧腰际,手掌拉得很长,好像携着不便的、沉重的东西。

"举动笨拙,带着愚蠢。"父亲决定。

身材高大、不爱说话的女儿也和耶可夫有相像之点,带着沉闷的样子。她爱躺着读书,饮茶时吃许多糖浆,午饭时怕脏似的用两只手指夹着面包,匙子在汤盘里摇晃,似在捕捉汤里的臭蝇。她咬紧着满注血的、极红的嘴唇,时常用小姑娘不应该有的口气对母亲说:

"现在不这样做的,已经不时髦了。"

父亲对她说:

"你既是有学问的,怎么不去看一看,你做衬衫的布是如何织法的?"她回答:"好吧。"

她穿上出客的衣裳,取起洋伞——奥莱士卡叔叔的赠物,驯顺地跟在父亲背后走着,注意地看:衣裳不要碰着什么。她打了几次喷嚏,在工人们祝她健康的时候,涨红着脸,庄重地鼓着的脸上不含一点微笑,默默地向他们点头。父亲对她讲述工作的情形,但是很快地看出她并没有望着机器,却在看自己的脚,便不作声了,为了女儿对于他这种繁重的事业的冷淡,感到恼怒。从织布间里出来,他终于问:

"唔,怎么样?"

"灰尘很多。"她回答,审看自己的衣裳。

"你看见了,不多。"彼得冷笑,愤愤地喊道:

"你为什么尽举起衣裙?院子很干净,裙缘又那么短。"

她惧怕地将扶着裙子的两只指头放开,做错了事似的说:

"油味很重。"

特别使他恼怒的是她的两个指头,彼得嘟哝着说:

"你瞧,两个指头是取不了多少的!"

有一个阴天,她躺在沙发上看书,父亲坐到她旁边,打听她看什么书。

"关于一位博士的事情。"

"是的。大概是科学。"

但是看了看书,他生气了。

"你干吗撒谎?这是诗。科学可以用诗体写的吗?"

她匆忙而且凌乱地叙讲一桩故事:上帝允许撒旦引诱一个德国的博士,撒旦派了一个鬼到博士那里去。彼得拉着耳朵,诚意地想明白这故事的用意,但是女儿用教训的口气说着,使他听着可笑而且可气,便妨碍他的了解。

"这博士是不是醉鬼?"

他看见他的问题使叶连娜惶惑,不再听她的解释,生气地说:

"乱七八糟的事情,玄空得很。博士是不信鬼的。你这本书从哪里来的?"

"机器师借给的。"

彼得记起来叶连娜有时用猫儿般的灰色眼睛凝神地向前看视,认为有警告女儿的需要:

"郭卜乔夫和你不是一对,你不要同他很亲近呀。"

是的,叶连娜和耶可夫比伊里亚沉闷些、灰色些,他是看得很清楚的。不知不觉地,他在爱儿子的地位上渐渐地产生了对于保罗·尼可诺夫的仇恨。他遇见这瘦弱的小孩,便想:

"为了这下贱的东西……"

这孩子的形状使他讨厌。保罗弯背走路,头在柔细的颈上惊慌地旋转着;在他跑步的时候,彼得都觉得他蹑足而行,像一个胆怯的流氓。保罗做许多工作,整理继父的皮靴和衣裳,劈了柴搬进来,运水,又从厨房里抬秽水桶,在河里漂洗兄弟的尿布。他像麻雀般忙忙乱乱,身上又脏又破,口吃地对一切人微笑,狗似的微笑,一看见彼得,就远远里对他鞠躬,弯着鹅一样的颈脖,头落在胸前。彼得几乎带着愉快看见这孩子在秋雨里,或是冬天,劈着木柴,用哈气吹暖冻僵的指头,像鹅似的,独脚站立着,翘起了另一只脚,脚上千孔百疮的靴子要褪下来似的。他咳嗽，发蓝的手掌捧着胸脯，像开瓶塞的器具那样弯曲着。

彼得听说这孩子在澡堂的平台上养两对鸽子，吩咐奇虹把鸟放走，看着不要让这孩子爬到平台上去。

"从屋顶上掉了下来，会摔死的。他真是坏极了。"

一天晚上他走进办事室，看见这孩子用刀子在地板上刮着，还用一块湿布洗去流在地上的墨水。

"谁流倒的？"

"父亲。"

"不是你吗？"

"真的——不是我！"

"那么为什么还哭呢？"

保罗跪在那里，伸头受击，没有回答，彼得用眼睛死盯了他一下，满意地说：

"你是应该这样的。"

彼得忽然醒了过来，隔着胡须暗笑了一声，感到自己对于这低卑的小孩的仇恨是有点童稚气，而且可笑的。

"闹着玩玩罢了！"他宽容地想，将一个沉重的五分铜钱扔在地板上。

"拿去买蜜糕吃！"

男孩谨慎地伸出污秽的、骨头似的手指去取铜币，似乎惧怕铜币会烫痛的样子。

"继父打你吗？"

"打的。"

"那有什么要紧？大家都挨打的。"彼得安慰他。过了几天，耶可夫来告诉保罗欺负他，彼得并不相信儿子的话，只是照着习惯，向办事员提议道：

"你打你的继子好了。"

"让我来打他。"尼可诺夫恭敬地说。

夏天暑假时，伊里亚回家了，穿着不熟识的衣裳，头发剃得平平的，更加显得额角宽广了。彼得看见耶可夫固执地继续同瘦条子要好，更加深刻地恨保罗了。伊里亚自己也显出非出于好心的客气，对父亲称"您"，手插入口袋里走路，在家里接着客人的态度，逗着兄弟，直到他生气流泪才罢休，又不知为什么把姊姊气得取起书来摔到他身上。总而言之，他做着捣乱鬼的一切行动。

"我说过的！"娜泰里亚对丈夫说，"大家都说，学问会引出不逊的行为来的。"

彼得不作一声，惊慌地观察着儿子的举动。他觉得虽然伊里亚淘气异常，却带点不快乐，故意的样子。澡堂的屋顶上又出现鸽子了，咕咕地在屋顶的尖端上走着。伊里亚和保罗不是坐在烟囱旁，热闹地谈话，谈上几个钟头，便是追赶鸽子。在儿子回家的最初几天，父亲对他说：

"你说一说你的生活。我已经对你说过许多话，现在该轮到你了。"

伊里亚很简短而且匆遽地讲了些无兴趣的话，讲着孩子们如何逗先生。

"为什么去逗呢？"

"讨厌了。"伊里亚解释。

"是的。这仿佛不大对。读书难不难？"

"不难，很容易。"

"瞎说吧？"

"您瞧这分数。"伊里亚说，耸着肩，他的眼睛却注视园里和天空。父亲问：

"你看见什么？"

"一只鹰。"

彼得叹气。

"去玩吧。可见你同我在一块儿闷点儿。"

剩彼得一人时，他忆起在儿童的时候父亲同他说话，他永远觉得闷或是怕。

"还逗先生呢。教堂执事还用皮鞭教我念书，像他们这样的念头我是决不会钻进脑筋里去的。孩子们的生活好像轻松得多了。"

伊里亚临动身进城的时候对父亲请求——这是他唯一的请求：

"爸爸，请你允许保罗在澡堂里平台上养鸽……"

父亲并没有答应，却说：

"凡是不好的人是无从加以安慰的。"

"这么说是可以的，"儿子决定，"我要对他说，他会喜欢的。"

使彼得生气的是儿子只顾着一个卑贱的男孩的快乐，不顾到且也不能输进一点点的快乐到父亲的生命里面。儿子走后，他感到自身种了对于办事员的继子更加强烈的仇恨。现在竟成了这个样子，只要在家里，在工厂里，或在城里，他受了什么气恼，一个衣衫褴褛、满身污秽的男孩自然而然地闯进了一切气恼的中心里来，似在召唤将一切恶毒的思想、一切不好的情感全挂到他的虚弱的骨头上去。这个男孩确乎像毒菌一般地生长着，时常像贼鬼那般闪来闪去，钻到他的眼睛里来。

一个晚夏的和蔼的日子里，彼得疲乏而且生着气，走进园中。天色薄暮，在微绿的天上，雨刷得干干净净的天上，疲乏的秋阳在融化着，并不给予多少的煦暖。奇虹·瓦洛夫在园隅做工，用耙子耙聚落叶。悲惨、柔和的蟋蟀声在园中浮游；工厂在树后呼呼地作响；灰色的烟懒洋洋地弄脏透明的空气。主人为了避与看门人见面说话，走到对面的园隅澡堂那边去。澡堂的门没有关好。

"这孩子在里面。"

他谨慎地朝澡堂前屋窥视，看见屋隅黑影里长凳上面敌人的展宽的身形，他低着头，宽摆两腿，从事于孩子的罪恶。这使彼得喜悦了一会，但是他立刻忆起了耶可夫、伊里亚，便恐惧地、嫌恶地喊了：

"你做什么事，你这坏蛋？"

保罗的手停止了抖索,向空中挥摇了一下,他很奇怪地离开长凳,张开嘴,轻轻地尖叫一声,身子缩成一团,投跪到大人的脚下。彼得愉快地用右脚打他的胸脯,就止住了。男孩微微地哼了一下,发出爆裂似的脆音,便倒了下去。

在一个刹那间,彼得觉得他这一脚踢去,是从心灵上抛去了一些肮脏的破布,他所讨厌的重载。但在其次的刹那间,他向园中窥探,倾听,关上门,俯首低声说:

"喂,起来呀,我们走吧!"

男孩躺在那里,一只手抛在前面,另一只手被压在膝上,一只脚显得比另一只脚短得多。他似乎不知不觉地爬到彼得身旁,他的伸直着的手显得不自然,而且可怕地长。彼得倒退了一步,手抓住门柄,脱下帽子,用他的里子擦突然发出多量汗水的额角。

"起来吧,我不会对谁说的。"他微语,却已明白自己杀死了男孩,因为看见附贴在地板上的面颊底下蜿蜒地流出一条黑血的丝带。

"杀死了。"彼得在思想里说了这句话。不智慧的、短短的一句话发出了震聩的巨声。彼得将帽子塞进外衣的口袋里,画着十字,迟钝地看着弯曲得可怜的小身体;一个不狡猾的念头惧怕地战栗了。

"我要说是出于无意,门撞倒的。门的缘故,门是重的。"

他回转身子,沉重地坐在长凳上面,——奇虹站在他的身后,扫帚在手,柔软的眼睛望着保罗,凝想地摇石头似的下颚。

"你看。"彼得开始大声说话,双手扶着长凳的边,但是奇虹摇着头,把他的话打断了。

"软弱的小孩,手脚不伶俐。我许多次劝他——不要爬高!"

"什么?"彼得一面带着恐惧,一面却怀着希望地问。

"我说会摔死的。你老人家也预告过,你记得吗?一切的行猎都需要伶俐的手脚。怎么,昏了过去吗?"

看门人蹲身下去,摸保罗的手、颈,又用指头触着脸颊,手指朝围裙上抹了一下，嚓的一声，像划一根火柴。他说道：

"也许完全咽气了。他本是瘦弱的，还用费多少事吗？"

奇虹安静地说话，慢吞吞地移动着，一切和以前一样，但是主人不相信他，期待着一些威吓、责备的话。然而奇虹向天花板上望镂刻着的方块，听了听鸽子咕咕的叫声，重又安静而且自然地说话：

"他爬门，一只脚放在长凳上，另一只脚立在门把上，又踏到门的顶上，手抓住边，就想跳上去。但是他的手没有劲，就一脱手，心撞在门的尖角上，送了命。"

"我没有看见这个。"彼得说。自卫感给他暗示迅快的猜度：

"说谎？假装？给我上圈套，想挟制我？或是果真没有疑心到，是一个傻子吗？"

最后猜度对些。奇虹的行为的十分愚蠢。他摇着头，像用额角撞什么人似的，叹了一口气：

"唉，像一粒灰尘！这种人有什么用？我去对他母亲说。他的继父也许不会十分悲伤，这孩子在他是多余的。"

彼得很疑心地细听着门人的话，想捉出内中的虚假，但是奇虹说话还和以前一样，用着不存好奇心思的人的口气。

"听着！"他说，眉毛动了一动，倾听着。在院里一个女人生气地喊：

"保罗！保——罗——！"

奇虹摸着颧骨。

"给你这保罗！预备下眼泪吧……"

"是一个傻子。"彼得决定，从口袋里掏出帽子，走进园里去，注意地审视折破的鸭舌头。

两三星期之间，他感到他的心里有阴暗的恐怖的浪潮在行走着，摇荡着，每天怕有新的、无从知悉的灾害发生。一会儿门开了，奇虹爬进来，说道：

"我自然是知道的……"

但是外表上一切都好。大家对于男孩的死持老练、自然的态度,循从生育死葬的习惯。保罗黄色的颈上缚了一根新的、黑色的领带,洗得干净上的脸上发现了谦逊的庄重,好像取得了久应取到的奖赏。被杀者的母亲,身高,瘦弱,马脸,默默地不流一点眼泪,忙着葬她的儿子——彼得看来是这样的。她不停地整理棺材头前洋纱的褶带,挪动尸首的蓝额上的花圈,手指谨慎地压平掩在死人眼上的新的、栗色的戈比铜币,迅快得离奇地画着十字。彼得瞥见她的手十分的疲乏,追祭礼上竟抬不起来一抬,就垂了下来,像打断了似的。

在这方面一切平顺。尼可诺夫一家人为了给予殡葬的补助费,说了许多讨厌的谢言,虽然彼得生怕过度的慷慨将引起奇虹的疑窦,给了不多。他始终不相信看门人会像在澡堂所表示出来的那样愚蠢。这澡堂已经第二次把这人推在首位上,使他更深地陷进彼得的生命里去。这真是奇怪,而且可怕。彼得甚至想把澡堂烧掉,或拆了去,劈作木柴,况且房子已经陈旧、朽烂。应该在另一地方另外造一所起来。

他注意观察奇虹,看见他还是那样生活着,好像不甚乐意,出于恩惠,而且违反自己意志似的,还是不大说话。他对待工人们十分粗暴,像警察一样,所以他们也不爱他;他对女人特别地、嫌恶般地粗鲁,唯有同娜泰里亚说话有点特别,好像她不是女主人,而是他的亲戚,婶子或长姊。

"你为什么同奇虹十分亲热?"他屡次刺探。妻子答道:

"他在我们家里住得太熟惯了。"

假使看门人有朋友,常出门,可以猜想他是旁门教徒;近年来出现了许多不同的教门信徒。但是奇虹除去木匠赛拉菲姆以外没有朋友,他很乐意进教堂,虔信地祈祷,但不知为什么缘故永远不美丽地张大嘴,似乎准备呼喊。彼得偶然看着看门人闪耀的眼睛,便皱眉头,他觉得在这双柔软的眼里藏着威吓,他感到有抓住这乡下人的领口,把他摇晃一下的愿望：

"唔，你说吧！"

但是奇虹的眼眶融化了，泄散了，他的高颧骨的脸上所现出石头般的镇静压下了彼得的恐慌。安东傻子在世时，时常在看门人的更屋内出现，有时同他一起晚上坐在大门外长凳上。奇虹总要盘问这疯子：

"你不要乱说，你想一想，再解释：库耶退尔是谁？"

"卡耶玛司，"安东喜悦地尖叫，唱道：

"基督复活，复活……"

"等着！"

"马车丧失了轮儿……"

"你是什么用意？"彼得问，带着他自己也不明白的烦恼。

"为了解释非人的言语。"

"这是傻人的言语。"

"傻人也有自己的意识。"奇虹愚蠢地说。

总而言之，是无从同他说话的。一个失眠的、痛苦的夜里，彼得感到再也无力负戴心上死的重载，便唤醒了妻子，对她讲和男孩保罗所发生的事件。娜泰里亚默默地闪着睡眼，听他说话，打着哈欠，说道：

"梦中的事我常会忘掉的。"

但是妻子忽然抖索了一下：

"我怕耶可夫也要做这事情！"

"什么事？"丈夫惊奇地问。等到她明白地解释她所怕的时候，他愤愤地拉自己的耳朵，想道：

"白说了。"

在这夜里，风雪的蟋蟀和啸鸣之下，他怀着本身如此孤独的深刻的意识，想出了对于这件杀案的来源和理由：他杀的是一个道德败坏的男孩，对于伊里亚危险的朋友，由于对子的爱，替他担忧而起。这样将可以了解的理由加进对于男孩保罗阴黑的愤恨里去了，这样使他稍感轻松。然而很想完全脱卸这重载,将它推到任何别人的肩上。他请格莱勃神父来家里,打算和他谈这不寻常的罪,不在忏悔的时候,不在忏悔寻常罪孽的时候。

晚上,瘦瘦的、颧骨高耸的神父来了,轻轻儿坐在屋隅。他永远将长长的躯体深深地塞进屋隅比较阴黑拥挤的地方,好像为了羞惭躲避着。他穿着黑旧长袍的身形差不多同座椅的黑色的皮子相融合,唯有他脸上的斑点在朦胧的后景里黯淡地凸现着,几点融化的雪在鬓发上像玻璃的灰尘似的发光。他永远将稀少,却长长的胡须握在多骨的拳头里。

彼得不敢开始谈话就讲主要的题目,先讲着一般人民风俗很快地败坏了,传播着懒惰、狂饮、荒淫的风气。讲了讲觉得厌闷,他不作声了,在屋内踱走。于是神父的言语,很像怨诉一般,从朦胧的屋隅里流出了。

"没有人关心人民,他们自己又不惯,而且不会在精神上照顾自己。一些有学问的人们……我这并非责备,实在我们这儿有学问的人还少得很。他们并不深入普通的生活里去,人民的生活里去。虽然希望很多,却不全是主要的。他们被引去造反,遭到政府对于他们的压迫。总而言之,我们这里终归弄不妥当。只有一个声音在乱吵的喧声里响得最洪大,针对着世界人士的良心,持着威力做努力启发它的工作,那就是托尔斯泰伯爵——一个哲学家和文学家——的声音。他是一个非常的人物,他的话语勇敢到狂妄的地方,但是因为……您知道,正教的教会被牵涉了……"

他讲了托尔斯泰的许多事,虽然彼得不十分明白,但是神父的带着叹气的声音从朦胧中像小溪的水一般地流着,描画出一个非常的人的像故事般的轮廓,将彼得从自身的一切引离了。他没有忘却邀请神父的缘由,却渐渐地中了怜惜他的情感。他知道全城的贫人视格莱勃如神人,因为这神父不贪,待一切人很和蔼,在教堂里做很好的礼拜,而且特别动人地为死者诵经。这一切彼得认为自然——神父应该是这样的。他的对于神父的同情是由于全城僧众和僧士们普遍的嫌恶他而起的。但是教士应该是严肃的，应该知道，而且说特别的、刺心的话，应该鼓起人们对于罪孽的恐怖，对于罪孽的嫌恶。彼得知道格莱勃未拥有这般的力量，听着他的没有可信力的话语，这些话语摇曳着，显然怕得罪什么人似的，他忽然说：

"格莱勃神父，我惊吵你，请你来，是想通知你：今年我不打算斋戒了。"

"怎么回事？"神父忧郁地问，没有寻到回答，就说，"你对自己的良心负责好了。"

彼得听出格莱勃说这话，同看门人奇虹一样地无心。神父穷得套鞋也没有穿，靴跟在泥浆里践踏，说话似在怨诉，却非责备：

"观察一切发生的事，使人安慰的只是生命的恶加增着，合成一体，好像就为了容易战胜它的力量似的。我的观察永远是这样的：发现了小轴的恶，随后就在这上面，像绕在线轴上似的，增加越来越多的恶。分散在各处的是难以战胜；聚在一起，就可以用公理之剑一下子，予以砍断……"

这些话留在彼得的记忆里，他听出里面带有安慰。保罗是一个轴心，一切黑暗的思想却聚在他身上，是他吸引出来的。在这时候他重又想到他的罪孽的多少成分论理是应该归于儿子身上的。他轻松地叹息，邀请神父喝茶。

饭厅里光明、舒适，暖和的空气里充满美味的香气。桌上水火壶沸腾着，善心地吹出蒸气。丈母坐在椅上，给四岁的小孙女愉快地唱：

"神圣的上帝

分施自己的赠物：

将夏天的热

赐予天使彼得；

海上，湖上的自由

给追从的尼古拉；

又赐予先知伊里亚

一根金枪……"

"异教的歌。"神父说，坐在桌旁，做错了事似的笑了。

在卧室里妻子对彼得说：

"奥莱士卡回来了，我看见他了。他对莫斯科痴迷得发疯。唉，我真怕……"

夏天的时候，在娜泰里亚皙白的颈上，光泽的、红红的脸上，发现了一些小红斑点。这些斑点虽然小得像针眼，却终妨碍着她，所以一星期两次临睡前，她拼命地将蜜糖色的油膏擦进两颊的皮肤上面。她坐在镜前，挥动光裸的手肘，从事于这个工作；乳球在衬衫里面沉重地摇曳着。彼得躺在床上，手叉在头后，胡须仰向天花板，斜看着妻子，发现她像一架机器。她抹了油膏，发出白煮鲟鱼的味道。娜泰里亚用坚信的微语祈祷后，躺在床上，照着健康的身体的诚实的习惯，将自身付献与丈夫，但是他假装睡熟了。

"一个轴心，"他想，"我就是梭子，转来转去。但是谁在纺织呢？奇虹说：人织布，鬼织麻。真是狂诞可笑的人！"

奥莱士卡所扩充的事业一天天在河上沙丘上开展出去。这些山丘已丧失了金黄的色彩，消灭了云母石的银光，散失了石英的尖尖的火星，沙子踏得平平的。春天沙上的杂草一年年长得越见丰盛，越发鲜绿，车前草已在小径上迸出绿叶；牛蒡展开了大耳；工厂周围花园里的树播散着花粉，秋叶朽烂了，充做肥沃的沙田的肥料。工厂越加大声地发吼，呼吸着惊慌和焦虑；几百只梭子发出咝咝的声音，织机微语着。机器整天喘息作响，工厂上面不断地盘旋着焦虑的、劳动的吼声。彼得意识到自己是这一切的主人是十分有趣，甚至有趣到惊异、骄傲。

但是有时候，而且越来越勤的，疲乏占据了彼得的全身，他忆起了自己的儿童时代,乡村,安静、清澈的小河拉其,辽阔的远景,农人平凡的生活。那时候,他感到有看不见的、紧握的手把他抓住了旋转,整天不止的喧声装满在头里,除了一些事务所暗示的念头外,无从容留任何别的念头。工厂烟囱里的卷曲的烟把周围的一切全涂上了悲哀与烦闷。

在发生这类兴致的时间和日子里,他特别不喜欢工人,好像他们更加没有力气,丧失了农人的耐力,染上了女人惹恼的脾气,过分地好怒,胆大地互相争闹。他们的身上发生了无秩序、不坚定的气质。以前父亲在世时,他们生活得和气些、亲密些,不大喝许多酒,不这样无耻地荒淫;现在却一切都乱了,人们胆壮些,甚至好像聪明些,但是对于工作都散漫些,互相狠恶些,而且老是不客气地、狡诈地互相审视,互相试探。青年们特别地淘气,而且不恭起来。工厂很快地使青年人完全不像乡下人了。

伙夫伏尔可夫不得不送到省城疯人院去,而五年以前他是一个美丽健康的人,因为家里着了火,带着活泼的妻子到工厂里来。过了一年,他的妻子游玩了,他开始打她,把她打成痨病,现在两个人都没有了。这类迅速的毁人的事件,彼得看到很多。五年后发生了四次杀案,两次是殴打,一次由于报仇,一次是一个老年的织工为了吃醋把缫麻女工杀死了。工人时常打架到流血或重伤为止。

这一切显然没有对奥莱士卡发生影响。兄弟显得不易了解了。他有和衣裳整洁、生性好嬉的木匠赛拉菲姆相同之点。这赛拉菲姆会同样快乐而且巧妙地为孩子们做风笛、箭弩,又为他们钉棺材。奥莱士卡的鹰眼闪出一种可信力,认为一切都好,而且将来也好。他的陵地上已有了三所坟墓;只有米郎还坚定,而且紧握地生活着,全身是用长长的骨头和软骨不美丽,而且急就章地搭成的,尽吱吱地发响。他有一个弯折指头,使它发出洪响咯声的习惯。十三岁上已戴起眼镜,这使他的长鸟鼻稍短些,而且使不愉快的、光亮的眼睛发黑。这男孩走路时永远持一本书在手里，手指挟在书上，好像书和它生根似的。他同父母说话，和平辈一样，并且不是说话，而是讨论。这使他们喜欢，但是彼得确定地感到侄儿并不爱他，也同样地报答他。

奥莱士卡家里全是不正经、不庄重的。彼得看见他的生活和兄弟的生活之间的区别差不多和修道院与市场货摊之间相差一样。在城里，奥莱士卡和他的妻子没有朋友，但是在他的狭窄的屋内——颇像堆货房，塞满了东横西斜的旧物，过节日子时常聚着些性质可疑的人：装金牙的工厂医生耶古夫莱夫，好嘲笑的、恶毒的人；好喊嚷的机师郭卜乔夫，醉鬼、赌徒；米郎的教师，一个大学生，警察禁止他读书；他的响鼻的妻子吸纸烟，奏六弦琴。还有些人的片断，他们全一样大胆地骂神父、官厅，显然每人都认自己是一个极好的聪明人。彼得从整个身体内感到他们不是真正的人，所以不明白他们对于兄弟，一件重要大事业的一半的主人，究竟有什么用处？他听着他们的喊嚷，忆起神父的怨诉来了：

"希望着许多，却全不是主要的。"

他并不问自己，主要的在何处，而且是什么，他知道主要是在事业里。

兄弟所爱的显然是好喊嚷的吉卜赛人郭卜乔夫。他的样子像喝醉了酒，他的脾气带点急躁，甚至似乎很聪明，他时常说：

"这全是闲事。哲学呀！工业呀！技术呀！"

但是彼得疑心郭卜乔夫的性情里有一点异端的、破坏的成分。

"危险的汉子。"他对兄弟说。奥莱士卡奇怪了：

"郭卜乔夫吗？你怎么啦？他是好汉，能干事，又聪明！这样的人上了千数才好呢！"

彼得冷笑了一声，补上去说：

"假如我有女儿，我一定让她嫁给他，用一根链条系住他，让他参加事业！"

彼得忧郁地离开他了。如果不打牌，他便孤独地坐在平常爱坐的，宽阔柔软像床铺似的安乐椅上,望着众人,拉自己的耳朵,不愿意同任何人唯唯诺诺,尽想和大家辩论。不仅因为这些人不睬他这事业的首席主人,才想辩论,却还具有某种别的理由。这些理由他不大明了,自己又不会说,只是偶然使了大劲,才插进一句话去:"你们瞧,格莱勃神父对我讲起有一个伯爵……"

郭卜乔夫立刻朝他吠叫了:

"你和伯爵有什么相干,你,你?这个伯爵是乡村俄罗斯最后的叹息……"

他喊嚷,不恭敬地将手指朝着彼得点触,其余的人听着他说话,也有点像吉卜赛人,无家无室、流浪为生的民族。

"蛆虫,"彼得想,"吃白食的。"

有一次他说:

"人们说:事业不是熊,不会跑进树林的,这句话不对。事业就是熊,它用不着跑走,它会搔爬前足,立得挺直。事业是人的主子。"

"是啦,是啦,"郭卜乔夫吠叫了,"在哪里说的?谁说的?这才是危险呢!"

兄弟奥莱士卡嘲笑地问:

"你这是从奇虹那里借来的意思吗?"

这使彼得十分生气,他回家后对妻子说:

"你留神点叶连娜,这个吉卜赛人郭卜乔夫尽在她身边环绕,奥莱士卡纵容着他。叶连娜是一块肥肉,不配嫁这种人。你替她寻觅一个未婚夫吧。"

"在这里能替她找什么未婚夫?"娜泰里亚焦虑地说,"未婚夫是应该在省城里找的,而且还早……"

"你说:早,早——会早出毛病来的。"彼得嘲笑着,因此引起妻子一阵游戏似的哈笑。

他在短时期内从顾念工厂的有限制的圈子里溜出来的时候,便重又感到自身堕入仇恨他人，不满意自己的浓雾里了，只有一个光明的斑点——那就是爱子之情，但这爱情被男孩保罗的黑影所蒙蔽，或已深深地压入杀案的重载之下。他望着伊里亚，有时感到必须对他说：

"我做这事，是由于替你担惊而起的。"

他的理性并不充分狡猾，不能隐瞒这担惊仅发现于凶案前一秒钟，然而彼得明白也只有这一担惊，才能替他开脱一点儿罪。他和伊里亚说话时，甚至怕忆起他的朋友来，怕一不经意，漏说出这犯罪来，在这犯罪上他颇想添加一个功劳的外貌。

他看见儿子长得很快，却似乎向旁面长的。伊里亚显得安静些，和母亲说话柔和些，也不逗惹耶可夫，现在他已是中学生了，而且喜欢同小妹妹达姬央娜玩耍，时常用不伤人的口气嘲笑叶连娜，但是他所说的话里，却露出一种关切的、沉思的凉味。米郎代替了保罗·尼可诺夫，弟兄俩几乎分不开来，无尽歇地谈论着什么事情，不住地挥摇着手，坐在园中凉亭内一块儿学习、读书。伊里亚差不多不住在家里，早晨喝茶的时候见了一下面，就到城里叔叔家去，或同米郎和毛发蓬乱、皮肤黑褐的郭里慈魏托夫到树林里去。这个短小、狡猾的男孩，像牛蒡草似的多刺，走着弯转的步伐，眼睛带着嘲笑的样子，好像是斜的。

"你倒喜欢同这个犹太孩子要好。"娜泰里亚嫌恶地对儿子说，彼得·阿尔达莫诺夫看见儿子的细画的眉毛抖索了一下。

"犹太孩子是一个不好听的名称，妈妈。您知道阿历山大是我们的神父格莱勃的侄子，所以是俄罗斯人。他在中学里考第一名……"

母亲轻蔑地从鼻孔中吼了一声：

"犹太人到处是朝第一个位置上爬的。"

"您怎么知道的？"儿子不肯退让，"城里面有四个犹太人，全是穷的，除了药房主人以外。"

"有四十个犹太人。在伏尔哥洛特四处全是犹太人，市集上也是……"

伊里亚带着侮辱的固执重复着：

"犹太是一个不好的字。"[1]

母亲拿起茶匙叩击碟子，深红着脸喊道：

"你教训我做什么？难道我不知道应该怎么说吗？我不是瞎眼，看得见这马屁手对谁都要拍一拍，甚至对奇虹都要奉承。和气得像一个犹太孩子，凡是和气的人都是危险。我知道这类和气的人……"

"够了！"彼得严厉地干涉。但是她准备哭出来，诉怨说：

"怎么，彼得，连说话都不能了吗？"

伊里亚皱着眉头，不作声了，母亲又对他提醒：

"是我生你出来的呀。"

"谢谢。"伊里亚说，把空杯推开。父亲斜看了他一眼，冷笑着，拉自己的耳朵。

从妻子的话语里他听出她惧怕儿子，像以前惧怕洋油灯一样，而最近又开始惧怕需要技巧的咖啡壶，奥洛瓦的赠物。她想咖啡壶会炸破的。父亲自己也在儿子面前感到一种近乎母亲的惧怕儿子的心情。年轻人是无从了解的，三个人全是不易了解的。他们在看门人奇虹的身上找到了什么有趣的东西？他们晚上同他坐在大门外，彼得听见这乡下人训诫般的语声：

"这是对的。取得少些，走得轻些。关于角度——你们不必相信。天上有什么角度？天上是没有墙的。"

中学生们哈哈地笑了。伊里亚笑得像天鹅绒一般的溜滑，却不多；米郎笑得干涩、毒辣；郭里慈魏托夫笑得不像他们两人那般的乐意，永远坚决地打断了自己的笑声，劝朋友说：

---

[1] 俄文里犹太人有两个称呼，evrei 与 jid，而第二个字是轻蔑的称呼。娜泰里亚说的就是这第二个字，好比我们称呼外人为"洋鬼子"，俄罗斯人为"老毛子"，一样的带有轻蔑的意思。——译者

"等着,这并不可笑!"

奇虹的阴沉的言语重又懒洋洋地响了:

"孩子们,你们应该多学习关于人的一切,究竟人是怎样的?谁配做什么?谁有什么命运?应该对于这些事情施展魔术。话语也是如此。话语应该了解透彻。你们时常这个说一句,那个说一句:自然都是圆圆的话儿。可是一点儿也没有完结!"

奇虹·瓦洛夫重复了彼得熟稔的一个谚语:

"人织线,鬼织麻,就这样没有完结。"

青年们哈哈笑了,奇虹也浓浓地笑,叹了一口气:

"唉,你们这些有学问的人都是没有烤透的!"

薄暮的朦胧里,孩子们显得比在阳光下小些、短些,可是奇虹却肿大,伸展,说话比白天更加愚蠢了。

伊里亚同奇虹的谈话使彼得对看门人的仇视更加增进,同时给暗示时出一种不清晰的恐惧。他问儿子:

"为什么你对奇虹发生兴趣?"

"一个有趣的人物。"

"有什么趣味?是他的愚蠢吗?"

伊里亚轻声回答:

"愚蠢也应该加以了解的。"

这回答中了彼得的意思。

"这是对的:我们在愚蠢中生活着。"

但是他立刻想到了:

"又是奇虹的话!"

儿子使他引起一种特别的希望。他看见伊里亚手塞入口袋里轻声呼啸,从窗内看望院中工人,或是不慌不忙地在织布间里行走,或在举着轻松的步伐到村里去的时候,满意地想:

"他会成为一个精明的主人。他加入事业不会像我那样的:一套上,就得去搬运!"

有点可气的是儿子不好好说话,即使说,也是短短的,好像是预先想好的言语,引不起继续谈话的愿望。

"有点干涩。"彼得想,而借以自慰的是伊里亚侥幸不像好喊嚷,多嘴的郭里慈魏托夫,不像懒惰、萎靡的耶可夫,更不像米郎那样很快地丧失了少年气,说的是书本子上的话,而且举止傲慢,像一个深知对于每个生命的事件能在书本里找见严肃的律法的官员。

数星期的暑假跑得捉不住地快,孩子已经预备离家了。结果是娜泰里亚对耶可夫说了些临行的善意的劝告,而父亲对伊里亚说的并不是自己想说的话。怎么能说生活在单调顾虑事务的蚊云里是如何苦闷的话呢?这些话是不能对孩子们说的。

彼得真想经历些和寻常不可避免的一切,如雪、雨、泥、暑热、灰尘等不相仿的事,终于找见了,或想出了一点儿来。他在某县森林的道上遇见了冰雹和雷雨,雷声震聩地发响,乌云里爆出蓝光。水流在狭窄的林道上不加分别地在黑暗中汹涌着,马脚下的土地溶化了,流了,马车轮子直浸到车轴。可怕的是一刹那冽凉的蓝光威严地照耀沸腾的、溶解的大地,在道旁湿的阴黑中,通过玻璃网,黑马受了惊吓,跳跃飞奔起来。看不见的马停住了,长嘶了几声,马蹄在水里践踏,肥胖的马夫耶基姆,一个温和的人和蔼而胆怯地安慰着马。冰雹很快地撒了下来,冰块的喧声充满了树林,代替着冰雹而来的是一阵暴雨,好几万万沉重的雨点打小鼓似的鞭抽树叶,怒吼声震满了黑空。

"应该到博博瓦家去。"耶基姆说。

于是彼得穿上别人的衣裳,包得紧紧的,不安地坐在一间温暖的屋子桌旁,在愉快的半朦胧里,如已进入了梦境。镀镍的水火壶发出喧声,一个高声、柔细的女人,带栗色的头发卷上头巾,穿着深色、宽阔的衣裳,给他斟茶,在她的惨白的脸上和善地熠耀着灰色眼睛。她用柔和的声音,很自然而驯顺,且不加一点抱怨地叙讲着最近丈夫的死,又说打算出售庄院,搬进城中,开设中学校。

"这是令弟劝我这样做的。他是一个有趣的人,真活泼,有独创的性格。"

彼得审视着周围的一切事物,羡慕地由喉咙中咽了一声。青年时他同父亲在省里走动,时常到贵族的家庭里去,却没有看出任何特别之点,只感到一种由于人和事物而来的压迫,但是在这个人家却毫不感到压迫,有一种和蔼、正直的气象。糙面的灯罩下一盏大灯发出乳光,照着桌上的碗碟和银器,一个小女孩的深黑的头覆着绿色的鸭帽。小女孩前面放着一本纸簿,她用细铅笔画图,轻声地哼唱着,并不妨碍听母亲的平正的言辞。屋子不大,堆挤着家具,一切事物好像生根在里面,但是每根血脉都单独生存,而且说出了自己,正和墙上三张很鲜艳的画一样。对着彼得的一张画上有一匹白马骄傲地仰着头颈,鬃毛不可思议的长,几乎触地。一切奇怪地舒适、安静。女主人的美丽的声音响得好比从远处传来的忧郁的歌曲。在这样的环境里可以住上一辈子,没有惊慌,不做任何坏事;有这样的女人做妻子,可以尊敬她,可以和她谈论一切。

门后凉台外,通过五色玻璃的半圆圈,黑魆魆的天空爆裂出蔚蓝的光,却不使心灵有所恐惧了。

黎明时彼得离开了,慎重地带走和蔼的静谧与舒适的印象,以及制成这舒适的灰色眼睛的静肃的女人的形象。马车在泥浆里洇游,里面不加分别地映影着太阳的金光和被风裂破的黑云的污点。他怀着忧愁与羡慕想:

"人家的生活是这样的呀。"

他不知为什么没有对妻子说起这次相识的事,还瞒了奥莱士卡。过几星期后,他到兄弟家去,看见博博瓦同奥洛瓦并坐在长沙发上,心里觉得不好意思起来。兄弟推他到长沙发旁边:

"魏拉·尼古拉也夫娜,这是家兄。"

女人微笑伸手：

"我们已经认识了。"

"怎么认识的？"奥莱士卡奇怪地喊，"什么时候？你怎么没有说？"

在兄弟的惊异里，彼得感到一点不好的印象，他的胡须不由自主地动了一动。他拉着自己的耳朵答道：

"我忘掉了。"

奥莱士卡无耻地指着他喊道：

"你们瞧——他脸红了没有？你回答得不巧妙，我的孩子，难道这样的太太，见了一次，能够忘掉的吗？你们瞧——他的耳朵痒了，长大了！"

博博瓦和蔼地微笑，并不生气。

在高脚的玻璃砖的杯子盛着带冰的蜜。蜜是这女人带来送给奥洛瓦的，它像琥珀般发着金色，快乐地咬着舌头，给彼得暗示一些勇敢的话，但是无法插进去。兄弟不断地，而且不安地叽叽咕咕地说着：

"魏拉·尼古拉也夫娜，您不必忙着出卖！这应该卖给爱静的人，这是灵魂休息的地方。至于我们弟兄——能出多少价钱？您没有田地，树林也少，而且很坏，这里除了野兔以外谁需要树林呢？"

彼得说："不必出卖。"

"为什么？"博博瓦问，忧郁地啜饮蜜糖，叹了一口气，"必须要卖的。"

彼得不喜欢奥洛瓦注视的眼神和她的掩藏着微笑的嘴唇的抖颤。他阴沉地喝完了蜜，以沉默替代回答。

过了两天奥莱士卡在办事室里对他说打算借给博博瓦钱，以物件做抵押。

"她的庄院价钱值七千卢布，但是东西却……"

"不要借。"彼得很坚决地说。

"为什么？我知道东西的价值的。……"

"不要借。"

"但是为什么呢?"奥莱士卡喊,"我带着行家到她家去,带着估价员去。"

彼得否定地摇头。他很想劝兄弟不要做这批生意,但是没有找到反驳的话,忽然提议道:

"我们两人合借,你一半,我一半。"

奥莱士卡盯视着他,冷笑了。

"开始作怪了吗?"

"那就是——时候到了。"彼得·阿尔达莫诺夫大声说。

"你瞧,别投递不到了呀!"兄弟警告,"我试过的,她是一条鱼。"

在两三次和博博瓦见面后,彼得学会了对她发生幻想。他把这女人和自己放在一起,在他面前立刻发现了一个轻松、舒适、奇怪的生活。这生活外表上美丽,内部静谧得愉快,也没有每天看见好几十个不忠心事务的人的必要:他们永远有所不满,一会儿呼喊,诉怨,一会儿说谎,努力骗人,他们的烦死人的谄媚和掩遮得不严,而且随时增长的仇恨同样地令人烦恼。在这一切以外,远离了不断地织广阔的网的红肥蜘蛛似的工厂,是很容易造成一幅生活的图画的。他看见自己像一只大雄猫。它觉得温暖、安静,女主人很喜欢爱抚它,它再也无所求了。

以前男孩保罗对于他是一个黑点,周围聚着一切痛苦和不愉快的事情;现在博博瓦成为一根磁针,吸引的只有好的、轻松的思想和意念。他拒绝同兄弟和一个戴眼镜的狡猾老人到博博瓦庄院去估财产的价值,但是等到奥莱士卡办好抵押款回家以后,他又提议道:

"你把押单卖给我吧。"

奥莱士卡露出不愉快的惊讶,盘问了半天,终于说道:

"你听着:这于我不合算!给她钱不多,东西的价值很高,明白没有?你加点钱吧!"

两人讲好了价。奥莱士卡皱眉头说:"希望你成功。这是好事。"

彼得也感到他做了好事：他送给自己一个休息的角隅。

"是不是不要告诉你的妻子？"兄弟问，眯了一眼。

"随你便。"

奥莱士卡用试探的神情望着他，说道：

"奥洛瓦认为你爱上博博瓦了。"

"这是我的事情。"

"你别急叫。在这年头差不多每个男子都淘气。"

彼得粗鲁而且生气地回答：

"你不要管我……"

不久，彼得感到奥洛瓦开始同他更加亲善地说话，但是带着点怜惜的意思。他觉得不高兴。一个秋天的晚上，他坐在她家里，问道：

"是不是你丈夫对你讲过关于博博瓦的事情？"

她的轻松的手摸着他的多毛的手，说道：

"这事到了我这里就不走的。"

"它不会走到哪里去的，"彼得说，拳头叩击膝盖，"它就只同我存留着。你不明白这个，你一点也不要同她说什么。"

他对于博博瓦并不感到渴望，在幻想里出现在他面前的不是他愿意占有的女人，却是对于家庭和爱的舒适，美好的、正直的生活一个必要的补充。但是当这女人搬进城去，他在奥莱士卡家中和她时常见面，忽然感到自己受了震动。他在病倒的奥洛瓦的床前看到了她。她掠起衣袖，俯身就着脸盆，在水里弄湿毛巾，一会儿弯腰，一会儿挺直。她的身体十分苗条，带着一对不大的、小姑娘似的乳头，是无从抑制地动人。他默默地站在门旁，俯额偷视她的白手，紧硬的腿肚、大腿，突然地被欲望的热雾紧紧地包围住了，甚至感到她的手在自己身体的周围。他回答了她的问候，艰难地弯下脖颈，走到窗前，坐下来，喘息过后，忧郁地问：

"你怎么啦，奥洛瓦？这样不好呀……"

第一次女人这般有威力和破坏力地影响他。他甚至惧怕了，模糊地感觉这里有点危险的、威吓的成分。他打发马夫请医生，自己立刻徒步顺着大道到工厂去了。

那是二月的尽头。融雪的日子里含有发生暴风雪的危险；灰色的雾悬在地下，将天空隐藏了，使广阔的地面变成一只碗盏覆罩在彼得头上。从这碗盏里慢慢地倾流出湿的、寒冷的灰尘。这灰尘沉重地落在胡须毛发上，阻碍人的呼吸。彼得在松软的雪上行走，感到自己也是被揉碎、被压倒的，和尼基大冀图自杀的那夜，还有杀死保罗·尼可诺夫的时候一样。这两个时间的沉重性的相仿是他所明了的，第三个时间显得更加危险。显然，他永远不会使这位太太成为他的情人。他这时已看出，突然爆发的对于博博瓦的爱恋，破损而且弄脏了他内心所珍爱的东西。将这女人推到寻常的行列里，他深深地知道妻子是什么样的，他没有理由设想情人会两样或比妻子好些，她的平淡的、例行的亲热差不多不能使他发生兴奋了。

"你需要什么？"他自问着，"你想淫乱吗？有妻子在呢。"

在他有什么危险威胁时，他感到一种兴奋的趋向，就是要赶快越过危险，将它遗留在后面，不予回顾。站立在威胁的前面，好比深夜黑暗中站立在大河上松软的春冰上面，这恐怖他在青年时代曾经感到过，从整个身体里记住了的。

过了生活在沉重、窒息的麻木状态下的数天，他失眠了一夜，清早到院里，看见锁住的狗——图龙躺在雪里，满身是血。天色尚在朦胧，血显得黑如胭脂。他用脚拨动多毛的尸体，图龙也动了动狰狞的嘴脸，凸出的眼睛看了人的脚一眼。彼得抖索了一下，打开看门人更屋的矮门，站在门限上问："谁杀死了这狗？"

"我。"奇虹说，五根伸展开的手指上端着一碟茶。

"为什么？"

"又咬了人。"

"谁?"

"齐诺伊达,赛拉菲姆的女儿。"

彼得想了想,沉默了一会,便说:

"这狗很可惜。"

"有什么办法?我喂大了它。它开始朝我吠叫。人如果系在链上,也许也要发疯的……"

"对呀。"彼得说。他很紧地关上了门,走了,心里想:

"有的时候连这人也会说有道理的话。"

他在院子站立了一会,倾听工厂隆隆的喧声。远远的角隅里熠耀着黄黄的斑点,那是赛拉菲姆寓所窗里的灯火。这寓所是靠着马廐的墙建筑的。彼得向灯光走去,朝窗内看了一下,齐诺伊达穿着一件衬衣,坐在桌旁灯前,用针线缝什么。他进屋去,她头也不抬,问道:

"为什么回来啦?"

当她抬起眼睛,把缝的东西向桌上一扔,含笑立起来,喊道:

"啊呀,老天爷!我当是父亲呢……"

"听说,图龙把你咬了?"

"咬得厉害呢!"她好像夸口似的说,便把一只腿放在椅上,掠去衬衣的边缘,"您瞧呀!"

彼得瞥眼向膝盖下面包扎着的白腿看了一下,挨近女孩的身旁,沉声问:

"但是你为什么天刚亮就在院里跑?为什么?"

她带着疑问看着他的脸,立刻猜到什么似的冷笑了一声,使劲隔着洋灯的玻璃罩,吹了一口气,灯灭了。他说:

"门儿应该关一关。"

半小时后,彼得·阿尔达莫诺夫不慌不忙地到工厂去,身上感到愉快的空虚。他拉了拉自己的耳朵,吐着涎沫,惊讶地回忆那缲线女工亲热时不要脸的神情。他觉得他很巧妙地把什么人哄骗了,瞒过了!……

他闯进女工们荒淫的生活里去,像狗熊进了蜂房一般。起始,这生活超越了他所听到的一切,使他惊讶的是言语和情感快乐的裸露。这生活里一切是放荡不羁的,以挑逗的无耻的形式表现出来,有歌曲唱出,哭出这无耻的情感。齐诺伊达和她的朋友们称它的爱情,里面带着一点辣的、苦的、比酒还醉人的味儿。

彼得知道工厂服务人员称这所靠在马厩墙旁的赛拉菲姆的小屋为"陷阱",给齐诺伊达起了一个"唧筒"的绰号。木匠自称他的住宅为"修道院"。他坐在炉旁长凳上,永远持着"古司里"琴,用一块绣花的毛巾垫着,这毛巾从肩上一直搭到颈后。他精神抖擞地昂起卷发的头,玫瑰色的脸露出游戏的样子,眨着眼睛,喊道:

"快乐快乐吧,尼姑们!彼得,她们全是尼姑,你以为对不对?她们为快乐的鬼修行,我是她们的住持,好像是神父,响骨头!扔一个卢布下来,唱一下快乐的生活!"

他收到了钱,塞进脚绊后面,像扇风箱似的唱着,同时奏起"古司里"琴来:

"太太坐在地狱里,
要求吃炸黄的冰,
鬼拿起一根火棒,
塞进傻女人的嘴!"

"你知道很多的小调。"主人惊讶起来。老人夸口地嚼舌说:

"筛子!我好比筛子,无论什么烂东西倒进我肚里去,我会给你筛出歌曲来的。我就是这样的人,一只筛子!"

老人又叙讲起来:

"这是老爷们教会我的。有些著名的老爷,像库图作夫一家,耶蒲士金先生,他也是一个醉鬼。他假装穷人,坏极了!肩荷木箱,徒步而行,好像贩卖杂货,把一切所见所闻全都记录下来。然后,他就去见皇上。他说,陛下,你看农夫们想的是什么!皇上看了看,读了记录,心里不安,便下令给农夫们自由,在莫斯科给耶蒲士金设立铜像,不许将他本人加害,却遣送到苏兹达里去,让他随意饮酒,由公家开支。你知道,因为耶蒲士金还写下了许多人民的秘密事情,是于皇上不利的,所以要设法隐藏起来。耶蒲士金在苏兹达里因饮酒过度伤命,他的记录自然全被偷走了。"

"你在扯谎。"彼得说。

"除了对女人以外,从来没有对谁扯过谎,这不是我的本行。"老人说,什么时候他不开玩笑,是难以了解的。

"谁知道真实,才会扯谎,"他又嚼舌头了,"我是不能扯谎的,因为我不知道真实。如果你愿意,我可以对你说:我看见过了许多真实。我的小调是这样的:真实好比女人,只在年轻时是美丽的。"

但是他不知道真实,却知道无数关于贵族们的历史,他们的荒嬉、不幸、残暴和财富。每逢叙讲的时候,他总要带着显明的惋惜补上说:

"自然他们是完了!离开了生命的点线,自己也不明白自己,脱线了……"

他用指头在头上画了一个圈,迅快地垂手,又在地板上画了同样的圈。

"淘气尽了!"他说完,又唱起来:

"老爷们活了一辈子,

吃着小牛肉,

老爷们吃尽了

牛肉的筋儿。"

赛拉菲姆讲强盗和女魔、农人的叛变、命定的爱情,又讲火蛇如何夜间飞到熬不住的寡妇家去。他说得兴趣盎然,竟连他的没有耐性的女儿也默默地听这些故事,带着婴孩的沉思的贪心。

彼得在齐诺伊达身上,嫌恶地看到疯狂的荒淫与有计算的企图心联合在一起。他不止一次忆起了保罗·尼可诺夫的谣言,这谣言竟成为预言了。

"为什么我选择了这女人呢?"他自问着,"有的是美丽的女人。假使儿子知道了,我的脸子不好看了。"

他又注意到齐诺伊达和她的女友们将嬉游看作无从避免的义务,好像兵士的服役,有时候想到她们也是用她们的无耻行动骗自己,还骗什么人。齐诺伊达对于金钱的无厌的贪婪、她的强求的性格,很快地使他产生厌恶。她这种性格比赛拉菲姆还表现得显著些,她喜欢花钱买"台涅里夫"甜酒(不知什么原因,他称它为"芜菁酒"),买他爱吃的夹蒜香肠、果汁软糖和乳油甜面包。

彼得很喜欢这轻松、逗乐的小老头子,有技巧的工人。他知道大家全喜欢赛拉菲姆,工厂内称他做"安慰者",彼得看出这绰号里真实比嘲笑多,嘲笑也带着和蔼的响声。

他最易了解,而且令人不愉快的是赛拉菲姆同奇虹的亲交,奇虹好像故意在加深这不愉快。奇虹在阿尔达莫诺夫家里服务第二十年生日的那天,娜泰里亚决定做得特别热闹些。

"你想,他是如何少有的人!"她对丈夫说,"二十年来我们没有看见他做过坏事,像蜡烛一样的温和。"

他想特别对看门人表示尊敬,亲自把礼物送去。衣装齐整的赛拉菲姆在更屋里遇见了他,奇虹站在他背后,点头看主人的靴子。

"我送给你的是一只表,拿去吧!妻子送了一段衣料,还有钱。"

"钱是多余的。"奇虹喃声说,随后就说:

"谢谢。"

他请主人喝"台涅里夫"酒,是赛拉菲姆送给他的。当时这小老头儿又耍起话来了:

"彼得·伊里奇,你是知道我们的价值的,我们也知道你的价值。我们明白!熊爱蜜,铁匠烧铁。在我们看来,老爷们是熊,你是铁匠。我们看见:你的事业巨大,而且艰难。"

奇虹手指上旋转着银表，一面瞧着，一面说：

"事业是人的栏杆。我们在深渊边上行走，必须扶着栏杆。"

"是的！"赛拉菲姆喜欢什么似的喊了，"对了！否则是要堕落的！"

"你们说的都不对劲，"彼得说，"因为你们不是主人，你们不会明白的……"

虽然奇虹的话语立即使他生气，但是，他找不到充分强有力的言辞。奇虹并非初次在说话里套上这种固执、黑暗的思想，使主人觉到恼怒。他瞧着看门人抹了许多油的石头般的头，在寻觅着压倒一切的话语，拉着耳朵，鼻中发出鼾息。

"事业自然是不同的，"赛拉菲姆调解般说，"有好有坏……"

"刀子虽好，却不合嗓子的尺寸。"奇虹讷语着。

主人想痛快地骂奇虹一顿，好容易压住了这愿望，严声说：

"你为什么永远唠叨地讲事业？真难以明白……"

奇虹向桌底下看了一下，同意了：

"是难以明白的。"

木匠重又说：

"彼得·伊里奇，他只承认没有害处的事业。……"

"赛拉菲姆，你等一等，让他自己说。"

奇虹当时动也不动，把头顶上手掌大小的灰色的秃发朝主人露着，叹了一口气：

"鬼教会卡因做事业……"

"他尽转弯子！"赛拉菲姆喊，手掌打击膝盖。

彼得从椅上立起来，含怒劝看门人：

"你最好不要谈你不明白的事情。是的。"

他在愤怒中离开更屋，心想应该开除奇虹，明天就开除才好。明天不必，过一星期再说。博博瓦在办公室里等他。她干涩地道安，像不相识的人似的，坐在椅上。洋伞击叩地板，说她不能立刻清付押款的利息。

"这是小事。"彼得轻声说,没有瞧她,听见她又说:

"假如您不答应延期,您有拒绝我的权利。"

她恼怒地说着这话,重又将伞叩击,离走得那样出人意料地迅速。只在她关门的时候,他才来得及看她一眼。

"生气了,"彼得盘算着,"为了什么事情?"

过了一小时,他坐在奥洛瓦那里,将鸭舌帽朝沙发拍击,说道:"你对她说:我不要利息,并不问她要钱。这是什么钱?叫她不必担心,你明白了没有?"

奥洛瓦清理着几卷杂色的丝线,挪动着,放在桌上的珠子盒,沉思地说:

"我是明白的,她却不见得明白。"

"你想法子使她也明白。你是我的什么人!"

"谢谢。"奥洛瓦说,眼镜里闪着光亮,这种玻璃里的微笑引起彼得的厌恶。

"别打趣!"他粗鲁地说,"我并不想在她的菜园里养猪,我并不寻找这个,你不必这样想!"

"真是乡下人。"奥洛瓦叹气说,疑惑地摇梳得光光的头。

彼得喊:"你要相信!我知道我所说的话……"

"真的知道吗?"

她同情地叹气,这是彼得听得出来的。他看见她的眼睛从眼镜里望着他,露着怜惜,而且近乎温柔的样子,但是这只能使他生气。他打算对她说些可信的、明显的话,却没有找到相当的话语,只是望着窗台。窗台上像兽耳般的秋海棠多肉的叶子中间,悬挂着一串串美丽的鲜花。

"我是舍不得她的庄院。那样有趣的庄院!她在那里生长大的……"

"她生在略庄省的……"

"她在那里惯熟了,这是一样的!我的心灵第一次在那里静静地睡去……"

"睡醒。"奥洛瓦加以更正。

"这对于心灵是一样的,睡熟,睡醒……"

他说了半天自己都不明白的什么话。奥洛瓦手倚桌上,听他说话,等到他的话消耗完了,才说:

"现在请听我的话……"

她便告诉他,娜泰里亚知道了他同缫线女工的纠缠,很生气,对他有抱怨。但是这并不使彼得冲动。

"狡猾得很,"他说,冷笑了,"一句话也不露出她是知道的。对你抱怨过吗?是的。不过她并不爱你呢。"

他寻思了一会,补上去说:

"齐诺伊达的绰号是'唧筒',这是对的!她把一切肮脏东西从我身上吸了出来。"

"你说的是胡话,"奥洛瓦皱眉,叹气:"我记得,我对你说过你的心灵是养子。这是对的,你怕你自己像仇敌似的……"

这些话触怒了他:

"你和我说话真胆大。我是一个小孩子吗?你应该想一想:我和你说话,我的心灵开展了,此外我没有人可以一同说话。同娜泰里亚是说不来话的,我有时想打她。但是你呢……唉,你们这些女人!……"

他戴上帽子,突然被静默的烦闷占拥了,想起妻子来,他早就不想她,差不多不注意她,虽然每夜她同上帝耳语后,便熟练地、温和地躺在丈夫的身旁。

"她知道了,还爬过来,"他含怒地想,"一只猪"。

妻子是彼得瞎了眼睛,还能走过,不稍颠踬的熟径。他不愿意想到她。但是他忆起在沙发上慢吞吞地等死的丈母,全身发肿,带着丑陋的、肿胀的、通红的脸,越发仇视地望着他;从他的以前美丽的,现在黯淡、湿润的眼睛里可怜地流出眼泪;弯斜的嘴唇颤动着,但是不听指挥的舌头从嘴里像哑子似的吐出没有力气说什么话。乌里央娜用半死的右手的指头捏着他。

"这位是有感觉的。她真可怜。"

他需要极大的意志的努力去停止他和齐诺伊达无耻的纠缠。然而他刚做了这努力，立刻随着对于缲线女工的半醉般的回忆，发现了一些痛恼人的念头。好像另一个彼得·阿尔达莫诺夫产生了，他同第一个并肩生活着，在他的背后行走。他感到这个双重的人长大着，成为可以触觉的，对于真正的彼得·阿尔达莫诺夫应该做，而且轮到做的一切，加以阻碍。这第二个人巧妙地利用像街隅的风一般突然袭击来的沉思的时间，向他附耳细语着恼恨的、恶毒的思念：

"像牛马一般地工作着，但是为了什么？一辈子饱了，到了儿子工作的时候。为了爱子——杀死了男孩；喜欢一个太太——开始荒淫了。"

永远在这样的念头溜过了以后，生活变成黑暗、烦闷了。

他好像没有看到究竟什么时候伊里亚变为大人的，不只这一件事不经意地过去；同样不经意地娜泰里亚求媒把叶连娜出嫁给省城里的一个举止活泼、留黑胡子的青年，有钱的珠宝店主人的儿子；终于丈母也咽了气，在一个六月里暑热的正午，暴风雨来临之前死的，还来不及将她放到床上，近处就发生了雷击，把大家吓了一跳。

"窗、门都关上呀！"娜泰里亚喊，俯着头，手举到耳朵上面。母亲的一只大脚从她手里滑出，足趾沉重地击打地板。

一个高身、挺直的男子走了进来，穿着灰色、轻快的衣服，黑黝、消瘦的脸上留有显著出来的胡子。彼得·阿尔达莫诺夫觉得他竟一下子认不清他的儿子了。宽阔、肥胖的耶可夫，穿着中学生的制服，比较多的像他些。儿子们有礼貌地道安，坐下。

"你们瞧，"父亲说，在办公室里踱走，"外婆也死了。"

伊里亚不作声，抽着烟。耶可夫用一种新的、不是自己的声音说：

"亏得在假期内，否则我不能来的。"

彼得把次子的不聪明的话从耳旁略过,注视着伊里亚的脸来。这脸变了很多,结实了,深黑的发卷微掩着的额角并不怎样高,蓝眼睛深凹进去。回忆着这穿着老气的衣服的沉思的人曾被他揪过头发,是多么可笑,而且有点不合适;彼得竟不能置信曾有过这样的事。耶可夫只是长高了,增大了,还是以前那样胖胖的,张着以前那样虹彩般的眼睛。他的嘴还是小孩般的。

"你成长得很厉害,伊里亚,"父亲说,"你可以仔细研究事业,过三两年就掌起舵来。"

伊里亚拿压扁了角的书背式的香烟盒子游戏着,瞧着父亲的脸:

"不,我还要读书。"

"久不久呢?"

"四五年。"

"啊!读什么?"

"历史。"

彼得不喜欢儿子抽烟,他的烟盒也是坏的,可以买一只好些的。最使他不喜欢的是伊里亚继续求学的愿望,而且将这愿望立刻在最初的时间内就说了出来。

他指着窗外工厂的屋顶,在那里细细的烟囱喷出蒸气,传来工作的嘟哝似的喧声,用暗示的口气说话,努力说得很软和些:

"它在喘气,这历史,应该学习它。我们被派定了织布,历史不是我们的事情。我已经五十岁,该有人来替我了。"

"米郎会接替的,耶可夫也行。米郎可以做工程师。"伊里亚说,手伸到窗外,把香烟灰摔掉。父亲提醒说:

"米郎是侄子,不是儿子。但是这事以后再说吧……"

孩子们站起来走了。父亲用恼怒,惊讶的眼神送他们:怎么?他们竟没有什么话同他说了?坐了五分钟,一个说了几句蠢话,打着哈欠;另一个烟熏了满屋,立刻招出他的怒来。现在他们在院里走着,听得见伊里亚的语声：

"我们到河上看一看，好不好？"

"不，我累了。震荡得厉害。"

河水明天不会流完的，但是母亲为外祖母的死十分悲伤，正张罗着丧事。

彼得·阿尔达莫诺夫服从着一个习惯，就是赶紧朝不愉快的事情上走去，为了可以快快地推开它，躲开它。他还给了儿子一个星期的休息，就在这时候看出伊里亚对工人们称呼"您"，夜里同奇虹和赛拉菲姆坐在大门外长谈。他居然从窗里偷听出奇虹发着死沉沉的声音，倾倒出傻话来：

"是的，是的。乞丐的生活就等于无从生活。伊里亚，这是对的，假如没有贪心——大家都会满足的。"

赛拉菲姆快乐地、咕咕地说着：

"这是我知道的，我早就听说了……"

耶可夫的行为容易明了些：他在厂房里跑来跑去，和蔼地看女孩子们，从马厩顶上瞭望河岸，中饭的时候有女人们在河里洗浴。

"一只小公牛，"父亲皱眉想，"应该对赛拉菲姆说一声，让他留神看他，别染上了病……"

星期二是一个灰色的、沉思的、静谧的日子。清早细雨吝啬而且懒洋洋地落到地上，有一点多钟的工夫，正午时太阳探头出来，不乐意似的望着工厂，两条河的交叉处就隐在灰色的云里，埋到松软的柔肉里，正好像娜泰里亚夜里把红红的脸深埋进鹅毛绒的枕头里一般。

晚茶以前彼得问耶可夫道：

"哥哥在哪儿？"

"不知道。可能坐在小山上松树下面。"

"你去叫他来。不，不用了。你们怎么样——和好了吗？"

他觉得次子不甚显明地冷笑了一声，说：

"没有什么,要好的。"

"到底怎样?你说实话……"

耶可夫低下头,思索了一下:

"思想里不很和谐。"

"什么思想?"

"关于一切的。"

"究竟是什么?"

"他永远离着书本;我呢,就是从理智里出来的。依照我所看见的。"

"是啦。"父亲说。他不会再问得详细些。

彼得将帆布大衣套在肩上,取了奥莱士卡的赠物——一个带瘤头的手杖,头上是银鸟爪抓住孔雀石制的圆球——走出大门,将手掌举在眼前,看望河旁的小山,树底下正躺着穿白色衬衫的伊里亚。

"今天沙子有点潮湿,会伤风的,这不谨慎的人。"

父亲诚恳地秤衡所有必须对儿子说的话语的重量,不慌不忙地走到他那里去,脚踏着脆碎的、灰色的小草。儿子仰卧着,读一本厚书,铅笔在篇页上叩击着。他听见脚步声,柔软地弯着脖子,看了父亲一下,把铅笔放在书页中间,大声地把书本拍合上了;随后坐了起来,背倚在松树棵上,眼神和蔼地抚摸父亲的脸。彼得吹了口气,也坐在秃裸的、弯弓形的树根上面。

"今天我不想谈论正事,还来得及的,我们随便谈一谈吧。"

但是伊里亚两手抱着膝盖,低声说:

"爸爸,我决定将自己供献于科学。"

"供献,"父亲重复说,"好像要做神父似的。"

他打算带着玩笑似的说,但是听出他的话里带着忧郁,甚至恼怒的响声,他对自己发恨,手杖向沙上叩着。于是,立刻开始了一种无从明了、不必要的事情。伊里亚眼里的蓝光发黑了,两道清切分开的眉毛聚了拢来，他把头发朝额上一捋，用不好的固执的神情说：

"工厂主我是不会做的，我没有做这种事情的才干……"

"这就是奇虹所说的。"父亲插进去说，冷笑着。

儿子不注意他的话语，开始解释为什么他不愿意做工厂主和一切事业的主人。他说了许久，有十分钟，偶然在他的话里父亲捉到了似乎有点真确的，居然和他的模糊的思念愉快地相符合的地方，但是从大体上说来，他明显地看出儿子说话不合理性，带小孩子气。

"你等一等，"他说，手杖触儿子脚旁的沙里，"等一等，这不对，这是没有道理的话。指挥是必需的。没有指挥，人民不能生活。没有了私欲，谁也不想去做工。大家永远说：'我有什么私欲？'大家全唱着这个调儿。你瞧，有多少谚语：'假使心灵不求牟利，媒婆会成为透彻的圣者。'或是：'圣者为牟利而祈祷。''机器'是死物，连它也要求抹油。"

他不慌乱地说话，忆起了适当的谚语，将里面智慧的油脂充分地涂抹在自己的言辞上面。他很高兴，他能安静地说话，对于话语不发生困难，很容易地找到，他深信谈话会得到良好的结果。儿子默不作声，一把一把地将沙子来回搓弄，筛去栗色的松针，在手掌上吹掉它们。但是忽然他说了，也是静静的：

"这一切不能使我相信，往后凭这种智慧是无从生存的了。"

彼得支住手杖，站起身来，儿子没有帮助他。

"是的，那么父亲说的不是真实的话吗？"

"是另一种真实。"

"你胡说。另一种是没有的。"

手杖向工厂挥摇，父亲说：

"那是真实！你的祖父创始了它，我把一辈子放在里面，现在轮到你的班了。就是这样子罢了。你要干什么？我们工作，你去游玩，是不是？你想在别人的劳力上充当义士吗？想得到不坏！历史！你把历史扔掉了吧！历史不是女孩，不能娶她的。而历史是什么傻玩意？有什么用处？我不能让你躲懒的……"

彼得感到他开始过分恼怒地说话，想说得和平些：

"我明白，你想在莫斯科生活。那边快乐些，所以奥莱士卡也……"

伊里亚举起书，吹掉书上的小沙子，说道：

"请你允许我求学。"

"我不能允许！"父亲喊，手杖插进沙里，"你不必再求了。"

伊里亚也站起来，发白的眼睛朝父亲的肩膀看望，低声说：

"那么，我没有得到允许，也会过去的。"

"你不敢！"

"一个人想照他愿意的那样生活下去，是不能禁止的。"伊里亚说，摇着头。

"一个人？你是我的儿子，不是一个人！你身上一切是我的。"

这是自然而然脱口说出的，这话不应该说的。于是他将嗓音放软些，用责备的神情摇着头，说道：

"我这样关顾着你的一切，你竟如此报答我吗？唉，这傻子……"

他看见，伊里亚脸红了，手抖索着，想藏在裤子袋里，可是手找不到口袋。他怕儿子将说出一些多余的，甚至无从挽救的话，连忙自己先说：

"为了你，我杀死了人……也许……"

彼得加上"也许"两个字，因为一说出头上一句话，立刻就明白：在这种时候，对一个显然不愿意明白这些的男孩，是不能说出这话来的。

"他一定立刻要问：杀了什么人？"彼得心里想，迅快地顺着碎沙的山坡往下跨了一步。但是儿子朝他脑后震耳般洪响地说：

"你不止杀了一个人，您看，那边整个坟场是被工厂杀死的。"

彼得止步，回转身去。伊里亚伸出手，用书籍指着灰色天空里的一些十字架。沙子在父亲的脚下松软地发响,他忆起数分钟以前,他已经听见一些关于工厂和坟场的不好的话。他想将他的失言隐瞒过去,必须使儿子忘掉它,于是用狗熊的攻势,挥着手杖,迅快地朝他走去,想吓唬他一下。彼得喊:

"你说什么,你这混蛋?"

伊里亚跳到树后:

"你醒一醒:您怎么啦?"

父亲用手杖朝树身打击,手杖打断了。他把断了的根朝儿子的脚下一扔,恰巧斜斜地插在沙里,绿球朝着上面。彼得威吓道:

"我要让你收拾茅厕!"

彼得便迅快地走了,摇曳着身子,滚了开去,感到他的理性在忧和怒的话语里彷徨着,像梭子在搅乱的经丝里。

"我要把他赶走。没有了钱——会回来的。那时候再叫他收拾茅厕。唉,别发傻念呀!"他把短短的念头从迅速旋转的思念之环里拔断,同时模糊地明了自己行为不对,做得太过分,脾气发得太大了。

他走到奥卡河旁,疲倦地坐在沙坡上,擦干脸上的汗,向河里瞭望。一群鲤鱼在不深的小河湾里洇泳,像钢针缝水。随后,鲤鱼发现了他,郑重其事地鼓动着翅,洇了洇,侧翻过去,红眼向混浊的天空瞧望,在水里放出流动的环圈,好像光明的烟一般。

彼得用手指向鲤鱼威吓,出声说:

"我给你预备下命运!"

他回头看了一下,听出这句话含有虚假的语调。河水的静流洗净了怒气,灰色的、温和的静谧暗示出充满着呆钝的、惊讶的思想。最可惊讶的是他所爱的儿子,二十年来不断地,怀着惊慌想着的,忽然在几分钟内从心灵里溜了出来,遗留下恶毒的痛楚。彼得相信二十年来每天不疲乏地想着的只有这儿子,凭着对他的期望,对他的爱生活下去,希望他做点不寻常的行动。

"像火柴一般,划着了,就没有了!这是怎么回事?"

灰色的天有点发玫瑰色,在一个地方发现了比较光亮的斑点,像穿旧呢子上的油渍。一个破损的月亮窥了出来,觉得清凉、潮湿;雾像轻烟般在河上泅游。

彼得回家时妻子已脱去衣裳,左脚放在右脚的圆膝上面,皱着眉头剪指甲。妻子斜看了丈夫一眼,她问:

"你打发伊里亚到哪儿去?"

"找鬼去。"他答道,脱着衣裳。

"你老是生气。"娜泰里亚叹息了,丈夫不作声,鼻里发出鼾气,故意手脚忙动得响响的。雨开始鞭打玻璃窗,潮润的微话在花园里泅游。

"伊里亚太勤学了。"

"他的母亲是一个傻子。"

母亲从鼻孔里抽了一口气,画了十字,躺到床上。彼得一面脱衣,一面愉快地给她气受:

"你能做什么?什么也不会。孩子们不怕你。你教过他们什么东西?你只会一样:吃饭和睡觉。还有在脸上抹油。"

妻子朝枕上说:

"谁送他们出去读书的?我说过的……"

"住嘴!"

他也不作声,倾听雨愈加剧烈地落到尼基大栽种的樱树叶上。

"驼子选择了好运。没有孩子,不做事。蜜蜂,我连蜜蜂都不高兴养,让每个人随便自己采取蜂蜜吧。"

娜泰里亚翻身,胸脯向上,翻得十分谨慎,好像躺在冰上一般,温暖的脸颊触到丈夫的肩上。

"你同伊里亚相骂了吗?"

彼得不好意思讲述他和儿子间发生的事,他嘟哝道:

"同孩子们不是相骂,是骂他们。"

"他进城去了。"

"会回来的。没有白吃白喝的地方。只要嗅到了穷困的味道,就会回来的。你睡吧,不要妨害我。"

过了一分钟,他说:

"耶可夫再也不要读书了。"

又过了一分钟,他说:

"后天到博览会去,你听见没有?"

"听见了。"

"这是怎么回事?"彼得考虑着,闭上眼睛,面前看不见那副额角阔宽的脸,忆起了伊里亚眼里恼怒得按捺不住的光彩。

"把父亲像工人们般的开除了,这混蛋,像乞丐般推在一边……"

使他惊异的是这破裂来得莫名其妙的迅速,好像伊里亚已经早就决定脱离似的。但是什么东西迫使他做这个举动?他忆起伊里亚猛烈的、责备的话语,想道:

"是米郎这猎犬指使他的。至于说事业于人有害,这是奇虹的思想。傻子,傻子!听这种人的话,还念书呢!念的是什么?他怜惜工人,却不怜惜父亲。他竟跑走了,在旁边种植自己的正义。"

彼得想到这里,恨伊里亚的心更加鲜明地燃烧了。

"胡说,你脱不掉的!"

彼得忆起了逃到旁边静静的屋隅里的尼基大:

"大家把我套进工作里去,自己却逃走了。"

但是彼得当场把自己戳破了:这是不对的,奥莱士卡并没有走,他爱事业,像父亲一样。他贪心,无餍足地贪心,他做一切事巧妙,自然。他忆起有一天工厂里发生醉鬼打架的事情,他对兄弟说:

"人心坏了。"

"坏得很。"奥莱士卡同意。

"大家不知为什么缘故,变得恶狠了,好像大家用一样的眼睛看人……"

奥莱士卡也赞成这意思，冷笑一声，说道：

"这是很对的。有时我忆起，父亲在你结婚的那天同兵士们搏斗的时候，奇虹就是用这样的眼睛看望父亲。后来自己也开始搏斗了，你记得吗？"

"奇虹是什么东西？他是一个愚人。"

奥莱士卡正经地说：

"你怎么时常说：人坏了，人坏了。但这不是我们的事情，这是神父们、教师们的事情。还有什么人？各种医生、官厅的事情。应该他们来注意人心的不变坏，这是他们的货色，你我是买主。老哥，一切都会慢慢儿变坏的。你老了，我也老了。但是你不能对一个女孩子说：你不要生活，女孩子，因为你会成为老妇人的！"

"真聪明，这小鬼，"彼得想，"真聪明。"

他听着兄弟活泼的、用新的谚语装饰的话语，羡慕他那种快乐的劲儿，重又忆起尼基大来。父亲本将驼子当作慰藉者，但是他在愚蠢的女人的事情里起了纠纷，便没有他了。

彼得在这雨夜里反复地想了许多事情。还有些别的、陌生的思想，像一股烟似的穿进他悲苦的思虑里去，仿佛是黑暗的雨声低语出来的。妨碍他自己的宽解。

"我有什么错处？"他向什么人问，虽然没有找到回答，都感到这问话不是多余的。黎明时他突然决定到修道院去找兄弟，也许在这离开诱惑和惊慌生活着的人那里，可以发现点慰藉，甚至决定的东西。

他乘着驾一对驿马的车子走近修道院，在田道上行走时颠簸得异常累乏，心里想道：

"在角隅里站立是容易的，你往街上跑一跑看。地窖里的黄瓜坏不了，在太阳里很快地朽坏了。"

他已经四年没有看见兄弟，同尼基大最后一次的晤面沉闷而且干涩。彼得觉得驼子对于他的驾临显得不安。他的身子缩短了,压紧了,好比蜗牛藏进贝壳里一样;酸溜溜的声音谈讲的不是上帝,不是自己和亲族,却尽谈修道院的需要,修行祈祷的人们和人民的贫穷。他说话不大乐意,显然十分吃力。彼得提议给他钱的时候,他轻声、不经意地说:

"你给主持吧,我并不需要。"

全体僧徒显然恭敬地看待着僧父尼可提姆[1]。住持身躯魁伟,骨架高耸,长满毛发,一只耳朵已聋,颇像穿袈裟的林神。他黑眼里可怕的眼神朝彼得的脸上瞧着,话说得过分地洪响:

"僧父尼可提姆是我们的贫穷的道院的装饰。"

修道院隐藏在不高的小山上,四面有紫铜的松树做屏栅,浓密的松荫做顶,彼得来到的时候正响着平常的、稀疏的钟声,晚祷的召唤。看门僧,又直又长,像一根竿子,有一个小小的、不必要的、孩子似的头,戴着烧焦的、揉皱的头盖帽,口吃着,像啜泣似的喃声说:

"欢——迎——"

一下子带着呼啸吹了出来:

"光——降。"

暗蓝色的云盖满了半个天空,呆定地悬在修道院上面。由于这朵云,周围的一切全被浓厚的、潮湿的、闷热的烦闷所压抑,铜钟的呼喊无力去摇动它。

"一个人不能抬起。"客舍的使者做错了事似的说,试着从马车里拖出一箱子送给尼基大的礼物来,小黑拳头朝箱子上叩击了一下。

灰尘满面、疲劳异常的彼得,慢慢地走进花园,到兄弟的僧房里去,这僧房舒适地躲藏在樱桃和苹果树中间。彼得一面走,一面想,他到这里来没有什么道理,还不如到博览会去的好。颠摇的林道,还有树

---

[1] 尼可提姆是尼基大的法名。——编者注

根乱七八糟地横梗着,将一切忧愁的念头摇动,搅乱了,代替着的是辛酸的烦闷、休息和遗忘一切的愿望。

"好好儿狂欢一下才对。"

他看见兄弟坐在长椅上,在幼嫩的菩提树的半包围里,有十来个人立在他面前,好像一幅熟识的图画上所画的样子:黑胡子的商人,穿帆布大衣,脚包裹着抹布,伸入橡皮套鞋里;肥胖的老人,像阉人样子的兑换庄主人;长发的少年,穿士兵大氅,颧骨高耸,有鱼一样的眼睛。特辽莫夫城的面包店主人摩尔静,爱喝酒,好捣乱的家伙,像一根柱子似的站着,好比贼对着审判官,哑声地说:

"对的,上帝是很远的。"

尼基大用白漆的僧杖朝踏平的地上画着,不瞧一瞧众人,教训道:

"人越低,上帝被我们罪行朽烂的臭味所驱走,离他越远。"

"他在安慰呢。"彼得想,在思想里冷笑了一声。

"上帝看见我们信仰不专,不专的信仰——于他有什么用呢?我们的互动和爱情在哪里?祈祷的是什么?都是祈祷些琐碎的小事。祈祷是应该的,但是无论如何……"

他举眼瞧瞧地向哥哥看了一分钟,从下到上,凝视地看,然后慢慢地,像抬重物一般,将僧杖举起,似乎打算打什么人的样子。驼子站起身来,无力地垂手,对大家画着十字,但是没有祷告,就说道:

"你们瞧,家兄来找我了。"

秃发的老人,不善良地睁圆着铜眼,看了彼得一下,大模大样地,显然故意似的,画了十字。

"走吧,愿上帝和你们同在。"尼基大补说。

人们零落地像一群牲口一样离开牧场。老人挽着病腿商人的手肘,面包店主人摩尔静挽住他另一个手肘。

"唔,好呀。给我祝福吧。"

僧父尼可提姆举起带着黑袈裟袖子做翅膀的长手,推开哥哥伸向他的握成一把的手，不带快乐地轻声说：

"想不到你来。"

僧杖朝僧房一挥，他在哥哥面前走着，一跳一耸地走，张开斜腿，一只手放在胸前心上。

"你老了。"彼得不安地说。

"可是还活着。腿开始痛了，我们这地方潮湿得很。"

好像尼基大的背更加驼了。他的背角和右肩抬了起来，将身体弯得离地更近，低矮了下去，身子更加宽些。他像一只蜘蛛，脑袋已被切去，而它盲目地、弯斜地在清脆的碎石道上爬行。在狭小、清洁的僧房里，僧父尼可提姆显得大些，却更可怕些。他除下头巾，他的半裸的，好像没有皮肤的、多骨的脑盖闪了出褪色的光，像死人一般；两鬓上，耳后，脑顶上，悬挂着不平整的一束束灰色头发。他的脸也尽是骨头，蜡色；褪色的眼睛不能使他的脸发生光彩，眼神好像聚在一个巨大、松软的鼻子的尖端上面，干瘪的嘴唇的黑条在鼻下无声地动弹，嘴更见大些，嘴唇的深凹将脸部分为两橛，上唇上须毛的灰霉色显得特别可怕，而且不愉快。

僧士轻声地，好像倾听什么似的，又慢吞吞地，似乎艰难地回想着话语，对肿脸的，像澡堂擦背样子的少年和尚说：

"水火壶。面包。蜜。"

"你说话真轻。"

"牙齿掉了。"

僧士坐在桌旁白漆的木椅上。

"家里都好吗？"

"好。"

"奇虹活着吗？"

"活着。他有什么事？"

"好久没有到我这里来了。"

尼基大移动手的时候,袈裟咝咝地发响,这蟑螂般的咝咝的声音更增浓了彼得的烦闷。

"我给你带点食物来。你吩咐他们把箱子抬进来,里面有酒。你们这里允许喝酒吗?"

兄弟叹了口气,答道:

"我们这里不严。我们这里很困难。自从人们开始造访道院以来,连醉鬼都养成了。大家都喝酒。有什么法子?俗世在呼吸着,毒害着,僧士也是人。"

"我听说——许多人来见你,是不是?"

"这是没有理智的缘故。"僧士说,"是的,有人来的,包围起来了。他们寻觅正义、义士,如何生活下去的指导。活着,活着,现在竟⋯⋯不会了。没有耐性了。"

彼得感到僧士的话使他产生惊慌,嘟哝地说:

"骄纵的结果。忍受了农奴制度,现在解放了倒耐不住了。约束得太软。"

尼基大不作声。

"贵族管的时候,没有人闲荡,行乞的。"

驼子瞥了他一下,垂下眼来。

两人艰难地寻觅话头,时常中止了谈话,作长久的沉默,后来房侍僧端进水火壶、香馥的菩提蜜和热面包来,面包上还升起醉人的蒸气。白眼睫毛的房侍僧拙笨地在地板上忙乱着,启开箱盖。彼得把一罐新鲜鱼子,两瓶酒放在桌上。

"Port-wine'酒名',"尼基大声念着,"这种酒住持爱喝的。他是聪明人,明白得多。"

"但是我却不大明白。"彼得挑战似的自行承认。

"你需要多少,就会明白多少,再多有什么用处?明白得比需要多些是有害的。"

僧士谨慎地叹了一口气。彼得在他的话语里听出悲酸的调子。袈裟在朦胧里又污秽又有油渍地褪去光泽,屋隅油灯的微光和桌上便宜的黄玻璃洋灯的光吝啬地照耀屋子。彼得看见兄弟带着如何有计算的贪心吸进一小杯的 Madeira 酒,嘲笑地想:

"懂得酒味的。"

尼基大喝了杯酒后,用干枯、白净的手指揪下一团面包,放在蜜里浸湿了,不慌不忙地嚼着。他的灰色的,似乎拨乱的小胡须摇曳着,看不出来酒使僧士生出醉意,但是他的模糊的眼睛发光了,却依旧聚在鼻子的尖端上面。彼得谨慎地喝酒,不愿意对兄弟露出醉样,喝着,就想:

"没有问起娜泰里亚,上次也没有问过,一个人也没有问过。都是俗世的人,他却是教门中人,人们都要寻求他。"

他生气地将胡须在坎肩上摩擦着,拉自己的耳朵,说道:

"你在这里躲得真巧妙。好呀。"

"以前很好,现在坏了,进香客太多,老是接待……"

"接待吗?"彼得冷笑,"好像牙医生一样。"

"我打算搬到僻静些的地方去。"僧士说,小心地把酒斟进杯里去。

"安静的地方。"彼得补说,重又冷笑了。僧士吸着酒,深黑的,抹布似的舌头舔着嘴唇,摇着骨架子的头:

"不安的人的数目明显地增长了。大家躲藏起来,想躲开这些烦恼……"

"这我倒没有看出来,"彼得反驳,自知说的不是真话,"那是你躲藏起来了。"他想说。

"但是惊慌像影子似的随着他们……"

彼得的舌头上自然而然地有了责备的话。他想争辩,甚至对兄弟喊嚷,一面想着兄弟,一面怒声说:

"人自己寻觅惊慌,自己找贫困,应该做自己的事情,不要耍智慧,就可以安静地活下去！"

但是兄弟好像没有听见他的话语，被自己的思想弄得聋了。他忽然摇晃角形的身躯，仿佛睡醒了，袈裟像深黑水泉般缓流着。他弯着嘴唇，很明晰，而且似乎生气地说：

"他们都来请求：教训教训我呀！我知道什么？教训什么？我不是有智慧的人。住持把我想了出来。我自己什么也不知道，像一个受了不当判决的人，判断着该归你教训！但是为什么这样判法呢？"

"暗示呢，"彼得想，"想抱怨呢。"

他明白尼基大有抱怨他命运的理由，他以前造访他的时候，也期待这诉怨。他拉自己的耳朵，提醒般警告兄弟：

"许多人怨命运，不过这是没有用处的。"

"是的，满足的人是显不出来的。"驼子说，眼睛瞄看屋隅油灯的火光。

"过世的父亲还对他说过：你应该安慰人！做一个慰藉的人。"

尼基大嘲笑地拉直着嘴，灰色的小胡须聚在一堆，擦去了这嘲笑，继续在朦胧里播种话语，这些话语使彼得嫌恶，同时也引起他的好奇和紧张的危险的期待。

"他们对我和人们暗示，好像我是圣智的人。这自然是为了道院的利益，借此吸引人，但对于我——这是一件艰难的任务。哥哥，这是一件严肃的事情！用什么来安慰？我说，你们忍耐着吧。但是我看出：大家都难以忍耐了。我说，你们希望着吧。但是希望些什么？上帝是不能使人安慰的。一个面包店主人来了……"

"他是我们的摩尔静，醉鬼。"彼得说，想挪开，推开什么似的。

"他已经自认为上帝的裁判官，在他看来，上帝已经不是人世的主人。现在这种大胆的人不少。还有一个没有胡子的人，你看见没有？他是一个恶人，嫉恨整个世界。他们来了，盘问了半天。对他们说什么呢？他们是为了捣乱而来的。"

僧士说得越发活泼了。彼得忆起以前几次造访时兄弟的样子,看出尼基大的眼睛眨得不像以前那样做错了事似的。以前,驼子所感觉到的自己有错使彼得安慰,有错的人是不应该抱怨的。现在他抱怨了,声明他受了不公的判决。彼得怕兄弟会对他说:

"这是你对我下了判决!"

他皱眉,玩弄表上的链条,寻觅自己防卫的话语。

"是的,"驼子说,显然暗中对他所抱怨的话怀着满意,"人们固执起来,他们的思想是大胆的。最近有一个学者住在我们这里两星期。他年纪还轻,但是好像神志不安,一个吃了惊吓的人。住持对我暗示:你用你的自然的性格给他定一定神,你对他如此这般地说。但是我对于别人的话记不住。这学者在整整几小时里抽我的筋,说了又说,我连他的话语也不明白,别说思想了。他说:魔鬼不能认为是我们肉体的主宰,这将成为二神,侮辱了基督的圣体,因为我们领圣餐时说,'领受着基督的圣体,吃不死的源泉'。他尽说些侮辱上帝的话。他说:即使上帝带了尖角,也是应该只有一个,否则是难以生活的。他把我折磨苦了,我忘记了僧父费道尔一切教唆的话。我喊:'你的肉体是变形,精神是毁灭。'住持骂了我一顿。他说:'你怎么啦?竟说出这样渎神的无意义的话来了。'你瞧就是这样的。"

彼得觉得兄弟的叙讲很可笑,露出他的可怜相来,因此使彼得自己安静了一点。

"上帝是不容易谈论的。"他喃声说。

"难得很,"尼基大同意着,又苦楚地问,"你记得不记得,父亲教训过的:我们是粗工人,这智慧对于我们太高深了?"

"记得的。"

"是的。僧父费道尔叫我多读书。我是读的,但是书于我好比远林一般,发出不清切的声音。书不能回答今天的问题。现在发生了这样的思想,这思想是不能用书来覆盖的。外教信徒从四面八方前来。人们讨论着,像是叙述梦境,或是由于醉酒的缘故。这个摩尔静……"

僧士喝了一杯酒,嚼食面包,把一小块面包捏成一个小球,开始用手指将它在桌上旋转着,继续说:

"僧父费道尔说:一切灾害由于理智而起;魔鬼在恶狗身上将它烧炽着,逗引着,恶狗就平白地乱咬起来。也许这是实在的,可是难以承认。这里有一个医生,是个快乐、随便的人。他的想法不同:理智好比小孩,在他看来一切全是玩物,一切全都可笑。他想看清楚,这个东西、那个东西是如何构造的,里面是什么情形。自然他要拆毁的……"

"也许是的,你说话真危险。"彼得说。兄弟的话重又惊慌地推搡他,摇动他,它的突然和尖刻使他又惊讶,又惧怕。他重又想制止尼基大,看轻他。

"这僧士喝醉了。"他试着安慰自己。

僧房里十分闷热,有煤炭和灯油的酸溜溜的味,熄灭彼得的思想的味。在小黑正方形的窗上凸出着某种植物的叶子,呆板不动的,像铁制的一般。兄弟却像一只蜘蛛,轻轻地、固执地织着自己的网儿。

"一切思想是危险的,尤其是普通的。拿奇虹做譬喻吧。"

"他是半疯的。"

"不对,这话不对!他的理智很严肃。我起初竟怕和他说话,想同他说话,又怕!父亲死后,奇虹和我接近了。你并不像我那样地爱父亲。这不公平的死并没有使你和奥莱士卡感到可气,却使奇虹恼怒了。那天我并没有对女尼生气,为了她的愚蠢的举动,却对上帝生气,而奇虹立刻注意到了。他说,蚊虫生活着,但是人……"

"你在说梦话呢!"彼得厉声说,"你喝得多了一点。什么女尼?"

尼基大固执地继续说:

"奇虹说:假如上帝是世界的主人,那么雨水应该及时下降,以利粮食和人民。并非一切的火烧是由于人的关系,树林是闪电熠烧的。为什么卡因要犯罪,置我们于死地?一切的残废于上帝有什么用处?譬如说，驼背吧，他要驼子做什么用?"

"啊，原来如此!"彼得想，在胡须里暗笑着，感到兄弟对上帝的诉怨很能安慰他，幸而他没有抱怨自己家里的人。

"卡因是不能了解的。奇虹就用这个好像链锁似的把我系住了。从父亲死的那天起，我的毛病就开始了。我想逃进修道院去便会熄灭的。但是不成。现在我就在这类的思想里生活着。"

"以前你没有讲过这个……"

"一下子是说不完的。我也许会一辈子沉默着，但是香客们来搅我，良心受了惊扰。而且危险得很，忽然我的话语里露出了奇虹的语调，怎么办呢? 他是聪明的人，虽然也许我并不爱他。他还想到你，人为了儿女劳碌，但是儿女对他生疏……"

"这是怎么回事?"彼得生气地问，"他怎么能知道的?"

"他知道的。他说，事务的欺骗……"

"我听说过的。……应该把他这傻子赶走，他知道我们的家事太多了。……"

彼得说这话，想对尼基大提醒那天痛苦的夜里奇虹把他从吊绳里救出的情景，可是一面还想着男孩保罗。僧士没有明白这暗示。他举杯就口，舌头在酒里沉浸了下，舔了舔嘴唇，继续说马口铁般的话：

"怕是有人侮辱了奇虹，他就脱离了一切，像破了产的人……"

必须让僧士离开这个念头。

"你怎么现在不信上帝了吗?"他问。他惊讶了，因为他想恶毒地问，结果却有点不是这个样子。

"很难明白，现在有人信不信，"僧士停了一会才回答，"大家想得很多，却看不见信仰。既然信，就不应该想。这个说上帝带尖角的人……"

"算了吧，"彼得劝他，回头看了一下，"这一切全是由于厌闷，由于无事可做。应该把大家全套在铁圈里，才好。"

"信仰两头是不行的。"

钟楼已经打了第二遍的钟,有韵律的击声闯进黑暗的玻璃窗里。彼得问:

"你去做礼拜吗?"

"不去。脚站不住。"

"替我们祈祷吗?"

僧士不答。

"我要睡一下子,路上累了。"

尼基大默默地用长手支撑椅背,谨慎地抬起角形的躯体,唤道:

"米卡?"

他重又坐下来,做错了事似的说:

"对不住,我忘记了,我的房侍僧在客店里睡觉呢。我打发他走的。这样可以自由地说话,他们全喜欢告发人家,搬弄嘴舌……"

他不必要唠唠叨叨地对哥哥解释到客店去的道路。彼得进到黑暗里去,迎着寒冷,灰尘的雨的时候,想道:

"这好嚼舌的不愿意我走。"

突然怀着熟稔的恐怖,彼得感到重又在深渊的边上行走,停了一会儿就会堕落下去的。他加快脚步,伸手向前,指头摸触着黑夜的水气的细尘,不断向远远里街灯的亮点望去。

"不,"他一面颠踬,一面想,"这一切于我无用。明天我就要走。出了什么事情?伊里亚会回来的!应该坚定地生活。奥莱士卡耍了起来。他会把我耍完的。"

他勉强地想奥莱士卡,因为不愿意想尼基大,想奇虹。但是他躺到修道院客店的硬铺上的时候,对于僧士和看门人的压迫的思念重又拥抱他了。奇虹是什么人?他的影儿落在周围的一切上面,他的话语在儿子的孩子气的言辞里作响,兄弟也被他的思想着了魔。

"安慰者!"他想着兄弟,"但是赛拉菲姆,一个普通的人,却会安慰人的。"

睡不着觉，蚊虫咬人，墙后有三个语声喃喃地说着，彼得心想大概是面包店主人摩尔静、病腿的商人和带着阉人脸相的那个人。

"一定在喝酒呢。"

修道院的更夫间或用小锤敲打铁板，后来忽然很匆邃地，好像迟了似的吃了惊，打着早祷的钟，彼得就在这钟声下睡着了。

兄弟到他那里来，像昨天在园里看见他的样子，带着一样的陌生的、恶意的、斜视和由下往上的眼神。彼得匆匆地洗脸，穿衣，吩咐侍僧套车到最近的驿站去。

"为什么这般快？"尼基大问，并不表示惊讶，"我以为你要在这里住几天的。"

"事务不能容许我呀。"

喝茶。彼得想了半天，有什么话问兄弟？他立刻忆起了：

"那么说来，你想离开这里吗？"

"想是想的。人家不放呀。"

"他们怎么会这样呢？"

"我对于他们有益处，有利益。"

"是啦。那么你想到哪里去呢？"

"也许出去云游。"

"带着病腿吗？"

"连没有腿的人都会移动的。"

"这是对的，会移动的。"彼得同意。

沉默了。后来尼基大说：

"替我给奇虹问好。"

"还有谁？"

"大家。"

"好了。你怎么没有问奥莱士卡的情形？"

"有什么问的？我——知道，他是——会的。我也许快要离开这里了。"

"冬天不能走的。"

"为什么？冬天也有人走。"

"对的，有人走的。"彼得重又同意，便给兄弟银钱。

"可以用作修理磨坊的费用。你不能到主持那里去一趟吗？"

"没有工夫了，马套好了。"

弟兄临别时，拥抱了。抱尼基大不很方便。他没有给哥哥祝福，他的右手在袈裟的袖子里搅不出来了，彼得心想是故意搅乱的。他的驼峰顶在他的肚子上面，尼基大沉声地请求：

"如果我昨天说了些多余的话，请你恕了我吧。"

"那有什么？我们是弟兄。"

"夜里想着，想着，就……"

"是的，是的！嗯，再见吧……"

走出修道院大门，彼得回头一望，在客店的白墙上看见兄弟的身形，像一块石头。

"再见吧。"他讷讷地说，脱下帽子，细雨多量地淹着他的头。马车在松树林里跑着，静寂得很，只有松树上的针叶明晶晶地在雨珠下面作响。一个僧士在马车驭座上跳跃着，马是栗色的、有秃毛的耳朵。

"人们谈论些什么？"彼得想，"上帝不及时送雨下来。这全是由于心恶，由于妒忌，由于残废，由于懒惰。没有顾念。人没有顾念，正像无主的狗。"

彼得回头看，身子缩短了些，发现雨确乎下得不是时候，不快乐的念头重又像灰色的云似的包围他了。

晚上，远远里发现烟雾的城市，喘气的列车穿过大道，汽笛响了一声，蒸气四散着，钻进地底里，在一个半圆的洞穴里消灭了。

三

彼得·阿尔达莫诺夫回忆着博览会上狂暴生活的日子，感到痛苦的惶惑，且近乎恐怖。他不能置信记忆所复现的一切是见到的真境，更不信自身就沸腾在巨大的石头的锅炉里，内中充满了音乐、歌声、呼喊的一切骚声和发了疯病的人们震荡心灵的烦闷的呼号。一个身躯伟大，头发卷曲，戴高礼帽，穿常礼服的人烹煮和搅动着这一切。在他的发蓝的、剃光胡须的脸上贴着凸暴出的猫头鹰般的眼睛。这人拍动厚唇，把彼得抱着，推着，嘴里喊：

"傻子——别作声！俄罗斯的洗礼，明白吗？每年一度的在伏尔卡、奥卡河上的洗礼！"

他的脸像厨子，从穿的衣服上看，像一个手执火把，被雇着送有钱的死人进坟墓的人。彼得模糊地明白他同这人打过架，后来两人喝白兰地酒，把冰激凌掺和在里面。这人一面哭，一面说：

"记住俄罗斯灵魂的吼声！我的父亲是神父，我呢——我是一个无赖！"

他的声音浓厚,像喇叭里出来似的,却还柔和。他把一些从未听见过的话语像一道黑暗的泉水似的灌到每人身上,这些话语无从抗拒地使人们惊扰。

"肉体的腐烂!"他喊,"同魔鬼决斗,扔给他,这猪,污秽的礼物!压止肉体的叛乱,彼得!不犯罪,便不会忏悔!不忏悔,便不会得救。把心灵洗洗干净吧!我们到浴室去,洗的是肉体。但是灵魂呢?灵魂也需要洗浴。给俄罗斯的灵魂,神圣的、伟大的灵魂以广阔的天地!"

彼得也感动得哭了,喃声说:

"灵魂是孤子,继子,确是这样的!被遗忘了,我们不可惜。"

众人全喊了!

"对的!对的!"

一个光秃、栗须的人,烤得红红的脸,紫藤色的耳朵,圆圆的身子,旋转自如的举止,像陀螺一般旋转着,疯狂地像女人一般地尖叫:

"斯帕怕——真理!我爱你。我有三样东西深爱着:你、酸东西,还有真理。讲到灵魂——须说真话!"

他还哭着,唱着:

"死蹂躏着死。"

彼得用安东傻子的话语和着他:

"马车丧失了轮儿。"

他也觉得他爱黑黑的斯帕怕,他着迷似的听他的呼喊,虽然有时有不寻常的话语使他吃惊,但是大半的话都是甜蜜而且深深地骚动着,似乎开了门,从黑暗中喧闹的混乱里,走到一种光明的、静谧的境界里去。特别使他喜欢的是"歌唱的灵魂"这个名词,内中有很真确的、可怜的情调,和下面的图画融化在一起:一个暑热的工作的日子里,在特辽莫夫污秽的街道上,立着一个高身,白须,瘦骨凸出,如死神一般的老人。他疲乏地转动手风琴的扶手,前面一个十二岁左右的女孩,穿着揉皱的、藏青色的衣裳,昂头,闭眼,吃力地用破嗓唱着:

"我对于生命无所期待……

只寻觅自由与安谧……"

彼得忆起这小女孩来，对长着紫藤色耳朵的人喃语着：

"灵魂是歌唱的！他这话很对！"

"斯帕怕吗？"栗须的人喊着问，"斯帕怕知道一切，他有开一切灵魂的钥匙！"

栗须人的脸烤得更红，尖声叫着：

"斯帕怕，人类的挚友，怒吼吧！律师帕拉提作夫——带我们到难攻的洞窟里去！一切都做得到的……"

人类的挚友是一群闹酒的实业家的牧师和领袖，只要他领着一群醉鬼出现在任何地方，那地方便哄闹着音乐，响起歌声，一会儿是凄凉的，使人心弦裂碎至于落泪，一会儿是热闹的，带着疯狂的舞蹈。留在听觉的记忆里的音乐唯有沉重的叩击大鼓的吼声和一只绝望的箫笛的尖啸。唱拉长的、悲戚的歌曲的时候，好像酒店的石墙紧缩了，压到你身上来，但在合唱队热闹地高唱，穿花绿衣裳的年轻人舞蹈的时候，墙像风一般摇曳着，狂吹着。狂暴地摇晃着，从快乐摇晃到悲愁的欣赏，有时有一种欢乐拥抱着，燃炙着他，使他想做点不寻常的事，杀死什么人，倒在人们脚下，跑在他们面前，当众呼号：

"裁判我吧，严刑处死我吧！"

他们到"自转车"去，那是一片疯狂的酒店，里面地板、桌子、人们、仆役们，都在慢慢地旋转；不动的只有大厅的几个角隅，大厅里像枕头里装鸭毛般塞满了宾客，喧声四处荡漾。地板的圆圈旋转着，在一个角落里显出一堆拼命奏铜管的音乐师；另一角落里是合唱队，一群头戴花圈、色彩缤纷的女人；第三个角落里饭堂的器皿和酒瓶上面反映着挂灯的光影；第四个角落却裂成几扇门，人们从里面钻进来，走上旋转的圈里，摇晃，倒地，挥手，哄声大笑，随着走出去了。

人类的挚友，乌黑的斯帕怕，对彼得解释道：

"愚蠢，却有趣！地板有铁杆支持着，像一只碟子托在张开的指头上面，铁杆插进木柱里，木柱上横放着两根杠杆，每根杠杆上套着一对马，它们一走，地板就转了。不是简单吗？但是这里面是有意义的。彼得——你记住：一切都含有自己的意义的！"

他将手指朝天花板举着，手指上一块淡绿的宝石像狼眼似的闪耀着。一个狗头、宽胸的商人揪着彼得的袖子，一双死人的、玻璃似的眼睛朝他盯着，像聋子似的大声问：

"杜娜要怎么说呢？你是谁？"

没曾等待回答，他就问另一个邻人：

"你是谁？叫我怎么对杜娜说？啊？"

商人仰靠在椅背上，吹了一口长气：

"嗤，嗤，鬼呀！"

他拼命地喊：

"我们到别地方去！"

后来他当了马夫，坐在御者的座位上，车上套着一对灰色马，大声招呼着所有行人，对面过来的人们：

"我们到珀乌拉那里去！来吧，同我们一块儿去！"

冒雨行走，车内坐着五人，有一人躺在彼得脚下，喃声说：

"他骗了我，我也要骗他。他骗我来我骗他……"

在大圆面包形的丘陵旁边的广场上，马车颠覆了，彼得落地，碰破了头、肘，坐在小丘湿草上面，望着一个紫藤色耳朵、棕色头发的人爬上小丘回教堂的围墙那里，大声呼喊：

"滚开，我要信鞑靼教，我要做回教徒，你们放我走呀！"

黑脸的斯帕怕抓住他的脚，拉他下来，领开了，从店铺里，从"商队宿舍"里跑出一群波斯人、鞑靼人、蒲哈拉人；一个穿黄长褂、戴绿头帕的老人举着手杖朝彼得恐吓着。

"俄罗斯人，恶魔……"

铜色脸庞的警察拖彼得立住,说道:

"捣乱是不许的。"

街车跑了过来,让醉人们坐上,带着走了!人类的挚友首先走着,站立在车上,把拳头当作传声筒,大声地呼喊着。雨停了,但是天黑得可怕,是清醒时永远未见过的样子。在"商队宿舍"巨大的建筑物上面,闪出电光,在黑暗里划裂了几道火缝,马蹄沉重地踏在通白唐古尔运河的木桥上面的时候,显得太可怕了。彼得期待着桥会倾塌下去,大家将在静止不动,像树胶般乌黑的水里送命。

在这些零断的、噩梦似的图画里,彼得在这些荡游到发狂的人们中间,寻觅着发现自己是一个他完全不相识的人。这个人喝得泥醉,贪婪地期待在下一分钟内会开始发生一种完全不寻常的,最主要、最快乐的事情——不是堕落在无边的烦闷里,便是永久地升到同样无边的快乐里。

像炫耀的斑点一般留在记忆里的最可怕的是女人,珀乌拉·米诺底。他在一间空大、光墙的屋内看见了她。屋内三分之一的地方占着一只桌子,放满了酒瓶,各色的玻璃杯、花瓶、果盘、盛鱼子和香槟酒的银桶。十来个栗色、斑白色头发和秃发的人们不耐烦地坐在桌旁;在几只空着的椅子中间有一只装饰着鲜花。

黑脸的斯帕怕站在屋子中央,高举金头的手杖,像举一支蜡烛似的,指挥道:

"喂,猪猡们,等一等再吃!"

有人沉重地说:

"别装狗叫。"

"住嘴,"人类的挚友喊,"应该归我来指挥!"

不知为什么缘故,忽然黑暗了,门外立刻传来沉重的击鼓声,斯帕怕走到门那里,打开了;一个肥人,肚上顶着铜鼓,摇摇摆摆地走进来,像鹅一样地走着,用劲叩击大鼓:

"嘭，嘭，嘭……"

五个同样体面、正经的人，伛着身子，像马一般使着大劲，把一只大钢琴搬了进来，手抓住缚在钢琴腿上的毛巾。钢琴的发亮的黑盖上面躺着一个光身的女人，皮肤白皙得眩目，身体赤裸到无耻地可怕。她躺在那里，胸脯朝上，手放在头下；松散的黑发和黑腊的彩光相融合，伸进钢琴盖里去了。她移动到桌边愈近，她的肉体的形式愈加清切地辨别出来，腋下、腹上的毛丛愈加顽强地钻进眼里。

铜质的小转轮吱吱地发响，地板格格有声，大鼓沉重地叩击着；被套在这重车上面的人们止步，挺直身子。彼得等候大家发笑，那时候倒容易明白些；但是坐在桌上的人们大家全站立起来，默默地望着这女人懒懒地从钢琴上脱黏开来。她好像刚从梦里醒来，她的身底下是黑夜的一块，浓厚到石头般的坚厚；这好像是一个故事。这女人站立着，丰满浓厚的头发披在肩后，跺着脚，白尘的斑点和黑腊的彩光相搅和，听得见在她的脚的叩击下琴弦的轰响。

两人走进来：戴眼镜的白发老妇和穿燕尾服的男子。老妇坐了下来，同时显露出黄牙和双色的琴键，穿燕尾服的男子，眯小栗色的眼睛瞄准了一下，用弦弓切裂小提琴，于是钢琴的低音的弦声里闯进了柔细的、尖响的小提琴声。光身女子波浪般地挺直身子，摇了摇头，头发披到无耻地凸耸着的乳头上面，遮盖住了。她摇曳着身子，慢吞吞地，低声地，用鼻音和辽远的、幻想的声音唱了起来。

大家不作声，仰头望她，大家的脸全是一样的，眼全是瞎的。女人不乐意地唱着，像是半睡半醒的样子，十分鲜艳的嘴唇说出不明白的话语，油油的眼睛朝人们的头上盯视。彼得从未想到，女人的身体会这样修整，会这样美丽得吓人。她的手掌抚摸乳峰和大腿，不断地摇头，好像她的头发生长了，她全身生长了，显得丰满些，大些，将一切都遮住，除她以外一切看不见了，好像一切都没有了。彼得记得很清楚，她在任何时间内都未曾鼓起他拥占她的愿望，而只暗示着恐怖，引出胸中重重的压紧的感觉。她身上吹出一阵魔术的骇怕的气味。但是他明白假使这女人有所命令,他会追随于后,做一切地她愿意他做的事。他望着人们,对于这层得了深信。

"每人会跟随的,一切的人。"

他酒醒了,想不知不觉地溜走。他决定这样做,他听见了一个人出声的微语:

"暗沼,自然界的渊。你明白吗?暗沼。"

彼得知道,所谓"暗沼"就是湖沼地树林内的一片草地,上面长着的草特别美丽,发绿,像一块丝绸,但是如果踏了上去便会掉进无底的泥水里去。他到底向这女人看望,被她的赤裸所发的无与抗拒,克服一切的力量所吸住了。当她的沉重的、油光的眼神朝他身上掉落的时候,他动了动肩膀,弯着脖子,眼睛挪到一旁,看见一些丑恶的、半醉的人都瞪出眼睛,持着呆钝的惊异的神情,好像特辽莫夫城的市民们瞧着漆匠从教堂顶上掉落下来摔死的情景一样。

黑脸、卷发的斯帕怕坐在窗沿上,张大着厚嘴唇、抖索的手摸着额角,好像他立刻就要倒地,头撞在地板上,他不知为什么将衬衫的硬袖解扣卸了下来,扔在屋隅里去。

女人的行动开始更加迅速,抖战了。她弯曲着身体,好像要从钢琴上跳下,又不能似的;她压抑着的呼喊开始从鼻中发出,更加显得恶毒了;特别瞧着可怕的是她的腿像波浪般弯曲着,她剧烈地抽动头部,浓厚的头发在肩上抛起,像翅翼一般,落在胸前、背上,像一张兽皮。

忽然音乐断了,女人跳到地板上,黑脸的斯帕怕拿起金色的长袍把她裹住,同她一块儿跑出去了。人们却呼喊,狂吼,拍掌,互相拉揪,仆役们旋转起来,白白的,像穿上寿衣的死人,酒杯发响,人们开始贪馋地饮酒,像在暑天一般。他们吃喝的样子不好看,不雅观,看着这些脑袋俯在桌上,简直感到憎厌,好像立在槽旁的一群猪。

一班吉卜赛人来了,她们惹厌地歌舞,有人把黄瓜、饭巾扔过去,他们隐去了。代替他们的位置的是斯帕怕赶来了一帮哄闹的女人，内中一个女人，小小的、胖胖的，穿红衣，坐在彼得的膝上，把一杯香槟酒送到他的唇边，用自己的酒杯互相响响地碰了一下，提议道：

"赤发人，我们来喝酒，祝米卡的健康！"

她身轻如蛾，名唤——伯舒达。她很灵巧地奏吉达琴，动情地唱：

"我梦见的蔚蔚的、晴朗的早晨——"

当她的响亮的声音特别悲凉地说出：

"我梦见我的无可挽回的青春——"

那句的时候，彼得亲密地慈父似的摸她的头，安慰道：

"你别哭，你年纪还轻，别怕……"

夜里拥抱她的时候，他紧闭眼睛，为了能好生看见另一个女人，珀乌拉·米诺底。

在稀少的、酒醒的数小时内，他大大惊讶地看见这轻浮的伯舒达须由他付给贵到可笑的代价，便想：

"这真是一只蛾！"

使他惊讶的是博览会里的女人那种吮吸金钱的能干，还有由于无耻的、酒醉的夜的代价得来的工资竟予以无意义的浪用。有人对他说，狗脸人是一位大皮货商人，用几万块钱花在珀乌拉·米诺底身上，每逢她裸体表演一次，便付给她三千卢布。另一个紫藤色耳朵的人用一百卢布一张的钞票在蜡烛上点燃着抽雪茄烟，把一大把钞票塞进女人的怀里。

"拿去吧，德国女人，我多得很呢。"

他把所有女人全唤作德国女人。彼得开始在她们每个人身上看出那个浓发的珀乌拉的猖狂的无耻，感到一切女人——愚的、巧的、隐暗的、胆大的——都极可恨，甚至想到妻子时，也注意到她身上含有一些隐在的仇恨的性质。

"蛾。"他心想，注视着一群美丽年轻的女人彩色缤纷的环圈戏，这些女人使他时时在记忆里活泼而且鲜明地复现着。

他不能明白：这是怎么回事？人们工作着，事务的铁圈震得使自己聋聩，只是为了多积下钱来，但是以后却将金钱烧毁，一把把地扔到荒淫的女人的脚下。而这全是庄重的大人物，有妻室、儿女，是大工厂的主人。

"父亲也许也是这样胡闹的。"他近乎自信地想。他看着自身不是这生活，这酗酒的参加者，而是偶然的、不由自主的旁观者。但是这些念头使他醉得甚于饮酒，而且唯有饮酒才能扑灭这念头。他在酗酒的噩梦里过了三个星期，等奥莱士卡来后才清醒了。

彼得躺在地板上稀薄、坚硬的草褥上面。他身旁放着一桶冰、几瓶汽水、一碟红酸白菜，加上了很多磨细的辣菜根。伯舒达在沙发上伸展着，张大着嘴，像娜泰里亚一样仰起眉毛，一只白白的腿悬挂在地板上，腿上露出青筋，指甲像鱼鳞。窗外是全俄罗斯的交易市场，从几千只贪婪的嘴里吼出巨声。

头里带着薄醉的轰声，中了毒的躯体里感到恼人的痛楚，彼得阴郁地忆起昨夜的事件和游戏，忽然奥莱士卡来了，像从墙上钻出来似的。他微拐着腿，叩击着手杖，走近身来，话语零落地撒将出来：

"怎么——倒地躺下来了？昨天我找了你一天一夜，今天早晨也寻了许多时候。"

他立刻招呼仆人，要下汽水、白兰地酒、冰，跳到沙发旁边，拍伯舒达的肩膀。

"起来吧，姑娘！"

姑娘不立即张开眼睛，喃语着：

"去你的。走开。"

"你去你的吧。"奥莱士卡并不生气地说，抓住她的肩膀把她抬起来，让她坐下，摇她的身体，指着门说：

"去吧！"

"别动她。"彼得说。兄弟冷笑了一声，安慰他道：

"不要紧,我们一叫——就会来的!"

"你们这些鬼。"女人说,已在顺从地穿小褂。

奥莱士卡指挥着,像一个医生:

"起来吧,彼得,脱下衬衫,用冰擦一擦身!"

伯舒达从地板上取起压扁的帽子,戴在头发蓬乱的头上,朝沙发上面的镜子照了一下,说道:

"很美貌的女后!"

她把帽子往地板上、沙发底下一扔,长长地打着哈欠;

"告别吧,米卡!你记住:我住在西曼司基旅馆十三号。"

彼得开始可怜她,坐在地板上不站起来,对兄弟说:

"给她点钱。"

"多少?"

"唔……五十吧。"

"哎!太多了。"

奥莱士卡把一张钞票塞到女人手里,送她出去,将门关紧了。

"你给得太少,"彼得挑战似的说,"她昨天买一顶帽子比这花得多些。"

奥莱士卡坐在大椅上,手抓住手杖,下颚支在上面,用干湿的、上司般的声音问:

"你做些什么事?"

"我喝酒呢,"彼得快乐地回答,站起身来,开始用冰擦身,哈哈地叫着。

"酒可以喝,却不要丧了神智!你是怎么样呢?"

"怎么样呢?"

奥莱士卡走近他身旁,像陌生人似的望着他,用轻声带着呼啸问道:

"你忘了吗?有人告你,你打了律师一记耳光,把警察推到河里去……"

他许久时候指数所做出的错事，竟使彼得感到：

"他在撒谎呢，吓人呢。"

他问道："哪一个律师？胡说八道。"

"不是胡说八道，你打的那个黑脸的……他叫什么名字？"

"我同他以前也打过架的，"彼得说，酒清醒了些。但是兄弟继续更加严厉地续说下去：

"为什么你侮辱体面人？骂自己人？"

"我骂过吗？"

"就是你！你骂妻子、奇虹、我，还忆起一个小孩，哭了一场。你喊着：阿伯拉姆、伊萨克、羊！这是什么意思？"

恐怖烧炙着彼得，他倒落在椅上。

"不知道。醉了。"

"这不是原因！"奥莱士卡几乎喊起来，身体跳跃，好像骑在跛足的马上，"这是另外一件事，'醒时所思，醉后出言'，这话是对的。酒店里没有人喊嚷家务事情的。阿伯拉姆呀，牺牲呀，还有其他乱七八糟的话，是什么意思？你这是扰乱我们的事业，你牵涉到我身上来了。你怎么竟像在澡堂里似的把衣裳全脱光了？幸亏在闹事的时候有我的朋友劳格且夫在场，想到用白兰地酒把你灌醉了，就发了一个电报给我，他把一切事情都给我讲了。他说，起初大家全笑了，但是以后便倾听起来——这人喊嚷的是什么话？"

"大家全在喊嚷呢。"彼得喃声说，听了兄弟的话显得精神颓丧，重又醉了。奥莱士卡近乎微语地说：

"大家讲的是一件事。你却讲一切事！幸而劳格且夫想到把大家全灌个稀醉。也许会忘掉的。但是我们的事情是政治性的：劳格且夫今天是我们的朋友，明天会成为劲敌的。"

彼得坐在椅上，后脑门紧压墙上，墙抖索着，浸满了疯狂的喧声。

彼得不发一言，等待这抖索摇去他头里的醉态，驱走他的恐怖。兄弟所说的一切事，他一点也不能记忆。听着很生气的是兄弟用裁判官的口气，长辈的话语说话；可怕的是等待着奥莱士卡还要说出什么话来。

"你是怎么回事？"他追问着，老是跳来跳去的，"你说你是去找尼基大的……"

"我到他那里去过了。"

"我也去过。我发去电报，回电说你不在那里，我自然也就赶到那里去了。大家全很害怕；我们是活在地上，会被人杀死的。"

"我的心里生下了一些乱七八糟的念头。"彼得做错了事似的轻声承认了。

"那么就应该把这一切往众人面前倾倒吗？你记住：你在糟蹋我们的事业里的名誉，你有什么牺牲？你是波斯人吗？同小孩子们打什么交道，哪一个小孩儿？"

彼得两手摸头发和胡须，隔着手指说：

"伊里亚……全是为了他……"

慢吞吞地，不决断地，像摸索黑暗里的小道，他开始对奥莱士卡讲述同伊里亚吵嘴的事情，并没有说许久的话。兄弟轻松地，大声地说：

"噢！这是不要紧的！劳格且夫解释到斜里去，心想有什么乱子出来。这么说来——是伊里亚吗？对不住，哥哥，不过这总是不很高明。商人应该学习一切，站住整个的脚跟，但是你……"

他用巧妙的辩才讲了许久的话。他说，商界的子女应该做工程师、官吏、军官。震人耳膜的喧闹声钻进窗里来；马车驶近戏院，卖冷饮和冰激凌的小贩们呼喊着；特别响得难耐的是天幕里的音乐，这天幕是巴西人在运河上面用铁和玻璃支在木桩上搭成的。击鼓声使人忆起珀乌拉·米诺底来。

"我的心里生下了一些乱七八糟的念头。"彼得重复说，摸着耳朵，另一只手却把白兰地酒倾倒在柠檬汽水的杯里。兄弟从他的手里把瓶子夺过来，警告说：

"你瞧，你又要喝醉了。我的米郎想学工程，好啦！想到国外去，请吧！这一切是往家里进，不是从家里出的。你要明白，我们的阶级是主要的力量……"

彼得一点也不愿意明白，他在兄弟热闹的语声里想这人为了什么竟得到了比他富，又一定比他聪明的人们尊敬和友谊，他们掌握住全国的商业，另一兄弟藏在修道院内，获得了圣者与义士的名誉，而彼得，他呢，却为了某些偶然的事情陷进苦恼里去。为什么？什么原因？

"你骂那些体面人荒淫也是多余的！"奥莱士卡带点柔软，婉转地说，"这不是由于荒淫，却由于力量的充沛。律师确是一个恶汉，但他有正确的了解，他是聪明的人！自然他们全是上了年纪的人，甚至这是老头子，但是他们的淘气劲儿和小孩子们一般，小孩子们的淘气也是由于长成的力量而来的。还有一层你须注意的，那就是我们的女人全是淡而无味，同她们相处十分沉闷，我并不是讲我的奥洛瓦，她是特别的！世上有一类愚蠢的女人，她们的那只看见坏事的眼睛好像是瞎的，奥洛瓦就属于这类。她是不能加以侮辱的，她看不见坏事，不相信恶。对于娜泰里亚你却不能这样说，你当众说她是'家庭的机器'，这话很对！"

"我说了吗?"彼得阴郁地问询。

"劳格且夫不至于自己造出这些话来的。"

还打算问兄弟许多话，但是彼得怕提醒奥莱士卡也许已经忘却的事情。他的心里生出对于兄弟恼恨和羡慕的情感来了。

"这小鬼越来越聪明了……"

他看出兄弟有一点迅马被鞭策般的行径和狐狸似的机智。惹人的是鹰般的眼，颤动的上唇后面发光的金牙，卷曲得威武的斑白的小胡子，快乐的须，鸟样的、带钩似的手指，特别感到不愉快的右手的食指永远在空中画着一点异想天开的玩意。那件铁色短尾的上身褂子使奥莱士卡像一个替别人办事的，带点流氓性的中人。

他忽然想叫奥莱士卡离开。

"我要睡一下子。"他说，微闭眼睛。

"这很有理，"兄弟赞成了，"你今天不必出门。"

"他教训我，像教训一个小孩子。"彼得送他出门的时候，生气地想。他走到屋隅脸盆那里，停住了，看见一个和他相似的人同他并排一起，无声息地移动着，他的头发蓬乱得可怜，脸揉皱着，眼睛惊惧地凸出。他一面移动，一面用红手抚摸湿须、多毛的胸。他有好几秒钟不相信这是他在沙发上镜内的影子，随后可怜地冷笑了一声，重又用一块冰擦脸、颈、胸等处。

"雇一辆马车，到城里去。"他自己决定，穿起衣裳，但是手插进上身褂的袖里时，又朝椅上一扔，手指紧紧地压按骨制的电铃钮儿。

"拿茶来，泡得浓浓的！"他对仆人说，"拿点咸味来，还有白兰地。"

从窗上望去，店铺的广阔的门已经关闭，被热辣辣的阴黑压得和石块齐平的人们在街上爬行着，戏院大门洞旁蛋白色的街灯发出爆裂的声音，女人们在近处什么地方唱歌。

"蛾虫。"

"可以，收拾房间吗？"背后有人说，他倏地回转身去，门前站着一个独眼老媪，手持擦地刷子和烂布。他默默地走进走廊，和一个戴黑眼镜、黑帽的人相撞。那人朝未合上的门缝里说：

"是的，是的，别的没有什么了！"

一切都感到无趣，使人纳闷，使人寻觅话里隐藏的意义。后来彼得坐在圆桌旁，小火壶在他面前呼啸，头上的玻璃灯叮叮地作响，好像有一只看不见的手微微地触动它。记忆里闪来闪去的是些狂醉的人们奇怪的形状、歌曲的词谱、兄弟命令式的言语的片断、某人的偶然看到的眼神，然而头里总是空虚、阴暗。似乎有一道柔细、抖战的光穿进他的头里，人们像灰尘似的就在这光里面舞蹈，旋转，妨碍他寻思很重要的一些念头。

他喝浓浓的热茶，吞咽白兰地酒，把嘴里烫痛了，但是感觉不到酒醉，唯有不安在增长着，想到什么地方去。按了铃，来了一个似在雾里流出来的人，没有脸，没有头发，像一根装骨柄的手杖。

"拿绿蜜酒来，温卡；要绿的，知道吗？"

"是的，是莎脱寥兹酒。"

"你是不是温卡？"

"不是，我叫康司但丁。"

"好了，去吧。"

仆人取蜜酒来时，彼得问道：

"你当过兵吗？"

"没有。"

"可是你说话，像一个兵士。"

"职务相像，应该服从。"

彼得想了想，给他一个卢布，劝他道：

"你不必服从。不要管他们，自己去贩卖冰激凌。别的没有什么了！"

蜜酒腻得像糖蜜，辣得像阿摩尼亚。喝了它，头里轻松些，明亮些，似乎全都化浓了，在头里发生化浓的时候，街上也静寂些，一切全紧固了，形成柔细的喧声，泅游到远处，遗留下来的是静寂。

"必须服从吗？"彼得想，"服从谁，我是主人，不是仆役。我是不是主人呢？"

但是一切的思念突然打断了，消灭了，被恐吓走了。彼得突然看见一个人在他面前，就是他妨碍彼得过轻松和干练的生活。像奥莱士卡那样，像其他活泼的人们那样。妨碍他的是一个宽脸、生胡须的人，坐在火壶旁边他的对面。他默默地坐着，左手插进须里，脸颊撑在手掌上。

他向彼得·阿尔达莫诺夫悲苦地看望，似在和他道别，同时又似在怜惜他，责备他；看望着，又哭泣着，从他的栗色的眼眶里流出毒泪。一只大苍蝇在左眼旁长须的边上移动；它像在死人脸上似的爬来爬去，爬到须上，站在眉毛上面，窥探着眼睛。

"怎么回事，混蛋？"彼得问自己的仇敌。那人不动，也不回答，只是移动嘴唇。

"你哭吗？"彼得含着敌意大喊起来，"你这混蛋把我弄得乱七八糟，自己又哭了吗？自己可怜自己吗？吓，吓……"

他从桌上抓起瓶子，一挥手朝那秃光的头顶上打去。

镜子被击碎了的裂响，火壶和器皿从推倒的桌上掉落下来的轰响，招来了人们，来得不多，但是每个人都劈成两段，浮游了过去。独眼老媪同时弯身下去，捡起火壶，笔直地站着。

彼得坐在地板上，听见诉怨的语声：

"夜深了，大家都睡觉着。"

"把镜子砸碎了。"

"这真是不对劲……"

彼得挥摇着手，像往那里泅游，怒喊道：

"苍蝇……"

第二天晚上，奥莱士卡迅步跑了来，像医生看病人，或是马夫照护马那样关心地视察着他的兄长，用一只小刷子梳理胡须，说道：

"你的发肿的形状太自然了，这样子回家去是不行的。而且你可以在这里帮我的忙。胡须是应该剃去的，彼得。你再给自己另买一双皮靴，你的皮靴是赶马车的人穿的！"

彼得咬紧颚骨，驯顺地跟在兄弟后面到理发店去，奥莱士卡严厉而且精细地解释，应该如何剃胡须和头发，在皮鞋店里他自己给彼得选了一双靴子。彼得朝镜中看望，发现自己像一个商店的伙计，皮靴又压他的脚背。但是他不作声，承认兄弟的行为是对的：剃发和换靴全是必需的事。总而言之，应该整理自己的外表，忘却模糊的、压迫的一切，那由于酗酒遗留下的，可称量，可触摸地重压着的一切。

隔着头里的雾和中毒的躯体的疲劳里，他仔细观察兄弟，感到越来越复杂的情感，羡慕与尊敬、隐藏的嘲笑和仇视的混杂物。这个迅步马一般的人，瘦瘦的身子，持杖在手，尖眼，在发出光芒和蒸汽，露出对于以事业为游戏的无餍止的贪心。彼得同他到上等酒店的雅座里去，赴知名商人的午餐和晚餐时，常带着不小的惊讶看出奥莱士卡好像装着丑角的样子，努力给富人们逗笑取乐，但是他们好像不注意滑稽的样式，显然爱敬着奥莱士卡，注意地倾听他的像乌鸦叫一样的话语。

躯体伟大、胡须紧密的纺织厂主郭莫洛夫用红萝卜颜色的手指向他威吓，瞪出公牛似的眼睛，很有味地咂着嘴唇和蔼地说道："你真机灵，奥莱士卡，你是一只狐狸！你把我骗了……"

"叶马拉意·伊凡诺维奇！"奥莱士卡欢欣地喊，"竞争——是不是？"

"对呀。你别忽略过去，留着'爱斯'（A）做最后一张的胜牌！"

"叶马拉意·伊凡诺维奇，我在学习呢！"

郭莫洛夫同意他的话：

"学习是应该的。"

"诸位！"奥莱士卡挥摇着叉子，还极欢欣，而且婉转地说，"我的儿子米郎，很聪明，未来的工程师。他说：在西拉库兹有一位著名的学者，他对皇上提议，请你给我什么支撑的东西，我会把整个地面翻了转来！"

"你瞧！你这灰色肚肠的人……"

"你说，我会翻转来的！诸位！我们这阶级所支撑的是——钱！我们用不到再会翻转地面的智士，我们自己都有一手儿。我们需要的是另一种官吏！诸位！贵族阶级已没落，它不是我们的障碍，我们应该有自己的官吏，一切我们所需要的人应该是自己的，商人出身，应该明白我们的事业,是不是?"

一些斑白头发的、秃发的、肥胖的人们愉快地同意着:

"对呀,灰色肚腹的人!"

一个尖鼻、独眼、多骨的小老头子,经营押款生意的洛谢夫有礼貌地嬉笑着,说道:

"奥莱士卡的智慧像一只老鼠,永远知道油放在哪里,米放在哪里,于是啃呀,啃呀!祝他的健康!"

大家举起酒杯,奥莱士卡快乐地同众人碰杯,洛谢夫用小孩般的手拍郭莫洛夫的斜肩,说道:

"聪明人在我们中间产生起来了。"

"永远有的!"郭莫洛夫骄傲地回答,"我的父亲是搬运夫出身,创立了家业……"

"有人说你的父亲是杀死了一个有钱的阿尔美尼亚人起家的,"洛谢夫笑着说。但是浓须的纺织厂主像山羊般哈哈笑着,答道:

"造谣的人们!我们常说:谁有运气发财,便是犯了什么罪,其实是愚蠢得很。库兹玛,还有不少不好听的谣言讲到你呢……"

"是有讲我的,"洛谢夫证实着,叹了口气,"谣言好像苍蝇,唉!"

彼得一面喉咙里咕咕地作响,吃许多东西,极力少喝酒,忧郁地感到自身在这群人中间是另一种类的野兽。他知道:他们全是昨天的农人;看出他们大家身上都有点强盗性的、故事式的、引起人们的尊敬,而且和他父亲相似的东西。自然,父亲是要同他们合做生意,同聚酗酒,大概也要度荒淫的生活,浪掷金钱像抛弃刨花一般。金钱在这种人看来是刨花,他们用全力而且无休止地刨刮整块地皮、整个乡村,还互相刨刮。

然而兄弟有点不像这些大人物,彼得虽对他含有敌意,但偶然也感到奥莱士卡比他们聪明些、尖刻些,甚至危险些。

"诸位!"他像着了魔似的狂喊,"你们想一想,我们的手有多少永不枯竭的力量，农人是有几千万的巨大的数目，他们是工人，也是购主。在什么地方有如此大的数目？什么地方也没有的！我们用不着任何的德国人、任何的外国人，我们自己来！"

"对极了。"一些微醉的人们狂喊地同意着。

他讲对于外国货物的输入有增加关税的必要，应该大批收买地主的田地。认购贵族银行的害处，他也知道。凡是他所说的一切，人们全欢欣地同意着，这是使彼得惊讶的。

"尼基大说得很对，这个人是会生活的。"他带着羡慕想。

奥莱士卡虽然健康不佳，也过着荒唐的生涯。他有一个长年包好的，且做了很久时候的情妇。这是个莫斯科的女人，组织着一个女子歌唱团。她是肥胖、结实的女人，有蜜样的喉音，发光的眼睛。人们说她已有四十岁，但是从她的蛋白色的脸部，皮肤底下带着红润的样子看来，好像她还没有到三十岁。

"奥莱士卡，我的鹰儿呀！"她说着，露出狐狸般的尖牙，身体覆掩着奥莱士卡，和母亲扶抱婴孩相仿。

她大概也知道奥莱士卡对于她的歌唱团里的女子未免染指，她自然看得见的。但是她对于他的态度仍持着友谊。彼得好几次听见奥莱士卡同她讨论人物和事务，这使他惊异，于是他忆起父亲和乌里央娜·巴意马阔夫来了。

"这小鬼！"他瞧着兄弟，心里想。

连他的淘气也具有一种特别的、滑稽的性质。一个肥胖的丑角，德国人玛叶儿在马戏院里表演一只猪。它穿着长边缘的礼服，戴着高礼帽，酒瓶套在脚上当作靴子，用两只后腿走路，形容商人的样子。这使观众逗乐，商人们自己也笑了，但是奥莱士卡的看法不同，他生气了，劝朋友们把那只猪偷出来。向马夫行了贿，把猪偷了出来，于是这帮商人们便兴高采烈地吃它的肉，由一个手艺高妙的旅馆厨师巴尔巴登高制成各色各样的菜。彼得·阿尔达莫诺夫模糊地听说那个丑角急得上吊了。[1] 他在博览会上注意到的关于奥莱士卡的一切,使他生出很恐慌的思想来。

"一个骗子。没有良心。他会使我倾家荡产,而自己觉察不出来。他的毁人并非由于残狠,只是游戏而已。"

这危险的感觉使他醒了转来,站住了脚跟。他独自回家,奥莱士卡到莫斯科去了。九月的天气,有风,潮湿,正是彼得回到了特辽莫夫城的时候。驿站的马响着小铃,蹄儿风趣地朝发酵的地上吻着,快乐地穿过不高的枞林,那些树站着严整的行列,一动不动地守护狭条的池沼般的道路。天上涂满灰色面团似的云,天也是灰色的,在薄醉的头里感到沉闷。彼得仿佛在埋葬一个很近的,却终于使他讨厌的人。既惋惜这死人,却又愉快地知道你再也不会遇见他,他也不再会用不明晰的要求、沉默的责备和妨碍真正的活人生活下去的一切来烦扰你的了。

"应该做事,别的没有什么?"他劝自己,"一切的人是为事业而生存的。是的。"

他着手用全部的精力做事。晴朗的晚夏的日子安然地过去,由发出凄凉光辉的月夜替代着。

彼得在珠光朦胧的秋晨的霞里醒来,听见工厂的带着要求意味的笛声,半小时后起始了无休的喧响,沉重有力,且使耳鼓熟悉的工作的声音。交麻的农家男女,从黎明到深夜,在堆房旁边呼喊,瓦达拉克莎岸边,无数莫洛作夫家人的一个所开的酒店附近,发出醉人的高歌和手风琴的尖响。脚步沉重,像机器般准确,又对人严峻的奇虹·瓦洛夫在院内走着,持帚、铲或斧在手,不慌不忙地扫、掘或斫,对乡下人、工人喊嚷。穿湖色衣裳,永远干干净净的赛拉菲姆到处闪来闪去。家里娜泰

---

[1] 此系事实,为那个八十年代事。鲍鲍莱金 P. D. Boboreikin 曾于《俄罗斯邮报》上叙载极详。——原注

里亚也像机器一般,主持一切,对于丈夫从博览会上带来的丰厚的礼品,尤其是他的沉默的、齐整的安静深为满意。一切平顺,似乎安排得十分稳妥;工厂、人,甚至马全都工作着,像一辈子安排定似的。日月迅速地泅游,像风驱赶着的云,堆积成了年岁。

彼得像公牛般低着头,在厂屋里、院里行走,又在村落的街上通过,使孩子们吃惊,然而到处得到一种新的、奇怪的感触。那就是在这件大事业里他差不多成为一个多余的人,好像是旁观者。他觉得愉快的是耶可夫对于事业有了了解,好像被吸引住了。他的行为不但使彼得忘却对于大儿子的思念,而且使他平息对于这儿子的气忿。

"没有你也过得去的,学者。你去读书吧。"

耶可夫吃得饱饱的,脸颊红润,愉快的眼睛微笑时像肥皂泡沫般映出一切的颜色,圆圆的躯体显得神气十足,走近拢来活像一只鸽子,远远里却成为一个能干的、灵巧的主人。女人们和蔼地对他微笑,他同她们叽叽咕咕地谈话,甜蜜地眯着眼睛,在她们身旁侧身行走,不会隐藏在外表的庄严底下那种年轻的雄鸡所具有的淘气劲儿。父亲揪自己的耳朵,暗笑一下,想道:

"把珀乌拉给你看才好,小傻子……"

使他喜欢的是耶可夫到他叔父家去,去见米郎同他的朋友,衣衫不整、举止不宁的郭里慈魏托夫做着无穷尽的争论时,他并不去参加。米郎完全不像商人的儿子,瘦瘦的,大鼻上架着眼镜,穿上一件镀金纽扣的上褂,眉上有些文字写着,颇像初级法院的推事。他像兵士般直身行坐,说话傲慢、狂妄。彼得虽明白他侄子永远说些聪明的话,却不喜欢他。

"老兄,是一种拙学,"他教训似的说,两手插在腰际,伸进上褂的袋里,"这类智慧是由于拙笨,由于软弱而来的。"

彼得觉得郭里慈魏托夫也说得不坏,不笨。短小的身材,学生制服里套着黑衬衫,纽扣不雅观地解开着,头发毛耸,眼睛红肿,好像几夜未睡,深黑的尖脸上全是雀斑。他喊着,不听任何人的说话,两手抽风似的挥摇着,向米郎攻击。

"你可以做得到使太阳依照你们工厂的汽笛上升,烟雾的白日依照机器的呼唤从池沼里,从树林里爬出来,但是,你对于人却有什么办法呢?"

米郎抬起眉毛,皱紧眉头,整理了一下眼镜,干涩且匀正地像打小鼓似的说起话来:

"这是拙学,这是打油诗!这是古淫、虚慧,我的朋友!人生是奋斗;抒情诗,干喊是极无用,而且可笑的……"

两个辩论者的话语,像白鸽杂在灰鸽中间那样易于辨识。彼得心想:

"啊,原来是新鸟唱新调。"

他模糊地明了辩论的要旨,在留心观察耶可夫的时候,愉快地看见他摸着上唇上光亮的软毛,因为要隐藏讥嘲的微笑。

"是的,"彼得想,"不知伊里亚将说什么话?"

郭里慈魏托夫喊:

"把地和人打成硬铁,使人成为机器的奴隶……"

米郎摇着鼻子,对他说:

"你所关心的人是无用的东西。他要灭亡的,如果明天还不明白他的得救在于工业的发展……"

"谁的话是真理?谁好些?"彼得·阿尔达莫诺夫猜度着。

他不喜欢郭里慈魏托夫,比不喜欢侄儿为甚,他身上有一种液质的、无希望的气息,他显然有点惧怕,尽在呼喊。他一无礼貌,像醉人一样,抢在主人前面,坐到餐桌上去,慌忙地移置刀叉,吃得很快,显得不雅观,烫痛,咳嗽。他这人和奥莱士卡一样,有点跳动,多余,似乎恶毒的脾气。他的红肿的眼睛里的黑瞳像瞎眼似的看人,他同彼得·阿尔达莫诺夫默默地行礼,不恭敬地伸出粗糙的热手,迅快地抽了回来。他终归是一个无用的人，真不明白米郎要他有什么用？

"斯铁巴，你吃东西吧，不要说话啦。"奥洛瓦劝他。他清脆地回答：

"我不能，你们这里宣传着有毒的异说！"

使彼得惊异的是奥莱士卡对于两个学生的争论那种沉默的注意，他只有偶然赞成儿子的话：

"对的！有力就有权，力量是在工业里面……"

奥洛瓦的鬓上露出发光的皱纹，鼻尖是红红的，鼻上沉重地架着没有铸边的厚玻璃的眼镜，茶余饭后坐在窗旁绣花，默默地、仔细地、无境止地用碎珠绣出特别鲜艳的花朵。彼得在兄弟家里感觉比在家里舒适，在兄弟家里有趣些，永远可以喝到好酒。

彼得同耶可夫回家时，问儿子道：

"你明白，争论的是什么事情？"

"明白的。"儿子简单回答。

为了隐藏自己的不明白，彼得严声盘问：

"什么事情？"

耶可夫永远不大乐意似的，简单地却十分清楚地回答着，照他的话，米郎是说俄罗斯应该采取全欧洲般的生活，而郭里慈魏托夫却相信俄罗斯有它自己的道路。彼得到这里必须向儿子表示他做父亲的对于这问题也有自己的意见，所以教训似的说：

"假如外国人生活比我们强，那么他们不会钻到我们这里来的……"

但这是奥莱士卡的意见，自己的意思是没有的。彼得生气得皱眉。当儿子说着以下的话的时候，似乎更增添了他的气：

"不夸耀智慧，不说这类话也可以生活的……"

彼得哼着说：

"没有这些也可以的……"

他愈加时常感到小气恼和惊异的冲动。这些小气恼和惊异把他推到一旁，确认他做了必须看见一切、思考一切的旁观者的角色。然而周围的一切不经意地，却迅邃地变了，随处，言语间和事情中，有新的、不安静的成分固执地喊出。奥洛瓦在喝茶不知怎么说了一句：

"真理是在心灵充实、无所冀求的时候有的。"

"对呀。"彼得答话。

但是米郎将眼睛一摇摇地发出光彩，开始教训母亲道：

"这不是真理，却是死亡。真理是在事业里、行动里。"

等他带了一张卷成烟囱形的厚纸走后，彼得对奥洛瓦说：

"你这儿子对你很粗暴。"

"并没有什么。"

"我看出，很粗暴！"

"他比我聪明，"奥洛瓦说，"我没有学问，时常说傻话。孩子们终归比我们聪明。"

彼得不相信这个，冷笑着回答：

"你确是说傻话。老人们比我们聪明，老人们说过：'受儿子们苦，受女儿们更苦'，明白了没有？"

她所说关于孩子们的智慧的话中了他的伤处，自然她在暗示着伊里亚。他知道奥莱士卡资助伊里亚金钱，米郎和他通信，但是由于骄傲的缘故，他从不询问伊里亚住在哪里，生活得怎样。奥洛瓦明白他的骄傲，自己巧妙地叙讲出来。他从她那里知道伊里亚为了什么事情到阿尔汉格尔司克去住，现在却到国外去了。

"让他到国外去吧。会聪明些，明白他自己的愚蠢。"

有时候他想到伊里亚的时候，对于他的固执颇为惊奇。四周围大家全会聪明起来的，而伊里亚，他还在等待什么？

他在兄弟家中时常遇见博博瓦和她的女儿。博博瓦还是那样美丽那样凄凉地安静，而且对于他生疏。她同他不大说话，说起来时，他像他有时心想无缘无故得罪了伊里亚时所说的话的神气一样。她使他感到压迫。在寂静的时间内，博博瓦的形象在他眼前立着，但是除开惊奇以外，引不起什么来。你既爱这个人，时常思念他，但是——无法明白，他于你有什么需要，而且同他说话都不能，好像对着聋哑人一样。

是的，一切都变了。工人们都变得固执些，性格恶劣些，痨废些，女人们更加好喊嚷了。工人住房区里的喧声显得不安些，到了晚上，好像有狼群在里面吠叫，甚至堆满脏物的沙子也生气地作不平鸣。

工人里出现一种坐不定的样子，流浪出去的愿望。一些青年小伙子，并没有受谁的气，忽然到账房里来，要求清算工资。

"你们到哪儿去？"彼得问。

"看一看别的地方怎么样。"

"他们发什么疯？"彼得问兄弟。奥莱士卡扮了一下狐狸似的丑相，笑了一下，说工人们到处搅动着。

"我们这里还好，还安静，但是彼得堡……那些官吏、各部大臣都是要不得的……"

随后他又说了些胆大的蠢话，彼得不由得阴郁地教训他起来了：

"这是瞎扯！夺去皇上的政权是对于老爷们有利的，因为老爷们穷了。我们呢，没有权也可以发财的。你的父亲过节时候穿上胶油靴，你却穿上外国皮鞋、丝领带。我们应该替皇上做工，不应该做他的猪。皇上好比橡树，金黄的果实是从他那里赐给我们的。"

奥莱士卡听着，冷笑了，这更加使他惹恼。彼得以为现在人们发冷笑的次数太多了，在这新的习惯里含有点不愉快和愚蠢。但是任何人也不会发冷笑，发得那样使人安慰而且可笑，像木匠赛拉菲姆，那个不死的小老头那样。

彼得和"安慰者"很亲密。烦闷重又时时攻击他，引起他无从克服饮酒的愿望，到兄弟家去喝酒不大好意思，永远有外人在那里盘桓，而他特别地不愿意让博博瓦看见他的醉样。在家里，逢着这种日子，娜泰里亚老是弯着身子，受压迫似的沉默着，最好是让她破口出骂，那么他自己也可以骂她。她好像一个被抢劫的人，不能引起恶感，只能引起一种近于怜惜的情感。彼得便常到赛拉菲姆家去。

"想喝点儿酒，老头子。"

快乐的木匠微笑了，赞成着说：

"这是寻常事情，像夏天的太阳一样，你累了，一定疲乏了！应该补一补！你的事情不算小，并不是脸颊上的小瘤！"

他为主人保存着各种特别味道的蜜酒，家酿甜酒，从许多屋隅里取出颜色不同的瓶子，夸口着说：

"自己发明出来，叫一个教堂执事的寡妇酿的，她是一个泼辣女人！你尝一尝，这是用榆树的菜萸花和着春水酿成的。好不好？"

赛拉菲姆靠近桌旁坐下，拉长着调子，絮絮地说：

"至于那个教堂执事的寡妇——真是十分不幸的女人。姘识是尽是贼。没有情人活不下去，她的经络里有股子急不可捺的性子……"

"我在博览会上看见过这样的女人。"彼得回忆着。

"自然喽！"赛拉菲姆忙着接下去，"那里全是各地来的上选的货色。我知道的！"

赛拉菲姆知道一切人，晓得一切事，有趣味地讲述职工们的家务事情，讲起什么人来，同样地和蔼，讲自己女儿也是那样，好像讲着和他陌生的人。

"这坏家伙正经起来了，和铜匠赛道夫同居，过活过得很好。你瞧！一切的生物找得到自己的坑子。"

坐在赛拉菲姆清洁的、充满木屑的松脂味的小屋内，在温暖的朦胧里，墙上一盏洋铁灯的微薄的灯光并不妨害这朦胧的景象，真是十分舒适。

彼得喝了酒，抱怨起人来，木匠安慰他：

"你不要瞧那个人怎样，是好是坏，那是不稳固的，昨天好，今天坏。我看见了不少事情，好事坏事都有。噢，我看见的真多呀！有时候一看:那是好事!但是没有它了。我和它,但是它没有了,像一阵风把灰尘吹走了一样。我却还是我!但是我是什么东西呢?我是一只苍蝇。在人堆里我是看不见的。但是你……"

赛拉菲姆意义深长地举起指头,不作声了。

阿尔达莫诺夫听他的话语感到两重的愉快。这些话确能使他安慰,使他发笑,但同时他也明白,这小老头儿是唱戏,扯谎,说言不由衷的话,是照安慰者的职业所发的话。他明白赛拉菲姆所唱的戏,他心想:

"这老头子是一个光棍,太狡猾了!尼基大却不会。"

他忆起了一生里看见到的各色各样的安慰者:博览会上不识羞耻的女人、马戏班的丑角、武技师、魔术师、驯服野兽的人、歌者、音乐师、黑斯帕怕——"人类的挚友"。他的兄弟奥莱士卡身上也有一点和这人共同之点。但是在奇虹·瓦洛夫身上是没有的。珀乌拉·米诺底身上也没有的。

他喝醉了,对赛拉菲姆说:

"你在扯谎,老鬼!"

木匠用手掌拍突尖的膝盖,很正经地说:

"不,不!你想一想,我扯什么谎,好像我不知道真理?我是从心灵里对你说话;我既然不知道真理,如此说来,叫我怎么扯谎呢?"

"那么你不要说好了!"

"难道我是哑巴吗?"赛拉菲姆和蔼地问,玫瑰色的脸上露出微笑,"我是老人,我这一点点时间没有真理也活得完的。年轻的人才应该努力想一想真理,眼镜就为他们安排做这个用的。米郎戴着眼镜走路,他看得出应该怎么办,走什么路。"

彼得对于木匠的不爱米郎,感到愉快,当时哈哈大笑,在赛拉菲姆弹着"古司里"琴,快乐地唱出以下的歌调的时候:

"啄木鸟在工厂里走着,

隔着光明的眼睛看望,

表示我是最聪明的人，
其余的全是一群傻子！"
"对呀！"彼得表示赞成。
木匠也有点醉意，跺着谨慎的步伐，重又唱道：
"不像鹰，不像枭，
揪去小鸟的羽毛，
那是奥莱士卡，
上帝的小宠儿。"
这一段歌也使彼得高兴；后来赛拉菲姆无耻地唱起耶可夫来了：
"耶莎抱着玛莎，
什么也不明白……"
两人这样地取笑，有时闹到天明，之后奇虹·瓦洛夫来叩门，要是主人睡熟了，便唤醒他，冷淡地说：
"该回家啦，一会儿就要叫汽笛了。工人们看见了你，不好的！"
彼得喊道：
"什么不好？我是老板。"
可是到底服从着看门人，摇晃着身子，沉重地回家躺下来就睡，有时睡到晚上，夜里又坐在赛拉菲姆家里了。
快乐的木匠在做工的时候死去了。他给独眼助医的被淹死的儿子做棺材，忽然倒地死了。彼得想送老人往坟上去，便到挤满工人的教堂里去，听那个棕发的神父阿历山大严正地做着礼拜，这神父接替了安静的格莱勃的位置，因为他忽然辞职，不知往何处去了。教堂里歌唱班美丽地唱着，这班是工厂附属学校的教师格莱可夫，一个像猫一般的人组织成的。教堂内青年很多。
"因为是星期日。"彼得给自己解释人多的原因。
一只不大的轻棺也由年轻的织工们抬着，比较正经的工人都站在一旁。齐诺伊达穿不合礼节的花颜色的上褂，皱着眉头，却不流眼泪，在棺后行走；服装整洁、肩膀宽阔的铜匠赛道夫和她并肩而行；奇虹·瓦洛夫也在旁边沉重地揉碎着沙子。太阳照得鲜明，歌者们有力而和谐地唱着，在这出殡的行列里显然奇怪地短少悲哀。

"这殡葬很热闹。"彼得说，拭去脸上的汗。奇虹止步，瞧着脚底下想了一想，后来说道：

"这人颇有趣，爱游戏，跟那个女人一样……"

他的手向空中转了一圈。

"老头子在街上把她抬着，小姑娘唱着歌。他是会安慰人的。"

他用不恭敬的、使彼得恼怒的严肃的神情向主人瞧了一眼，补说了一句：

"他把人们的思想引到不正的方向上去。他不得罪任何人，但是他的生活是不合正义的。"

"正义，正义！"主人嘲弄他，"你是被缚在这种思想的链上了。你瞧，你要发疯，像那只狗图龙……"

彼得突然转身离开看门人，径自回家了。

天色尚早，大约午时模样，但已很热，道上的沙子和蔚蓝的空气显得滚热。近黄昏的时候，太阳蒸热了山形的白云，那些云慢慢地泅游到东方的地平线上，加浓了闷热。彼得在园中游玩，走出大门。奇虹用黑胶涂大门上的铰链。那铰链在天下雨时生了锈，响得不好听。

"为什么你在今天休息的日子涂抹起来？"彼得懒懒地问，坐在木凳上面。奇虹瞪着眼白，斜斜地看了他一下，轻声说：

"赛拉菲姆是有害的。"

"有什么害？"

一些奇怪的话语像黑蟑螂一般爬了出来，回答着彼得：

"他有记忆力，记忆许多事情，所见到的全都记到。但是可以见到些什么？尽是些坏事，缠不清的、忙乱的事情。他就对大家讲这些事，由他那里起了大的骚乱。我看到的。"

他把黑胶往五根铰链上涂着，继续嘟哝地说：

"应该把记忆力从人身上割去。恶事是从它那里生长的。应该这样才好：有些人活了一辈子，死去了，他们所做的一切恶事、一切蠢事应该随着消灭。产生了另一些人，不记得恶，只记得善。我也是吃记忆的苦。我老了，想得到安静。但是何处是安静？安静是在无记忆里……"

奇虹说话，从未一下子说得如此的多，而且那样恼人。他的话永远是愚蠢的，现在说出来，也不知为什么缘故使彼得特别嫉恨。他瞧着看门人卷成碎团的胡须、稀薄的游荡着的眼珠、刻着皱纹的额头，对于这人越来越增长的丑样深致其惊异。皱纹深得不自然，好像靴筒上的褶纹，被衰老所侵蚀的颧骨高耸的脸成了轻石般的灰色，鼻子是像海绵般聚满了小孔。

"衰老下去了，"彼得想，这使他愉快，"开始多说话。不是做工的人，应该开除，给他点奖金好了。"

一手拿着刷子，另一手拿着一小桶胶油，奇虹挪近他的身边，举起刷子朝深红的、生肉颜色的厂房指着，喃声说：

"你去听一听他们在那里说些什么话，那个穿漂亮衣裳的赛道夫，跛足的莫洛作夫，他的兄弟扎哈尔卡，还有齐诺伊达，他们简直说别人手创的事业是有害的，应该毁灭它……"

"好像是你的意思。"主人嘲笑着说。

"我的意思？"奇虹否定地摇头，"不，不是我的意思。我不能接受这个话。每人应该替自己工作，那么不会有什么坏事生出来。但是他们尽说一切是为我们而生的，我们便是主人，你瞧，彼得，这是对的，一切由于他们而生！他们把你套了进去，你把重载车拉到平坦的道上，而现在……"

彼得正正经经地在喉咙里咕噜了一声，立起身来，手插在袋内，坚决而带点错乱地说，朝奇虹的头后的云端里看望。

"你瞧！我自然明白，你同我过了一辈子，这是对的！但是你老了，你已经不容易……"

"赛拉菲姆又迎合着他们说话。"奇虹说,显然没有听见主人的话。

"你等一等!你到了该休息的时候了……"

"每人都有这时候的。你这是什么意思?"

"等着……你的性格是十分固执的……"

奇虹·瓦洛夫听到开除的话,并不惊异,安静地喃语道:

"好吧……"

"我自然要赏你的。"彼得向他预约着,对于他的安静的样子有点歉然了。奇虹不作声,用胶油涂自己的蒙着灰尘的靴子。彼得用坚决的声音说:

"这么说来——再见吧!"

"是啦。"看门人回答。

彼得到走河边去,希望在那里可以凉爽些。就在松树底下,他同伊里亚口角的地方,赛拉菲姆给他用橡树的白枝造了一只像宝座似的东西。从那里很清楚地看得到整个工厂、房屋、院落、工人住宅、教堂、坟场。工厂附设的医院,学校里的大窗闪耀出冰一般的光彩;小小的人们像梭子般在地上穿来穿去,织着无尽休的事业的绢布,更小些的人们在工人住宅区内沙地上跑着。像玩具似的一群山羊在教堂围墙旁边,赤杨的灰色树干中间吃草。独眼的助医莫洛作夫,就是老织工鲍里司的孙儿,养着这群羊。工人的妻子们买许多小羊奶给孩子们吃。医院后面,一方块不生草木的田地上,有一些穿黄睡衣,戴白软帽,像疯人似的小人们徜徉着。工厂附近养了许多的鸟:小雀、乌鸦之类。喜鹊叽叽地鸣叫,匆忙地来回飞跃,闪耀着白缎般的纤腰;灰色的鸽子在地上行走,鸟特别多的是在瓦达拉克莎岸边酒店的附近,农人们运麻来常停留的地方。

然而从有时候起,这庞大的事业已不能引起彼得的快乐和骄傲,而对于他成为各种气恼的源泉。看着气恼的是兄弟、侄儿和各色各样围绕他们的人呼喊、挥手，像市集上的吉卜赛人，互相争论，却不注意他——事业里居首席的人。即使在谈论工厂的时候，他们也忘却了他，当他向他们提醒时，这些人默默地听他说话，好像赞成他似的，但是无论大小事情，仍照他们的办法做去。这情形早就开始，还从他们违背了他的愿望，在工厂里建筑电站的时候就开始的。彼得很快就相信这样是合算些，安全些，但是到底不能忘记掉这侮辱。琐碎的侮辱很多，在数字里很快地增长起来。

特别胆大而且讨厌的是侄儿的行为，他已在学校里毕业，穿了一件非俄罗斯式的皮上褂，全身从金眼镜到黄皮鞋都是亮晶晶的。他眯着眼睛，皱着眉头，说道：

"伯伯，这已经陈旧了。时代不同了，伯伯。"

他惧怕时代，像仆人怕严厉的主人。但是他所怕的只有这个，对于其余一切，却恨得不得了。有一次他居然说：

"您要明白，伯伯，俄罗斯有了您和您这类的人，是过不下去的。"

这给予彼得一个厉害的打击，居然没有问：为什么缘故？就气得走了，有好几礼拜没有到兄弟家去，在工厂遇见米郎，不和他谈话。

米郎准备娶魏拉·博博瓦的女儿。她也是高身，挺直，像她的斑白头发的，冻凝似的母亲一样。这姑娘也和大家一样，不愉快地发出冷笑。她摇晃着脖颈，一双张大得无耻的，大概是任何什么都不相信的巨眼固执地审看一切的事物。她从牙缝里唱着歌调，像苍蝇似的嗡鸣，从早到晚，糟蹋许多布，涂抹些色彩杂乱的图画到上面去。她的草帽用一根缎带系在颈上的，永远在背上摇晃着，她的头发也是编草的颜色。她打扮得不齐整，裙子短到膝盖那里，露着腿。

那个游手好闲的郭里慈魏托夫也真讨厌，像小燕般闪来闪去，突隐突现，又像一只恶狠的小狗，攻击一切人，喊着：

"你们要把精神上富足的俄罗斯变成没有灵魂的美国，你们建筑着捕鼠机，用来捉人……"

彼得有时在这些呼喊里听出一点真确的意思，但是时常听出的却是和奇虹·瓦洛夫的蠢话相同之点，虽然他不知道人群里有没有比这像火烫似的、抽风般的、坐立不定的人，和性质阴沉、对一切都冷淡的奇虹相差别的。郭里慈魏托夫跑到叶里萨魏达·鲍鲍瓦前面，向她喊道：

"为什么您不说话，您是神人吗？"

她微笑。她的脸傲慢、呆板，微笑的只是她的灰色的、秋天般的眼睛。彼得听出一些从未听过的、无从了解的话语。

"浪漫主义的回光返照。"米郎说，用一块鸡皮擦眼镜的玻璃。

奥莱士卡在莫斯科什么地方飞翔。耶可夫发了胖，正经地站在一旁，很少说话，却大概说得很好。他的话语同样地使米郎和郭里慈魏托夫惹恼。耶可夫蓄了鞑靼式的浓密的小胡，加上一道栗色的中须，显出了嘲笑的神情。听得发松的是儿子对那些狡黠的人们懒懒地说：

"你们在到做老爷的道上要陷在泥淖里的，你们本可以生活得随便些！"

叶里萨魏达·鲍鲍瓦忽然到莫斯科去，就在那里和郭里慈魏托夫结婚。这消息使彼得觉得很可笑，他看见耶可夫也是这样。米郎气得发昏，也不掩瞒着。他捻着尖尖的非商人式的小胡，从里面拉引出干涩的话线，装着假腔假调，说道：

"像郭里慈魏托夫这类的人是快要灭亡的种族里的人。世界上没有像他那种人那样无用的。"

耶可夫逗着说：

"然而就有一个这类的人恰巧从你的鼻子前面巧妙地抢去了你心爱的一块肉！"

米郎耸肩回答：

"我不是浪漫主义派。"

"什么？谁？"彼得问。于是米郎一字一顿地朗声说话，像一个判决书的推事：

"谁也不明白浪漫主义派是什么,你更不会明白的,伯伯。这是为美丽而设的,好像秃头上的假发,或是为谨慎而设的,好像流氓的假胡。"

"啊,把你的鼻子轧破了。"彼得愉快地思想着。

这小愉快使他稍稍地平了一点气,他从那些狡黠的人们那里受到了许许多多的气,他们把事业越发紧紧地抓在自己的手里,把他推在一旁,使他陷于孤寂。但是在孤寂里,他发现了,想出了一点悲惨、愉快的滋味。孤寂使他认识了新的,固然已经模糊地熟识的东西,认识了另一种图画,另一种性格的彼得·阿尔达莫诺夫。

这是一个好人,他残酷地受了侮辱。生活对待他不公平,像后母对待前妻的儿子。他的生活的开始是做了他父亲的不声不响的、驯顺的儿子,他父亲未曾给予他任何的快乐,只给他一个愚蠢的、讨厌的妻子,还把一桩重大的事业推在他的肩上。是的,妻子爱过他,他同她第一年的生活还不坏,但是他现在知道,连那个浮荡的缫线女工齐诺伊达都把爱情识得有趣些、热烈些。最好是不必去回忆博览会上那些巧黠、疯狂的女人。妻子一辈子所怕的,起初是奥莱士卡、煤油灯,后来是电灯;电灯一亮,娜泰里亚就跳一下,画着十字。她在博览会上留声机店里的行为使他感到惭愧。

"不要,不要买,"她请求着,"也许在这玩意儿里喊嚷着受了诅咒的鬼,藏着他的灵魂!"

现在她怕米郎,医生耶古夫莱夫,自己的女儿达姬央娜。她整天吃东西,胖得离奇。为了她,兄弟几乎缢死。孩子们不尊敬她。她劝耶可夫娶妻时,儿子嘲笑着劝她道:

"妈妈,你最好吃点什么吧。"

她顺从而且迟疑不决地回答:

"我好像不想吃了。"

但是她重又吃了。

父亲对耶可夫说：

"你为什么笑你母亲？你也该娶亲了。"

"现在不是叫家庭来束缚自己的时代。"耶可夫正正经经地回答。

"你为什么永远惧怕时代？"父亲生气了。儿子不回答，耸了耸肩。

他也说：

"爸爸，你不明白。"

他说这话，说得很软，但是父亲比儿子少明白些，这到底是不会有的。人们赖以生活的不是明天，却是昨天，一切人都是这样生活的。

他所疼爱的长子失踪了。消灭了为了对于他的爱，不得不做了那种不愿加以回忆的事情。

大女儿叶连娜一个宽肩大股的女人，被财富和醉鬼丈夫娇纵惯了，完全成为一个陌生的人，她偶或回家探视父母，服装显赫，指头上套了许多戒指。她摇着金链和小饰品作响，饱满的眼睛从金单眼镜里看望，用疲乏的声音说道：

"你们这里气味不好闻；整个房子全烂坏了，你们必须造一所新房。现在谁会邻着工厂居住呢！"

彼得偶然听见她对母亲说：

"爸爸怎么还是这个样子。大概同他在一起是很厌闷的！我的那位是醉鬼、淘气精，可是十分快乐。"

她有一种惹人讨厌的洁癖：她坐在椅上时，必须用手绢拂拭一下，她身上发出强烈的香水味，令人要打喷嚏。她对于家中的一切那种无礼貌的、恼人的嫌恶引起彼得向女儿报复的愿望。他当她面前穿了一件单裤，套上不系腰带的睡衣，光脚上穿套鞋，就在屋里甚至院子里行走，吃饭时大声嚼食像巴士基尔人那般打噎。女儿气愤起来：

"怎么回事，爸爸？"

他想取到的就是这气愤。

于是打噎、嚼食得更加起劲。

女儿到过外国，晚上时候用光滑的声音懒洋洋地对母亲讲些闲话：某城里女人用拭帚和肥皂洗房屋的外墙；另一城里冬天和夏天起着浓雾，整天点燃街灯，却始终看不见什么；巴黎人大家都买着现成的衣服，有一座高塔，在上面望得见海外的城市。

叶连娜时常和妹子争论，甚至相骂。达姬央娜长得瘦瘦的，皮肤深黑，为自己相貌的不漂亮而生气。她有点像教堂执事的模样，大概是为了她的短辫、平胸和蓝鼻。她住在姊姊家里，不知什么缘故，中学没有毕业，惧怕老鼠，赞成米郎所发俄皇的政权应加限制的议论，最近又开始吸纸烟，从白天到工厂里来，对母亲像呼叱仆役一般，和父亲从咬紧的牙关里说话，整日读书，晚上到城里叔父家去，由镶金牙的医生耶古夫莱夫送她回来。为了姑娘们特有的烦闷，夜里睡不着觉，用鞋子打墙上的蚊虫，好像放手枪。

周围的一切显得陌生、吵闹，而且触眼地愚蠢，一切都是这样——从米郎胆大的话语，直到伙夫瓦喜卡的无意义的小曲，这伙夫是一个跛足的农夫，股骨脱了节，头发蓬乱像扫炉的帚。每逢节日，他向厨妇追求，在厨房窗下盘桓着，弹着手风琴，闭住眼睛，大声喊：

"你现在成为我的

不幸的习惯！

愿意每时每刻里

见到你的嘴脸！"

奥洛瓦许久没有讲起伊里亚什么话，而新的彼得·阿尔达莫诺夫，一个受了气的人，仍旧时常忆念长子。有一天晚上，他到兄弟家去，在外屋内脱大衣，听见从莫斯科回来的米郎说：

"伊里亚是那类从书本里看视人生，而不会辨别牛和马的人们之一个。"

"胡说。"彼得心想，在侄子仇视的批评里发现了一点安慰。

奥莱士卡问：

"他和郭里慈魏托夫同党吗?"

"他还要危险些。"米郎答。

彼得走进屋内,理想里向他们威吓:

"等着,等他回来——会给点颜色你们看的……"

米郎立即讲莫斯科的情形:生气地怨诉政府的没有理解力。娜泰里亚同儿子来了,米郎讲起必须要造一所纸厂,他早就提出这计划来麻烦他们。

"伯伯,我们的钱空放着。"他说。娜泰里亚脸红到耳根,喊着驳辩道:

"在哪里放着?在谁那里放着?"

一阵烦闷忽然拥抱着彼得,好像在他面前打开了一扇屋门,里面一切熟稔,使他厌烦得好像这间屋子是完全空洞的。这突如其来的,身体上感到的烦闷像雾一般从外面侵了过来:它使耳朵塞聋,使眼睛眩盲,引起了疲乏的感觉,逗起一些疾病、死亡的可怕的念头。

"你们烦死我了,"他说,"什么时候能使我离开你们,休息一下呢?"

耶可夫嘟哝着:

"现在已经够麻烦的了……"

娜泰里亚喊:

"养了这许多工人,连出门都不能了!闹酒,骂街……"

彼得走近窗旁——园中立着奇虹,正仰着头,用手指点着一棵苹果树,给一个姑娘看。

"你瞧,你这亚当。"彼得·阿尔达莫诺夫心里想,把烦闷摔脱走了。这类辽远的念头时常像老鼠一般溜到他的心里。他对于这类念头的突袭永远是喜欢的,甚至十分爱它,因为它不会使他惊扰,闪了来,就消逝而去,也就完了。

奇虹又来了,彼得·阿尔达莫诺夫看见他兄弟把看门人收用到家里来，十分生气。奇虹离开后不知在什么地方住了一年多，忽又出现，带来一个不愉快的消息：尼基大从修道院出走，不知去向。彼得相信奇虹知道尼基大的所在，之所以不说出来，只是因为喜欢做不痛快的事。为了这人，彼得同他兄弟大吵一场。奥莱士卡确切地替自己辩护：

"你想一想，这人一辈子替我们做事，而我们把他抛弃了，嗯，好不好呢？"

彼得知道是不好，但是让奇虹留在家内，对于他是更坏些。妻子似乎是出生第一次站到奥莱士卡的方面，用在她方面不经常的坚决的神情说：

"彼得，这不大好，哪怕揍我一顿，我也要说不好。"

他们和奥洛瓦都劝他，安慰他。但是那个受了气的人占了胜利。

"怎么？你的意志是没有人能遵从的……你看见没有？"

受了气的人使彼得感到得越发清切，而且容易捉摸了。他将沉重的躯体谨慎地抬到小丘上的松树下面，坐到椅上，想着这人，诚心地怜惜他。设想出一个不幸的、无人了解和珍重却十分良善的人，感到又甜又苦的滋味。设想出来是很容易的，无中生有，像暑天的池沼上，蔚蓝的空虚里发生出白色的烟云。

这人眺望工厂和由它所产生的一切，教训着：

"没有这些玩意儿，也可以生活下去的。"

工厂主彼得反驳他：

"那是奇虹的意思。"

"格莱勃神父和郭里慈魏托夫也这样说的，还有许多人都这样说。是的，人们像苍蝇落在蜘蛛网里一般地挣扎着。"

"便宜是生活不下去的。"工厂主不乐意地反驳。

一个人的沉默的争论有时炽燃得特别热烈。受了气的人丝毫不加怜悯，差不多呼喊起来：

"你记得不记得，你这醉鬼，在博览会上当众忏悔，你拿儿子做牺牲,像阿勃拉姆之牺牲伊色克一样,但是人家把尼可诺夫的小孩代替小牛,给你了,你记得吗?对的,这是对的!就为了这,为了真理,你用酒瓶击打我。唉,你把我掐死,伤害了!你连我也拿来做牺牲了。但是给谁?牺牲给谁?给尼基大所说的那个长角的上帝吗?给他吗?唉,你呀……"

在如此热烈争论的时间,工厂主紧闭眼睛,抑制可羞的、恶狠的、悲痛的眼泪。但是眼泪抑不住地流着,他用手掌从颊上、胡须上擦去,随后两手掌互相摩擦,擦得干干的,目光迟钝地望着红肿的手。他大口喝玛台拉酒,一直从瓶嘴里倒。

虽然挤出了悲苦的泪,彼得对于受了气的人仍旧感到愉快而且必要,好像对于擦澡的人一样——每当他用柔软的、热得合度的、抹上香肥皂的菩提树皮,擦背上的皮肤,就在人自己不能搔痒手达不到的那个地方的时候。

忽然,在西伯利亚后面远远的地方,举起了一只坚硬的拳头,开始殴击俄罗斯。

奥莱士卡跳起身来,挥摇着报纸喊道:

"强盗,枪击!"他朝天花板上举着鸟般的手掌,凶狠地挥动手指,丝声地喊:

"我们要把他们……我们要对他们……"

镀金牙的医生伸手袋内,倚靠温暖的炉壁而立,喃声说:

"也许他们也会把我们那个的。"

这个古铜色头发的大人自然冷笑了一下,他是无论说什么话,总要冷笑的;他连谈论疾病死亡时也发着和谈论赌牌输时同样的冷笑。彼得把他看作一个为了不能明了别人的话惭愧得微笑的异邦人。彼得不爱他,不相信他,另找城里的医生、沉默的德国人克朗医病。

米郎焦虑地撚弄胡子,皱紧眉头,似在头痛,像仙鹤般在屋隅里来回踱步,教训大家:

"开始应该先和英国联盟……"

"究竟是什么事呢？"彼得探听着。但是热闹的兄弟和聪明的侄子两人都不能明白讲出，因为什么忽然爆发这次战争。他愉快地看着那些一切都知晓、自信甚深的人们那种慌张的样子。他觉得兄弟特别可笑，他的举止是那样莫名其妙，会令人设想：这次出其不意的战争使他——奥莱士卡最先受了影响，妨碍他做很重要的事情。

城里举行十字架游行，胡须满脸的商人阶级举起沉重的腿，郑重而且恭敬地跺着丰降的雪，像拥挤的牛群一般，跟在矮胖的、金色辉煌的教僧阶级后面，端着神像、幡旗。全城教堂的联合歌唱班大声而且威武地唱：

"上帝救吾人……"

和要求相仿的祷告的话从一只只圆嘴里飞出，变成白茫茫的蒸气，在眉毛和胡须上凝为白霜，落在不整齐地跟唱着的商人阶级的胡子上面。唱得特别地尖响、坚决，而且和歌唱班特别地不合腔的是市董长伏洛博诺夫，车匠的儿子。他有着胖胖的、红润的脸颊，螺钿纽扣颜色的眼睛，从他父亲那里随着财产取得了对于阿尔达莫诺夫一家人按捺不住的仇恨心。

他们七个人同行。奥莱士卡在前面拐着腿走路，手搀扶妻子，耶可夫同母亲和妹妹达姬央娜跟在后面，随后是米郎和医生，最后穿着软靴走着的是彼得·阿尔达莫诺夫。

"一个民族。"米郎低声说。

"力的巡行。"医生答。

米郎除去眼镜，用手绢擦。医生补上去说：

"你们瞧，会吹破的！"

"这块生材料是不容易烧着的……"

"别说啦。"彼得对侄子说，他斜看了一眼，眼镜挂在长鼻上，手指预先摸了一下。

"上帝救吾人!"伏洛博诺夫特别洪响地要求,随着呼啸声唱出一个一个字来。人们像狼一样回转头来,朝市民们看望,不知为什么缘故,朝他们挥摇海獭帽子。

唱得好而浓的是四十岁,却姿色鲜艳、脸儿圆圆、胸脯高耸的博卖洛夫的女儿——做了三次的寡妇,是城里第一个度着喧闹无耻的生活的女人。彼得·阿尔达莫诺夫听见她低声劝娜泰里亚道:"亲家母,你最好劝丈夫去打仗,他容貌可怕,敌人看见他会跑散的。"

她又问耶可夫道:

"你为什么不娶亲?你这小雄鸡。"

彼得摇晃着头,话语像苍蝇一般,阻碍他思索一些重要的事情。他退到一旁,在行人道上慢慢地走着,让一群人从他身旁通过,这人潮在丰足、纯洁的雪上显得异乎寻常的黑。人们走着,走着,呼吸着蒸气,像沸腾的火壶。

魏拉·博博瓦扳起石头似的脸,带领一群女生行走着。雪花在她的斑白的发上闪出火星,点着她没有戴什么的、毛发丰盛的头的时候,蒙上一层白霜的睫毛抖栗了一下。彼得怜惜她:

"蠢极了。自己套上去,看守一群小鸭子。"

一些剃平的头的长浪滚了过来,那儿两个市立学校的学生。半团的兵士移动着,像沉重的、灰色的机器,由城中著名的冷酷的玛尔文中尉带领。他每天在奥卡河内洗澡,从春天涨水起到结薄冰为止,大家都知道,同博卖洛夫发生不合法的关系,而且用他的钱。

宪兵军官涅司铁连阔,一个蓄着中国式胡子的人,神气活现地走路,像一只吃饱了的鹅,他的病妻同兄弟芮铁意金——故世的市董长的儿子——皮革工厂的老板,相扶而行。人们讲起芮铁意金来,说他虽然和女尼们胡闹,却读过七百本书,而且精击小鼓,甚至暗中将这艺术交给兵士们。

肥胖的司铁潘·巴尔司基同醉鬼女婿和独眼女儿坐着雪橇驰过。一些小人物一堆堆地移动了半天：市民、皮匠、织工、车匠、乞丐和一些毫无用处，像老鼠一般的老太婆。雪懒洋洋地腌秃露的头，远远地传来伏洛博诺夫带着绝不通融的要求口气的呼喊：

"上帝救吾人……"

"上帝要这些人有什么用？真是莫名其妙。"彼得想。他不爱城里的人，除去事务上的相识，在城里差不多没有什么朋友。他知道，城里的人也不爱他，把他当作骄傲而且脾气坏的人，但是十分尊敬奥莱士卡，因为他具有为城市装门面的癖好。他把主要的一条街路砌好石块，广场上栽好了菩提树，在奥卡河旁造了花园、林荫道。城里人怕米郎，甚至还怕耶可夫，把他们当作过分贪财的人，说他们把周围的一切全抓到自己手里。

彼得审视这些在凝虑中的人们的缓慢的行列，皱紧了眉头，有许多不相熟的脸，还有太多颜色不同的眼睛，用同样的敌意看望着他。

在奥莱士卡家门外奇虹对他鞠躬。彼得问道：

"我们打起仗来了吗，老头儿？"

奇虹默默地用一只沉重的手熟稔的姿势，摸着颧骨。一生里第一次，彼得怀了信任的心向这人问道：

"你以为怎样？"

"算不了什么的事情。"奇虹立刻回答，仿佛他正等待着这个问题。

"你是永远算不了什么的。"彼得不是很坚决地说。

"那怎么样呢？是狗吗？我们不是野兽。"

彼得冒着丰多的细雪往下走了。雪下得越来越厚，差不多把远远里的人群遮掩在白洋洋的山丘似的树和屋顶下面。

现在"安慰者"赛拉菲姆死后，彼得到教堂执事的寡妻达意谢·帕拉克里托瓦家里去消遣。她是一个有着不确定岁数的女人，瘦瘦的，像十几岁的少年和黑山羊。她性子很静，对一切事情永远同他唯唯诺诺的。

"对的,亲爱的!"她说,"是的,是的,亲爱的!"

彼得喝许多酒,但是醉得很慢,使他发恼的是那些黏固的、忧郁的念头在达意谢的浓烈的、美味的烧酒里久不溶化,久不沉失。醉后的最初几分钟是不愉快的,醉使彼得对于自己、对于他人的思念显得更加苦辣,将整个生活染上恶毒的、池沼般绿油油的颜色,使它们添加了沸腾般的速度。彼得以为这沸腾把他旋转着,一会儿就把他扔出什么地方去。他咬紧牙齿,倾听审视自身里面阴沉的反叛,随后对教堂执事的女人喊道:

"为什么不说话?知道什么,说什么吧!"

女人像山羊似的跳到他的膝上,她又轻松,又暖和!她打开一本无形的书,念道:

"博卖洛夫和玛尔文中尉拆伙了,他又赌输了三百二十块钱。她想把期票交送法庭追款,她有几张签字的期票。至于宪兵军官把妻子放在这里,因为他在城里,姘了情妇,并不因为他的妻子有病……"

"这一切全是无聊话。"彼得说。

"是的,无聊,亲爱的,真是无聊呀。"

她所讲关于城里无聊的故事搅乱了彼得的念头,引到旁边去,同时证信了,增加了他对于这些沉闷的罪人们、市民们的敬意。博览会上疯狂的酗酒的图画站了起来,转着圈儿,代替这些念头。发狂的人们跳来跳去,贪心地瞪着酒醉的却从不饱满的眼睛,任意虚掷金钱,毫不怜惜地拼命沉浸在肉欲的怒潮里,寻求大的、黑白分明得炫耀的、裸露到无耻地步的女人……

彼得·阿尔达莫诺夫默默地吮吸各种颜色的烧酒,嚼食光滑的、酸味的蘑菇,从整个酒醉的躯体里感到强有力的激情真正的一切是隐藏在博览会上的无耻女人身上,她们为了金钱露现自己的肉体。一些知名之士为了她们丧失金钱、廉耻、健康。但是对于他,整个生活所遗留下的只是这只黑山羊。

"脱衣裳吧！"他吼叫，"跳舞！"

"没有音乐，叫我怎么跳？"教堂执事的寡妻一面说话，一面解开纽扣，"最好叫猎人诺司可夫来，他奏一手好手风琴……"

在这类的嬉游里，时间不知不觉地过去，有时候从那些混沌日子的潮水里跳跃出一点完全不可思议的事情：冬天时候有人传说彼得堡的工人打算拆毁宫殿，杀害沙皇。

奇虹·瓦洛夫嘟哝着说：

"还会把教堂拆碎的。那有什么？人民不是铁做的。"

夏天时候又有人说一只俄罗斯军舰在俄罗斯海上行驶，炮击各城市。奇虹说：

"那有什么？学会了打仗？"

城内又持神像游行，伏洛博诺夫穿着栗色的上褂，端起俄皇的相片，要求着：

"上帝救吾人！"

这一次他喊得更响，甚至更恶狠，但是随着他的"啊！啊！"的呼喊，响应着的是一些带着惊慌的声音。

皮匠芮铁意金手持双筒猎枪，喝醉了酒，没戴帽子，闪耀着薄红色的秃头，在皮匠的一群人前面行走，狂激地捣乱，拼命地喊：

"孩子们！不能把俄罗斯交给犹太人！究竟是谁的俄罗斯？那是我们的！"

"我们的。"皮匠们同声喊叫。他们也喝了酒，遇见他们的仇敌、织工们，和他们寻事打架，用手杖击打耶古夫莱夫医生，把开药店的老人扔到奥卡河里。皮匠芮铁意金满城追赶他的儿子，两次朝他后面开枪，却没有中，然而裁缝勃罗司阔夫的背部受了碎弹的伤。

工厂停止工作，青年们撸起衬衫袖子，奔进城去，不管米郎和别的有理智的人们的劝告，也不管女人们的呼喊，哭泣。

工厂空虚无人，似在风下皱缩了。风也反叛，怒吼，呼啸，溅出冰水般的雨，在烟囱上涂抹黏质的雪，后来又把它吹走，洗净。

彼得坐在窗旁，呆钝地眺望一些黑黝黝的男女的身形像蚂蚁般从城里来，往城里去；隔着玻璃听得见呼喊，好像他们十分快乐。手风琴在大门前奏演着，伙夫瓦喜卡·克洛托夫在工人群里唱着：

"地上显得拥挤：

同外国人打仗！

他们打我们的嘴巴，

我们用神像去还击！"

风从城里带来嘟哝似的喧声，好像一只装满了整湖的水的大水壶在那里沸腾着。奥莱士卡的马驰进门里来，独眼的助医莫洛作夫坐在御者座上，裹着围巾的奥洛瓦跳了下来，彼得害怕了，忘却了脚痛，跳起来迎接她。

"发生了什么事情？"

她像母鸡般抖了抖身子，说道：

"那些皮匠们击破了我们的窗户……"

彼得让她走路，冷笑了一声，喃声说：

"好了……信口乱说，竟说到这种地步！大家全对我喊嚷，现在怎么样呢？皇上是……"

忽然他听见了充满怒气的奥洛瓦不寻常的、洪响的回答：

"去你的吧！你的皇上才不是正直的人呢！"

"你对于皇上明白什么？"他生气地回答，摸着自己的耳朵。

使他惊讶的是那个戴眼镜的小老太婆的发怒——她永远那样静静的，从不责备人。她的话语里含着点十分诚恳的，虽然是无用的、可怜的成分，正像一只老鼠的尖叫，对于一条公牛并未见到而且非出本愿踏了它的尾巴时提出了抗议。彼得坐在椅上沉思起来。

他有好几个星期没有见到奥洛瓦，因为同她儿子生了口角，避免和他相遇。还在夏末的时候，彼得·阿尔达莫诺夫肿了腿，躺在床上；神气活现、尽流汗珠的伏洛博诺夫光临了，鼓起沉重的、发蓝的嘴唇，请他署名在一封发给皇上的电报上面——那是请求皇上勿将自己的权力让与任何人。市董长这种胆大的意图使彼得感到惊奇，但是他署了名，深信这将使兄弟和米郎等发生不愉快，而伏洛博诺夫也一定会从彼得堡得到一个厉害的警告：意思是说你这傻子不许再乱管闲事，不许往上高爬！

伏洛博诺夫把那张纸往上褂袋里一塞，扣好了全排的纽扣，开始说奥莱士卡、米郎、医生等人的坏话，说这些人受了犹太人的蛊惑，有的是盲目的，有的带了自私心反对皇上。彼得几乎怀了愉快的神情，听他的怨诉，并且应和了几句，只在伏洛博诺夫的蓝唇开始恶狠地谈论魏拉·博博瓦的时候，他才厉声说：

"魏拉·尼科拉也夫纳是没有关系的……"

"怎么没有关系？我们知道……"

"你一点也不知道。"

"你们会玩出把戏来了。"市董长威吓了一下，就走了。

晚上，侄儿、女儿像恶狗一样向彼得一齐狂吠，不怜惜他的年老。

"你做的是什么事情，爸爸？"达姬央娜喊，在她的不美丽的脸上跳跃着疯狂的眼睛。耶可夫站在窗旁，手指向玻璃上打小鼓似的击着。彼得觉得儿子也反对他。米郎恶毒地问：

"您读过没有，那张纸上写的是什么？"

"没有读！"彼得说，没有读，却知道写的是不让小狗们得到自由！

他看见米郎和达姬央娜生气，感到愉快，但是耶可夫的沉默使他不安，他相信儿子的干练，猜到他做了违反他利益的行动，但是让耶可夫参加辩论，问一问他的意见，又为自尊心所不许。他躺在那里，咬着牙齿，吼叫着，米郎擦着鼻子，说道：

"您要明白：皇上被一群奸党所包围，必须换上廉洁的人们……"

彼得知道米郎就想做廉洁的人，他的父亲曾上莫斯科去运动，派米郎为议会的候补议员。设想这仙鹤似的侄子接近了皇上,是又可笑,又危险。头发蓬乱、衣服纽扣解散的奥莱士卡忽然跑了进来,跳跃着,咭咭地叫着:

"你做的是什么事,你这疯子?"

他像对待下属般呼喊着。

"滚你的!"彼得怒吼起来,"教训我吗?你们大家全滚开!滚出去!……"

怒气的突发使他自己都害怕起来。

现在,坐在屋隅里,听着奥洛瓦不含恶意地叙讲关于城中暴动的情形,忆起那次口角,尝试着了解:究竟谁有理,他呢?还是这些人?

使他特别不安的是奥洛瓦孩子气的、发怒的话语。现在她已经安静地,甚至温和地说:

"我们的织工真是可爱的人们!他们把伏洛博诺夫的工人和皮匠们驱走,留在那里,看守房屋……"

十分惧怕的娜泰里亚生气地诉说:

"就从你们的家里出来的混乱。那是你们活该!全是从你们那里得来的。"

米郎来了,没有道安,就在屋内踱着弹簧的方步,威吓着说:

"这些伏洛博诺夫和芮铁意金训练人民造反,是要付很贵的代价的。这不会让他们轻易地过去,这会发生反响的,伊里亚·彼得洛维奇·阿尔达莫诺夫的朋友方面所发起的叛乱已有了充分的教训,如果这些人也开始……"

彼得沉默着。

自从为了伏洛博诺夫的请愿书出了纠纷以后,米郎在他看来是异常讨厌,但他看见工厂完全在他的掌握之中,米郎办事灵敏,且有公信力。工人听他,也怕他;他们比城市的工人安静得多。

风静下去,爬进厚雪里面。雪沉重而且垂直地下着,成为一块块厚棉絮,像白窗帘似的把窗户遮住,院内一无所见。谁也没有同彼得说话。他感到除了妻子以外,大家全认作他在一切方面都是错的,如造反、恶劣天气,还有对于皇上的行为不大高明的一层。

"耶可夫哪里去了?"母亲惊怪地问,"我说,耶可夫到哪里去了?"

米郎嫌脏似的皱着鼻子,没有看伯母一眼,说道:

"大概藏在城里,自己的鸡窝里面。"

"什么?什么鸡窝?"娜泰里亚害怕地喃语。

彼得心想:

"这傻子,也许不知道耶可夫有情妇。"

他又忽然坚定地说:

"好吧,你们随便生活去吧!好啦!我真是不明白。老了。这里的事情……这里有鬼在玩耍。活着——活着——一点也不明白……"

四

耶可夫·阿尔达莫诺夫在二十六岁以前生活得很好,很安静,没有感到任何特别的不愉快,但是后来时间——那个喜爱安静生活的人们的仇敌,开始给耶可夫耍出了错综的、奸诈的游戏。这事开始于四月的夜里,在发生了使有耐性的人民震荡的叛乱后的三年。

耶可夫躺在沙发上抽烟,享受消失一切愿望的饱足的感觉。这感觉是他认为生活中最珍贵的,在这里面看出了生活的全部意义,在吃了美味的餐食以后,和拥占了女人以后,同样使他生出这种愉快的感觉。

一个女人,圆圆的脸庞、苗条的身体,站在屋中桌旁,凝想地瞧着咖啡壶底酒精灯的发怒的、紫藤色的火苗。她的赤裸的手臂和孩子样的脸,被红灯罩下的灯光所照,染成烤得极有滋味的馅饼的外皮的颜色。蓬乱的、深色的头发有景致地披在颈上、肩上。鲍里娜的光裸的身体上穿着一件金黄色的蒲哈拉式的睡衣,脚上套着绿色的山羊皮制的鞋子。她的身上有点很轻松的非俄罗斯的气质,她有可爱的少年男孩似的脸庞;肿肿的唇,快乐的眼,圆圆的像樱桃一样。即使在这时候,她已使耶可夫满足的时候,他还觉得她十分可爱。她自然比一切他所知道的女郎们好得无可比拟,假如不是她那种愚蠢的性格,那就完全的好了。

"我不要喝咖啡,小橘儿。"耶可夫说,吐出了一阵香烟的厚烟幕。鲍里娜没有瞧他,问道:

"但是——我呢?"

"我不知道你要什么。"耶可夫回答,疲劳地打着哈欠。

"不,你知道的。"她从空中抓住他的话语,摇着头,用薄脆的声音说。听了一两分钟她的抓破人的、尖钩般的话语,耶可夫坐了起来,将烟卷扔在地板上,穿上皮鞋,叹了一口气,说道:

"我不明白你这种搅乱好兴致的习惯!你知道,父亲没有死,我不能娶你……"

鲍里娜当时像平常一样,用些恼怒的话朝他攻击:

"你这蜘蛛,自然先需要好兴致!我知道,你为了好兴致准备把我卖给鞑靼人,那个收买破烂的!你真是不诚实的人……"

耶可夫特别不喜欢她称他做蜘蛛,在亲密的时间,她对他备好了别的可笑的名字——咸人儿。他以为今天她本可以不起争吵,两小时以前,他曾给过她一百卢布。

"你尽呼喊是得不到什么的。"他安静地警告她,戴上帽子,伸出手,"再见吧!"

"猪猡!又把香烟头往地板上扔……"

街上旋转着湿风,云影在地上爬行,似愿拭干泥浆,月亮窥视了一分钟,泥浆里的水蒙上一层薄冰,闪耀着铜色。今年的冬天固执地不肯让位给春天,昨天还落了厚厚的雪。

耶可夫·阿尔达莫诺夫不慌不忙地走路,手插在袋里,腋下持着沉重的手杖,心里想人们是如何愚蠢得无从解释,而且奇怪。这可爱的傻女人鲍里娜需要的是什么?她的生活极安静,没有一点焦虑的事情,收下不少的礼品,打扮十分美丽,每月花费一百多卢布。耶可夫也知道她是爱他的。但是还要什么呢？为什么她还想结婚呢？

"愚蠢得像糖浆罐头里的老鼠。"他用心爱的、自己想出来的谚语结束着。生活在他看来是平凡的，于人无所要求，除去他已拥有的一切以外。实际上显明的是一切的人全努力在取得一件事情，那就是完全的安静。白天的忙乱不过是到静寂的夜里去的不很有趣的引子，在那时候你同女人对聚一处，随后就受她的拥抱而感到愉快的疲劳，睡了下去，不做一个梦。这里面含有真正的意义和现实。人们所以愚蠢，是因为大家不是隐藏着，便是明显地认为自己比他人聪明。他们想出不少多余的事情，也许他们这样做是借了一种盲目的力量，每个人都愿意比别人显著，怕在人群里丧失了自己，怕看不见自己。

伊里亚是愚蠢的：他在中学读书时，就在书本里面绕圈子，现在却到一群社会主义者中间去鬼混。耶可夫从他身上看见了许多可气的地方，现在，在前些日子还要给伊里亚汇点钱到西伯利亚去。母亲愚蠢得无可忍耐，而且可笑；最蠢得无可忍耐而且严重的是固执的父亲，一只老熊，不会同人们相处，整天酒醉，而且肮脏。那个好忙乱、跳跃的奥莱士卡叔父十分可笑：他想加入国家议会，为了这，他贪心地看各种报纸，同城里一切人虚假地客气，还和工厂里工人们搭腔，像淫荡的老女人。蠢得特别、可怕，仿佛压迫人的是那只大鼻子的啄木鸟米郎。米郎自认为是全俄罗斯最聪明的人，自认为未来的大臣，现在就不隐瞒只有他一人明白应该怎么做法，应该如何去思想。他也努力靠近工人，为他们举办各种的游戏，组织足球队，设立图书馆。他想用红萝卜喂狼。

工人们织华丽的布，穿着破衣，生活在烂泥里，整天的喝酒。他们成群地被一种特别的愚蠢所蛊惑，这愚蠢是大胆地显露的，丧失了每个农人所具有的自然的、生产的巧滑。耶可夫·阿尔达莫诺夫对于工人想得比别的一切人们多些，因为他每天同他们接触，而且在青年时代他们已在他身上种下了仇恨的情感，那时候他和一些青年织工们时常为女人发生厉害的冲突，他的几个情敌至今还显然没有忘却旧日的侮辱。他还

没有长胡须时,就有人两次在夜里向他扔掷石头。母亲那时候要屡次用金钱来消灭那些乱子和女人的吵闹,她时常可笑地劝他:

"你怎么像公鸡一样?可以等到娶亲,或是弄上一个女人,再生活下去!要是告到你父亲面前,他要把你赶出去,像赶伊里亚一样……"

在叛乱的两三个年头,耶可夫在工厂里没有看出什么危险的情形,但是米郎的话语、奥莱士卡叔父惊惶的叹息、耶可夫不爱读的报纸(报纸上以强项的服务精神,掩不住的恶毒的威吓,叙述工人运动,刊载工人代表在议会里的演讲词),这一切在耶可夫身上种下了对于工厂工人们的仇感,一种受他们节制的恼恨的情感。他觉得他已经学会了将这情感巧妙地隐藏在对于他们的要求的小让步下面、一些微笑和玩笑下面。然而大体上总算不错,固然有时候会突然有一种恼恨包围而且压迫着他,好像他,耶可夫·阿尔达莫诺夫,以一个老板,而住在那些替他工作的人家里做客,早就住着,且已为他人所厌,而他们烦闷地不作声,望着他,仿佛愿意说:

"你怎么还不走?是时候了!"

在他感觉到这情景的时候,他便生出一种模糊的预感,就是在工厂里隐秘地熠燃着对于他,对于他本身十分危险的东西。

耶可夫相信人是平凡的,他认平凡为最可爱的东西,人是从来不会怀抱任何惊慌的思想。这些含毒气的思想生活于人身以外,人一受它的传染,成为可惊地无从了解的了。最好不去知道,不去点燃这些毒思想。耶可夫仇视这些思想,在自身以外感到它的存在,看出它不但不能解开普遍的愚蠢的紧结,却只是将一切他所爱于生活的平凡、明朗加以紊乱。

他觉得奇虹·瓦洛夫是他所认识的人中间最聪明的一个。他观察他对于人们安静的态度、他的慈祥的工作。奇虹连睡觉都带着聪明的姿势,耳朵伏在地上、枕头上,仿佛偷听什么似的。

他问老人道:

"你做梦吗?"

"为什么做梦?我不是女人。"奇虹说,在他的话语里他感到一点浓厚,沉淀和无可动摇的强力。

"女人的梦。"耶可夫想,在奥莱士卡叔父家中听着辩论和话语,心里想着,暗中冷笑着。

他时常艰难地思索着,在沉思时身体沉重地移动,像背负重载,低头注视自己的脚。那天夜里他离开鲍里娜后就这样地走着道路,所以也没有注意到从什么地方有一个矮小的、灰色的人形出现在他面前,高高地挥摇着手。耶可夫赶紧跪下来,立刻从大衣袋里掏出手枪,对着攻击的人的腿,开了一枪。枪声沉重,而且微弱,但是那人跳了开去,肩撞在围墙上,吼叫了一声,就顺着围墙倒下了。

以后耶可夫才感到怕得要死,怕得想喊,又不能喊;他的手抖索,想站起来时脚不听使唤。离他两步远的地方,那个人没有帽子,一头的蓬发,也想起来,在地上挣扎着。

"我要放枪打死你这混蛋,"耶可夫嘎声说,伸出持手枪的手。那人的宽阔的脸朝转着他,喃语道:

"你已经放了枪了……"

耶可夫这才认清了他,也惊讶地喃语起来:

"诺司可夫吗?你这坏东西!是你吗?"

耶可夫的恐惧迅快地让位于一种近于喜悦的情感,这情感的引起并非由于感到他幸运地还了袭击,却因为攻击者并非工厂里的工人,似他所想那样,却是一个外人。他名唤诺司可夫,猎人,善奏手风琴,常在办喜事时演奏,一个孤独的人;他住在教堂女执事帕拉克里托瓦家中;在那夜以前城里没有人说过他任何坏话。

"啊,你原来干这种营生吗?"耶可夫说,站起身来,四面看望了一下。各处极静,唯有风摇撼着围墙旁的树枝。

"我干什么营生?"诺司可夫忽然大声问,"我打算开玩笑,吓唬了一下,没有别的事情!但是你立刻'啪'的一下子!你瞧这是不足取的!我自己也害怕了……"

"啊,原来如此!"耶可夫用战胜者的口气,冷笑着说,"好啦,站起来,我们到警区里去。"

"我不能走路,你把我弄残废了。"

诺司可夫拾起帽子,瞧了瞧里面,补说道:

"我不怕警察。"

"到那里再瞧吧。站起来!"

"我不怕,"诺司可夫重复说,"你用什么来证明是我攻击你,不是你攻击我,为了惊骇?这是一层。"

"好了。二层呢?"耶可夫问,冷笑了一声,但是有点奇怪诺司可夫的镇静。

"也有二层。我对于你是有用的人。"

"这是故事。故事里编出来的!"

耶可夫举起手枪,朝手风琴师的脸上比画着,以突来的恶毒的神情威吓道:

"我要把你的脑袋瓜子砸得粉碎!"

诺司可夫抬了抬眼睛,重又瞧着帽子,意味深长地说:

"你不要惹生事端。你虽然有钱,却一点也无从证明出来。我说,我是开开玩笑罢了。我认识你的父亲,有许多次替他奏过手风琴。"

他用迅快的手势把帽子扔到头上,俯身微举裤子,牙缝里透出呻吟声音,随后从口袋里掏出手绢,开始绑扎膝盖上部受伤的脚。他不断地含含糊糊地喃语着,耶可夫没有听他的话语,重新被那个失败的强人的奇怪的行为弄得糊涂了。

耶可夫·阿尔达莫诺夫异常迅速地考虑一下:应当把诺司可夫留在围墙旁边,自己到城里去叫更夫看守伤者,然后到警区去声明被攻击。之后警察开始侦查,诺司可夫将供出父亲在教堂女执事家中酗酒的情形。也许他有朋友，也是恶徒，也许要报复。但是无论怎样是不能把这人搁下来，不加以报复的……

夜越来越冷，持手枪的手冷得发痛，离警区很远，自然在那里大家都睡着了。耶可夫生气地哼声，不知如何决定，懊悔没有把这矮小的家伙枪杀，他那两条拐腿，似乎是一辈子骑坐在木桶上似的。他忽然听到了使他惊出望外的话语：

"我对你直说了吧，虽然这是秘密，"诺司可夫说，还在张罗自己的腿，"我在这里居住，是为了你们的利益，监督你们的工人。我也许故意说我想吓唬你，其实我要抓一个人，认错了人……"

"见鬼，"耶可夫说，"怎么？"

"就是这样……你不知道，社会党徒们在教堂女执事的澡堂里开会，又在讲造反，读小册……"

"你胡说，"耶可夫轻声说，相信了他的话，"谁？谁在开会？"

"这个我不能说，等逮捕后你会知道的。"

诺司可夫抓住围墙的木板站起身来，恳求道：

"把手杖给我，我没有它，走不了路……"

耶可夫俯身拾起手杖，递给他，回头看望，轻声问：

"那么你怎么，为什么攻击我呢？"

"我并没有攻击。我认错人了。我不需要你，我要的是别人。你把这事揭开了吧。那是一个错误。你不久会知道我说的是实话。你应该给我点治腿的钱，对不对……"

扶住围墙，支着手杖，诺司可夫开始慢慢地移动拐腿，离开菜园，向黑暗的市边的房屋的方面去，行走时像驱赶冷冽的云影，走了十多步，便低声唤：

"耶可夫·彼得洛维奇！"

耶可夫很快地走到他面前，诺司可夫说：

"这件事情——你对谁也不必提起！否则的话……你自己明白。"

他挥摇手杖,向前走去,把耶可夫愣愣地留在那里。耶可夫想,必须立刻思索许多事,必须立刻决定:他所做的行为对不对?假如诺司可夫监督社会党人,自然他是有益的,甚至必要的人,但假如他扯谎,欺骗,竟在延宕时间,以后再报他所遭失败,受枪击的仇?他说错认了人,意在吓唬吓唬,那是扯谎,显然是扯谎。如果他是被工人们收买来谋杀的呢?工厂织工中间确有许多好捣乱的分子,但是社会党人在他们中间是难以想象的。最正经的工人像赛道夫、克利孔诺夫、马司诺夫等人新近曾自行要求账房开除一个最难驯服的捣乱鬼。不对,诺司可夫一定是骗人。要不要对米郎讲呢?

耶可夫不能想象,假如对米郎讲述关于诺司可夫的事情,会生出什么情形;但是兄弟一定要开始详细盘问他,像一个裁判官的样子,又要责备他,一定要用种种方式笑他。如果诺司可夫是侦探,那么米郎大概知道的。最后,到底还不大弄清楚——是谁弄错的!诺司可夫或是他,耶可夫?诺司可夫说:

"你不久会知道我说的是实话。"

他目送猎人,直到他隐灭在黑夜的阴影中为止。本来似乎是很普通而且明显的:诺司可夫的攻击,显明地意在抢劫,而耶可夫向他枪击。但是以后却开始了不安的紊乱的,像噩梦似的玩意。诺司可夫是那样不寻常地沿围墙行走,黑影是那样不寻常地摇曳着浓密的破裂,跟他爬着。耶可夫初次看见黑影是这样沉重地拖在人的背后。

耶可夫受了杂念的牵缠,感到疲乏,决定不作声,等待着。对于诺司可夫的想念不离开他,他皱紧眉头,感到自己是一个病人。午饭时工人从厂屋内出去,他站在账房间窗旁,细看他们,努力猜:他们里面谁是社会党人?伙夫瓦喜卡,雀斑脸,跛脚,在木匠赛拉菲姆那里学会了编唱嘲笑人的山歌,是不是他呢?

过了几天,耶可夫驾着久闲不用的马,在林边看见宪兵军官涅司铁连阔。他穿着瑞典式的紧袄,长靴,持枪在手,腰内系着装满野味的猎囊。涅司铁连阔站在那里，脸朝树林，背朝大路，手举到脸上，抽起烟来，太阳照着他栗色皮的背部，背部好像是铁的。耶可夫立即决定办法，把马赶到他面前，匆忙地道安：

"我不知道你在这里！"

"到了第三天，内人的病越来越坏，真是的！"

涅司铁连阔很活泼地通知这个悲哀的消息，立刻用手拍着猎囊补说道：

"你瞧我！不坏吗？"

"你认识诺司可夫，那个猎人吗？"耶可夫低声问。军官的栗色的眉毛惊讶地向上爬耸，中国式的胡子移动了，他支住一根胡子，睬了一下眼睛，向天看望。这一切引起了耶可夫的猜疑：

"他要扯谎呢。"

"怎么样？诺司可夫吗？那是谁？"

"猎人。毛发蓬松的，拐腿的……"

"是吗？我好像在树林里有见过这人。不好的枪……怎么样呢？"

现在军官朝耶可夫的脸上看望，灰色的眼里露出凝聚的、询问的神情，眼珠中央闪出光亮的火星。耶可夫迅快地对他叙讲关于诺司可夫的事情。涅司铁连阔听着，目视着地，用枪把将松核击进土里，听完了，没有举眼睛，问道：

"为什么你不报告巡警？这是它的事情，也是你的责任。"

"他好像监督工人，那是你的事情……"

"是呀，"宪兵军官说，在枪把上把香烟弄灭，重又用睬细的眼睛朝耶可夫的脸直看，教训似的说些不很明白的话。结果是耶可夫将意图抢劫的事情匿不报告警察，是不合法的，但是现在报告却已太晚。

"假如你当时就把他缚送警察，那么事情是很明显的！就是那样也不大对。现在你怎样能证明是他攻击你呢？受伤了吗？惊吓中本来可以把人打死的，由于不谨慎……"

耶可夫感到涅司铁连阔在那里耍滑头，弄得乱些，甚至似乎想吓唬人，把他或自己移挪到离这件事情远些的地方去！当军官说在惊吓中可以杀人的时候，耶可夫的疑惑确定了：

"他扯谎呢？"

"是的。对于他自称监督者一层，自然应该得到报偿的。我们要问他，知道的是什么。"

军官的手放在耶可夫肩上，说道：

"事情是这样的：你应该给我一句信实的话，就是这一切事情必须保守秘密。这是为了你的利益，明白吗？好不好，信实的话？"

"自然哩。好吧。"

"你不会对令叔和米郎说的，你的确还没有对他们说过吗？是啦。我们把这件事情委诸内部的逻辑。对谁也不说出一句话！好不好？猎人自己受了伤，于你毫不相干。"

耶可夫微笑，同他说话的是另外一个人，快乐的、善心的人。

"再见吧，"他说，"你要记住，信实的话！"

耶可夫回家时，心里有点安静，晚上叔父叫他到省里去走一趟，他愉快地走了，过了八天，回家后，到叔父家去吃饭，带着新的惊慌，听米郎说着下面的话：

"涅司铁连阔并不像我所想那样的饭桶，他在城里捉去了三人：小学教师莫台司托夫，还有什么人。"

"我们这里呢？"

"我们这里捉去了赛道夫、克利孔诺夫、阿勃拉莫夫，还有五个年纪轻些的人。虽然是省里来的宪兵逮捕，但这明明是涅司铁连阔所做的事情，所以他的妻子生了病，显然是于我们有益的。是的，他并不傻。他怕人家谋害他……"

"现在停止谋杀了。"奥莱士卡说。

"嗯，"米郎说，"是的！在城里还有哪个猎人被捕……"

"诺司可夫吗?"耶可夫轻声,害怕地问。

"我不知道。他住在教堂女执事家里。这些革命党就在她家的澡堂内开会。你的父亲却又在她的家里,还同她一块儿玩耍,这是你所知道的。这种巧合是不大强的……"

"真是的,"奥莱士卡说,摇着秃头,"对他有什么办法呢?"

耶可夫眼睛里黑了,他已不能听叔父和堂兄弟说的什么话。他想,诺司可夫被捕,显然他也是社会党徒,并不是强盗,而是工人们命令他杀死或殴打主人的。这些工人们是他,耶可夫,认为最正经、最安静的!永远穿得干干净净,年纪已经不轻的赛道夫;有礼貌,而且快乐的铜匠克利孔诺夫;有趣的阿勃拉莫夫,能歌唱,手艺灵巧的工人。能不能设想这些人也是他的仇敌吗?

他也觉得这几天叔父家里更加乱嚷而且慌忙了。镶金牙的医生耶古夫莱夫对于任何人、任何事永远不说好话,而且讪笑着,用陌生的眼睛,从远处看视一切的,现在更加露脸,并且威吓地翻得报纸直响:

"是的,"他说着,牙齿闪出光彩,"我们在蠕动,惊醒!人们开始像贪懒的仆役,一知道主人突如其来,预料不到的回家,怕被革除,赶快带着被鞭挞般的恐惧扫除,清理,想把一所荒芜的房子收拾干净。"

"你说的话意思含混,医生,"米郎说,皱着眉头,"你这种阿安其主义、怀疑主义……"

但是医生越说越响,他的言论显得冗长,话语引起了耶可夫的惊慌。好像大家在惧怕什么,以不幸相威吓,互相激起恐怖,甚至能令人猜想人们所惧怕的就是他们自己所做的一切、自己的思想和话语。耶可夫在这上面看出了普遍的愚蠢的增长,他自己也生活在并非虚构,却十分现实的恐怖之中,在整个的皮肤里面感到有一条看不见的绳索套到他的脖子上去,这绳索越系越紧,引他去迎接一个大的、无从躲避的灾难。

两个月后他的恐怖越发增长,因为诺司可夫重又在城里出现,而脸剃得光光的，黄瘦的阿勃拉莫夫又到工厂里来了。

"你收留我这老人吗？"他含笑问，耶可夫不敢拒绝他。

"怎么，监狱里困难吗？"他问。阿勃拉莫夫还是含着笑回答：

"很挤！如果不是伤寒帮了官长的忙，不知道这许多人如何安插进去！"

"是的，"耶可夫送织工出去的时候，心里想，"你含着微笑，我却知道你所想的什么……"

当天晚上，米郎为了阿勃拉莫夫，跟他闹了一场，几乎骂他，甚至跺脚，好像对仆人一样。

"你疯了吗？"他喊叫，气得鼻子通红，"明天就革除他……"

过了几天，他早晨在奥卡河上洗澡的时候，遇见了玛尔文中尉和涅司铁连阔。他们坐在小船里，船里放了许多钓竿像长了胡子似的。冷酷的中尉对耶可夫不经意地点头问候，不发一言，立刻驶向河的中心去，涅司铁连阔却脱着衣服，轻声说：

"你何苦不收留阿勃拉莫夫，我很可惜没有预先告诉你一声。"

"这是米郎。"耶可夫喃声说，感到军官的话语含着强烈的酒精的气味。

"是吗？"涅司铁连阔问，"这与你不相干吗？"

"不。"

"可惜。这个小伙子是有益处的。一个饵物，钩钓上的小虫。"

军官用同谋人的眼睛瞧着耶可夫。他光着身子，在太阳下作金黄色，皮肤闪着光彩，像鲤鱼的鳞。他重又问道：

"你的朋友见到没有？那个猎人？"

涅司铁连阔发出自足的人的轻笑。

"你知道他猎取你的动机是什么？他想买枪，一支双筒枪。全是欲念，老爷子，全是欲念支配着人们。为了他同你发生了这个错误，我把他紧紧地捏住喉咙，现在他是极有用处的了……"

"有什么错误,既然你说……"

"错误,确是错误。"军官坚决地说,水向四处溅,在光胸上画了十字,就下河里去,像一匹马似的走着。

"滚你们大家的蛋。"耶可夫忧郁地想。

忽然,好像屋门被关闭了,在闹哄哄的地方降临了死亡。

深夜里母亲哭着唤醒耶可夫:

"快起来呀,奇虹赶了马来说,奥莱士卡叔叔死了!"

耶可夫跳起身来,喃语道:

"这是怎么回事?他并没有生病……"

父亲钻进门里,摇曳着身子,沉重地呼吸着。

"奇虹,"他嘟哝着,"凡是奇虹在的地方,是等不到好事的!耶可夫,对不对?忽然……"

他光着脚,穿着套在睡衣上的晨服,拉自己的耳朵,回头瞧了一下,好像走到一个陌生的地方,叹气道:

"唉!唉!……"

"这是怎么回事?"耶可夫疑惑着。

"还来不及忏悔。"母亲说,像一只大面袋。

他们坐了马车赶去。耶可夫代替马车驾着马,看见奇虹在前面骑马跳跃,影子在道旁铺展着,好像要钻进土地里去似的。

奥洛瓦在院里迎接他们,她从马厩到大门口来回地行走,穿着白裙、睡褂。在月光底下她好像发着蓝色,显得透明。从她的身形那里投下了浓密的黑影到秃头形状的石块上面,看着是很奇怪的。

"我的一辈子完了。"她轻声说。黑狗库丘姆不离步地跟随她。

米郎在厨房窗下板凳上伛身坐着;一只手里有香烟冒烟,另一只手摇晃着眼镜,玻璃发光,柔细的金线在空中荡曳。米郎的鼻子不架眼镜,显得更加大些。耶可夫和他并坐,父亲站在院子中央,看着敞开的窗,像期待施舍的乞丐。奥洛瓦仰视天空,用高昂的嗓音对娜泰里亚讲述：

"我没有注意到什么时候……忽然他的肩膀死冷，嘴张了开来。没有来得及对我说一句最后的话。昨天说过心针刺得痛。"

奥洛瓦轻声叙讲，好像也有黑影从她的话语上投下来似的。

米郎扔去熄灭的香烟，头枕在耶可夫的肩上，轻声哭诉：

"你不知道他为人如何地好……"

"有什么法子？"耶可夫回答，找不到别的话，也应该对婶子说几句话，但是说什么呢？他默不作声，往地上瞧视，脚在地上拖来拖去。

父亲喉咙里咯咯地响了一声，谨慎地走进屋去，耶可夫也蹑足跟在后面。叔父躺在那里，盖着被单，头上露出系下颚的手帕的结，像长了尖角，大的脚趾把被单拉得很紧，好像要撕破它似的。一边已溶化的月亮明朗地向窗内窥视，窗帘的纱微微地摇动。库丘姆在院里吼叫，彼得似在回答它，不相宜地洪响地说话，大摇大摆地画十字：

"轻松地活着，也轻松地死了……"

耶可夫从窗内看见魏拉·博博瓦全身玄服，像一个女尼和婶母并肩在院内行走。奥洛瓦重又用崇高的口音叙讲：

"在梦里故去的……"

"别发傻！"奇虹轻声喊。他用一团燥草擦马，摇着头，不让马的嘴唇抓他的耳朵。阿尔达莫诺夫也朝窗外看，喃语道：

"这傻子直喊，一点也不明白……"

"用不着说什么话。"耶可夫心里想，走出台阶，开始看望一白一黑的女人的影子拭去石上的灰尘，石头逐渐发亮了。母亲和奇虹微语，他点头称是，马也同意，在它的眼睛里铜色的斑点发出光芒。父亲从屋内出来，母亲对他说：

"应该给尼基大发电报，奇虹知道他的所在。"

"奇虹知道的！"父亲生气地重说，"快去发，米郎……"

米郎站起来走了，肩触着门把，手掌摸了门把一下。

"给伊里亚也发一封。"彼得朝他后面说。米郎从墙上开凿的黑洞里回答:

"伊里亚不能来。"

"我同他生活了三十年,"奥洛瓦叙讲,好像自己惊奇自己所说的话,"而且还在结婚以前要好了四年。现在叫我怎么办呢?"

父亲走到耶可夫面前。

"伊里亚——在哪儿?"

"我不知道。"

"你说谎吗?"

"现在不是谈论伊里亚的时候,爸爸。"

耶古夫莱夫医生匆忙地走进院里,问道:

"在卧室里吗?"

"傻瓜,"耶可夫想,"人死不能复活的。"

压迫着他的是感到无从使这悲哀的时间从他身旁跨越过去。周围的一切是痛苦的,不需要的:人,他们的话语,月光下像古铜像那样发光泽的栗色的马,还有那条黑色的、默默地悲哀着的狗。他觉得奥洛瓦婶母夸口说她同丈夫生活得如何的好;母亲在院子角落里抽咽得带点放肆、虚假;父亲的眼睛呆瞪,脸庞发木。一切都是坏得、痛苦得不应该的。

奥莱士卡叔父在坟场上殡葬的日子,棺材业已入穴,投扔一把把的黄沙进去的时候,尼基大叔父到了。

"还有呢。"耶可夫心里想,审视僧士的驼峰的身形,倚靠在他手栽的榆树干上面。

"你来迟了。"父亲走近兄弟身旁,对他说,擦去脸上的眼泪,僧士的头缩进驼峰里,像乌龟一般。他的形状像乞丐,袈裟在阳光下褪了色,头巾着上了旧洋铁桶的颜色,靴子补了破绽。他的满面灰尘的脸是浮肿的,一只模糊的眼睛望着围在坟旁的人们的背部,对父亲说什么话，发出听不出来的声音，灰色的胡须抖索着。耶可夫斜眼一望，有好几十只眼睛好奇地抚摸着僧人，人们看着这丑陋的阔人的兄弟和叔父，一定在期待着，会不会发生乱子？耶可夫知道全城都相信：阿尔达莫诺夫一家人把驼子藏在修道院里，为的是享受他应得的父亲的遗产的一部分。

肥胖、善心的神父尼古拉用次中音劝奥洛瓦道：

"我们不要用呻吟与哭泣侮辱上帝，因为他的意志……"

奥洛瓦用崇高的语音回答：

"我并没有哭，也没有抱怨！"

她的手抖索。她用抽筋般的奇怪的手势摸索裙子，想把它团成一小团，为泪水浸湿的手绢藏进口袋里。

奇虹·瓦洛夫帮着看坟人，熟练地向墓中填倒沙土；米郎挺直地呆立在坟旁。驼背的僧人轻声，而且诉怨似的对娜泰里亚说：

"啊呀，你成了这样啦，真是认不得了！"

他的手指触着驼峰，不合时宜地补说：

"我是不会认不得的。耶可夫，是你的吗？那个高的，奥莱士卡的米郎？是不是？好了，我们走吧，我们走吧……"

耶可夫留在坟上。他在一分钟前，从一群工人队里看见了诺司可夫，这猎人和跛腿的伙夫瓦喜卡并肩从他面前走过。他们走近身的时候，猎人用不好的、询问的眼神朝耶可夫的脸上瞧了一下。这个人心里想什么？自然，他对于枪击他，也许会把他打死的人是不能想着不怀恨的。

奇虹走了过来，用手掌拍去工衣上的沙土，说道：

"奥莱士卡真是十分努力，但是无论如何……尼基大的身体也软弱……"

"这里有一个。"耶可夫忽然说，却又将自己的话打断了。

"什么？"

"工人们很怜惜叔父。"

"那怎么样呢?"

"这里有一个人名叫诺司可夫,猎人,"耶可夫重又开始说,"我可以对你讲这个人的事……"

"马倒下了,也是可惜的,"奇虹沉思着说,"奥莱士卡过的是驰骋的生活,也就在驰骋中逝世了,好像被撞倒似的。在死的前一天还对我说……"

耶可夫不响了,明白他的话语是到不了奇虹那里去的。他决定向奇虹谈起诺司可夫,是因为必须要跟什么人谈起这个人来。对于他的念头压迫着耶可夫,甚于一切发生的事。昨天在城里,这个拐腿的人,带着一副呆钝的丘八的脸容,从街隅里走到他面前,除下鸭舌帽,瞧着帽子的里子,说道:

"你欠下我一点点的债,答应给我治腿的钱。你的叔叔又死了,就为了灵魂的遗念也可以的。我有一个机会,可以买到一只好手风琴,给你的老太爷解闷……"

耶可夫惊愕地瞧着他,不发一言。诺司可夫带着教训的口气,坚决地说:

"我是为了你们的利益服务,反对俄罗斯的仇敌……"

"多少?"耶可夫问。

诺司可夫迟钝地回答:

"三十五卢布。"

耶可夫给了他钱,迅快地离开,心里又愤怒,又害怕。"他把我当作傻瓜,他以为我怕他,这混蛋! 不,等着瞧吧……"

现在,耶可夫慢慢地步行回家的时候,心里仅只是想着如何甩去这个人,这个一定想把他像公牛般牵到斧子底下去的人。

追悼宴的喧闹的时间无尽休地拉长。人们闹着玩笑,让教堂执事卡尔且夫和歌唱班的人们唱遗念故人之歌。皮匠芮铁意金喝得大醉,挥摇着叉子，不规矩而又威吓地唱着：

"战士忆昔日，

同战疆场上……"

司铁潘·巴尔司基在他的柔软得像鸭绒枕头的躯体挤进车里去的时候，大声夸奖道：

"彼得，你真是爱你的老弟！这样的追悼宴是永远不易忘却的！"

耶可夫听见喝得大醉的父亲阴郁而嘲笑地回答：

"你不久就要忘却一切，不久就要爆裂的。"

皮匠芮铁意金、巴尔司基、伏洛博诺夫，还有几个尊敬的市长是父亲自己去邀请的，这显然违反了米郎的意愿，因此他十分愤怒。他在追悼席上坐了不到半点钟，就站起来走了，像仙鹤那样地走路。奥洛瓦婶婶不让人注意他，也随着避开了，后来僧士也走了，显然对于那些半醉的人们盘问修道院的生活感到厌烦。父亲的行径却好像愿意得罪所有的人们，所以耶可夫一直到追悼宴的终了为止，老在期待父亲和市民中间会发生口角的事情。

母亲为了博博瓦侍候着奥洛瓦婶婶感到侮辱，生着气回家了，但是父亲不知为何缘故要留宿在奥莱士卡叔叔的书房里。这一切耶可夫觉得是出奇地任性，而且并无需要，因此更加使他心绪恶劣了。他在沙发上躺了两小时，虚空地守候睡梦，后来走出院内，在厨房窗下的板凳上面看见僧士的黑身，形同奇虹并坐着。僧士的形状像一架破损的机器。他的秃头上没有了头巾，人显得小些、宽阔些，霉烂的脸带着小孩的样子。他以手执杯，一瓶汽水并排放在板凳上面。

"这是谁？"他轻轻地问，立刻自行回答，"这是耶可夫。同老人们坐一会儿，耶可夫。"

僧士举起杯子，就着月光瞧杯里混浊的水。月亮藏在钟楼后面，雾样的银光包裹着它，从黑夜的暖和的朦胧里奇怪地挺出着。云彩停在钟楼上面，好像污秽的补缀的破片，笨拙地缝在蓝色的海虎绒上面。奥莱士卡宠爱的、大嘴的狗库丘姆在院里疑虑地行走,嗅着土地。它一边走,一边嗅,忽然举首向天,带着疑问,低声尖叫。

"嘘,库丘姆。"奇虹小声说。

狗走拢来,厚大的头伸到奇虹的膝上,吠叫了几声。

"它也感到的。"耶可夫说。没有人回答他,他很想说话,为了不去思想。

"我说,它明白的。"他坚决地重复说。看门人轻声应答:

"自然喽!"

"在苏兹达里,一只修道院的狗能从气味里认出窃贼来。"僧士回忆。

"你们谈论什么话?"耶可夫问。僧士喝了汽水,用袈裟的袖口擦嘴,闭着牙关说话,好像从楼梯上面走将下来:

"奇虹注意到,人们又倾向叛乱。有点像!大家全沉郁起来……"

"事情折磨的。"奇虹插进去说,玩弄狗的耳朵。

"把狗赶走,"耶可夫下命令,"它身上有跳蚤。"

看门人把库丘姆的脚爪从膝上摘下,用脚把它推开。它垂着尾巴坐下,烦恼地吠了两次。三个人看着它,内中一个人闪出一个念头:也许奇虹和僧士怜惜这孤寂的狗,比埋在地里的它的主人还甚些。

"造反会发生的,"耶可夫说,谨慎地向院子黑暗的角隅里看望,"奇虹,你记得,赛道夫和同伴们被捕了吗?"

"怎么样呢?"

僧士从袈裟的口袋里掏出一只小洋铁盒,从里面取出一撮烟丝,闻了闻,告诉侄子道:

"你瞧,我闻烟草。这于眼睛有帮助的,看不大见了。"

他打了喷嚏,续说道:

"甚至在乡下也逮捕人……"

"养了许多侦探。"耶可夫说,努力说得自然些。

"侦探一切的人。"

奇虹喃语：

"不侦探是打听不出什么来的。"

耶可夫不坚决地旋转舌头，为了深夜的凉气，或是为了恐怖，缩着身体，近于微语似的说：

"我们这里也有的。对于那个猎人诺司可夫说着不名誉的谣言……好像赛道夫和城里的那些人是他告发的……"

"你这傻瓜。"奇虹停顿了一下，应声说，手朝狗的方面伸去，但是立刻又放在膝上。耶可夫感到他的话是白说的，落在空虚里，不知为什么缘故警告奇虹道：

"但是你不要说出关于诺司可夫的事情来呀。"

"为什么呢？他与我不相干，而且对谁去说，谁也不会相信的。"

"是的，"僧士说，"信仰心很少。战后我同伤兵们谈话，看见兵士并不相信战争。耶可夫，各处都是铁和机器，机器工作，机器歌唱、讲话，铁工厂需要的是另一种生活和人，需要铁的人。有许多人明白这层，我遇见过这类的人。他们说，我们要给你们这些肉馅颜色看看！有些人却感到侮辱。在人指挥的时候，大家习惯了，到了铁器指挥的时候，就可气了！人们习惯用斧子、锤头，一切手里可以取的东西，但是这里是一百普特的东西，就像活的一样。"

奇虹喉咙里咯咯地响了一声，发着耶可夫不认识、听不见的笑声，说道：

"车子在马的前面跑了。唉，见鬼！"

"于是许多人气愤了，"僧士继续轻声说话，"三年来我到各处去过，我看见许多人愤激得很，但恨的不是地方。他们互相怀恨，但是大家都有错，错在聪明，也错在愚蠢。格莱勃神父对我说，很好！"

"神父还在世吗？"奇虹问。

"神父是不干了，"尼基大回答，"他脱离教门，现在在乡下市集上卖书。"

"很好的神父，"奇虹说，"我曾对他做过忏悔。人是很好的。他只是为了贫穷才充当神父，实际上并不信仰上帝，我这样想。"

"不，他是信仰基督的。每人照各人自己的办法来信仰。"

"因此就出了乱子，"奇虹坚决地说，重又发出恶意的冷笑，"想了出来的……"

彼得赤脚，穿睡衣，不声不响地走到台阶上面，看望惨白的天空，对窗下的人们说：

"睡不着。狗叫，你们也叽里咕噜说话……"

狗坐院子中央，竖直耳朵，尖声吠叫，向敞开的窗户的黑洞里看望，大概在等待主人叫唤它。

"奇虹，你尽唠叨你那一套鬼话！"彼得说，"耶可夫，你瞧，这乡下人撞在一个念头上面，就像狼掉进陷阱一般。你的哥哥也是这样。尼基大，你知道伊里亚的事吗？"

"听说的。"

"是的。我赶了他出去。他跳上别人家的马，骑着就走，但是往何处去呢？自然不是每个人能够像他那样抛弃财富，莫名其妙地生活着的……"

"奥莱士卡也是这样的。"尼基大轻声提醒着。

彼得举手摸着太阳穴，不作声了，走到花园里去，对耶可夫说：

"你给我把被服、枕头拿到凉亭里来，我也许可以在那里睡着的。"

他身子累重，全身素白，头上毛发凌乱，深栗色的浮肿的脸，那样子近乎可怕。

"尼基大，你说关于机器的话不大对劲，"他站在院子中央说，"你对于机器有什么了解？你的事情是谈论上帝。机器不会阻碍的……"

奇虹不恭而且固执地打断他的话头：

"有了机器，生活贵得多，而且声音也多。"

彼得对他摇手,慢慢儿到花园里去。耶可夫拿着枕头在他前面行走,忧郁而且生气地思想:

"父亲,叔父,都是亲人,——但是他们于我有什么用呢?他们不能帮我的忙。"

父亲没有邀请兄弟到自己家去,僧士住在奥洛瓦婶婶的家里阁楼上面,预先对她说:

"我稍微住些日子,不久就要走的……"

他住在那里,差不多看不大见,如果不唤他下楼,是从不进屋里来的。他常在花园里徘徊,摘去树上的干枝,又像乌龟般趴在地上,清除杂草,皮肤一天天地发皱,身体一天天的干瘪,同人们轻声说话,似在诉讲重要的秘密。他不大喜欢到教堂去,推说不健康,在家里很少祷告,不爱谈论上帝,固执地躲开这类的谈话。

耶可夫看见僧士和奥洛瓦很要好,不声不响的魏拉·博博瓦尊敬他,连米郎听着他讲各处游行和各种人物的时候也不皱眉头,虽然米郎从父亲死后显得更加傲慢、严肃,在工厂里指挥,像首领似的,并且将耶可夫看作雇员。

僧士望着娜泰里亚散漫的、红红的脸,跟看一切物、一切人同样和蔼,但是同她说话比同别人少些,而她自己也渐渐地不大会说话,只是呼吸着。她的迟钝的眼睛呆住了,偶然在模糊的眼神里闪耀出关于对丈夫健康的担忧,对米郎的惧怕和看见肥胖、庄重的耶可夫时的爱悦。僧士同奇虹有点不大对劲,他们互相说坏话,虽然并不争吵,但是两人不大互相搭理,像两个瞎子。

叔父的驼起的、黑黝的身形又输进一个黑影到耶可夫的生活里去。僧士的形状引起他严重的预感,他的深黑的、溶化的躯体使他想到死亡。耶可夫从关心自身的高处,看家内发生的一切事情,虽然自我的关心日见增加,但家中所发生的新的惊慌也越见加多。一个对于爱情事件有经验的男子的感觉暗示于他的是鲍里娜和他显得冷淡,而那个冷酷的玛尔文中尉证实了耶可夫的疑窦。现在中尉和他相遇时只是轻蔑地用手指触动制帽,眯一眯眼睛,好像审看一点辽远、渺小的东西,而以前他却客气些,有礼貌些,在俱乐部里向耶可夫借钱赌牌,或请他暂缓还债的时候,屡次赞美似的说:

"耶可夫,你有一个炮队军官的身材。"

或者说些别的也很愉快的话。使耶可夫受宠若惊的是这个好像用橡皮铸成的军官的粗暴的善心,他对于寒冷的贱视,他的机灵、有力和无疑含蓄在内心的可怕的勇敢使全城的人惊叹不止。他用圆圆的、石头似的眼睛看人们的脸,用命令的口气嘎声地说:

"我是一个冷静的男子,最恨人家吹牛。"

他同邮政局长特洛诺夫——一个有病却带着阴险脑筋,为全城惧怕的小老头——一同打牌,对他说:

"我并不是胡吹,你确是一个老傻瓜!"

耶可夫疑心他是自己的情敌,却怕同他冲突,然而他并没有产生把鲍里娜让给玛尔文的念头,他对于这女人更加爱悦了。他到底好几次警告她:

"你留神,我要是发现你同玛尔文有什么事情,一定要扔掉的!"

同时,为了猎人诺司可夫而引起的惊慌更加增长了。他在市梢瓦达拉克莎河上小桥旁边候着耶可夫,突然从土地里生长出来,坚决地借钱,眼睛望着鸭舌帽子。

奇怪而且不好的是猎人永远在同一地点发现,从荨麻和龙芽草里,从两株斜柳底下浓密的乱草丛内走出。两年前,在这地方本来是种菜园的潘菲拉的一所房子。潘菲拉被杀死,房屋纵火焚烧,柳树烧焦了,炭灰混杂着的黏土质的地被耍木球的人们踏得很紧;在剩余的砖头的屋基上还放着一只壁炉,凸出着烟囱;在明朗的夜里,绿油油的星星在烟囱上面空中不高的地方摇曳着。诺司可夫不慌不忙地拨开荨麻,从烟囱里出来,慢吞吞地从头上摘下帽子,喃语道:

"我能替你服务的。你们那里近来又发生了团体……"

"这些团体不是我的事情。"耶可夫生气地说。在诺司可夫的回答里听见了显明的不逊：

"自然不是您所组织，但是事情是与您有关的。"

"可惜我当时没有把他打死了。"耶可夫惋惜了第十次。给侦探钱的时候，他说道：

"你瞧着，谨慎些！"

"我知道。"

"不要把我牵在里面。"

"为什么？您放心吧。"

"自然他把我当作傻瓜……"

耶可夫明白诺司可夫是一个有用处的人，但也相信这个扁脸拐腿的家伙不会不报他一枪之仇。他希望做这件事。他将吓他，或是用耶可夫自己给他的钱，收买几个工人，吩咐他们谋害他。耶可夫已经觉出近来工人们看着他注意些，而且恶毒些。

米郎老说着：工人的叛乱并不为了改善自己的地位，而是有一种离奇的、疯狂的思想从旁面宣传给他们，说他们应该攫取银行、工厂和全国一切产业。他说这话的时候，挺直身子，长长的脚在屋内踱步，头颈旋转着，手指插进衣领里，虽然他的颈是细的，衬衫的领子是充分宽阔的。

"这已不是社会主义，也不知道是什么玩意儿！而这种想头的赞成人却是你的亲哥哥。我们的政府真是一群老乌鸦……"

耶可夫明白米郎说这些话是为了使听者和自己深信他有在议会中取得一席位置的权力，然而无论如何，兄弟的含怒的言语给耶可夫遗留下恐怖的渣滓，增强了他个人在几百工人中间孤立无助的感觉。他甚至体验着一点近乎恐怖的感觉：有一天早晨，工厂院里的呼喊声惊醒了他，他从枕上举头，看见堆房皙白、平整的墙上驰骋着一堆暴乱的黑影，挥手跳跃，好像把整个堆房在地上转动起来。他立即全身发汗，想着，无声响地喊着：

"叛乱……"

这一堆不知为什么原因比真人还可怕的黑影迅快地消灭了，耶可夫才明白在工厂大门旁边演奏着星期一常演的打架。假期后差不多常有打架的事情发生的，然而在他的记忆里遗留下了可怕的、阴黑、呼号的斑点的奔驰。总之，整个生活显得太恐慌了，耶可夫竟不高兴去看报，也不想去看报。自然和明朗的一切消灭了，到处闯进了不愉快的事情，出现了新的人物。

达姬央娜妹妹忽然从伏尔哥洛特带来一个未婚夫，干瘪、栗发的人，戴着工程师的制帽。他身轻，腿快，很快乐，比达姬央娜年轻两岁。就从她开始，家里所有的人全都喊他米卡。他会弹弦琴，唱歌，他特别常唱的一首歌，耶可夫觉得是侮辱了他妹妹，而且使母亲十分生气。

"我的妻子在棺材里。

愿上帝

把你的奴仆安排在

天堂里！"

然而妹妹并不认为侮辱，她跟别人一样，觉得这人很可笑，甚至母亲也时常感动地对他说：

"你这金翅雀！你真会唱，你这丑角！"

米卡吃东西好像鸽子一般，可以吃得无穷的多。彼得审视着他，像在梦中一般，眯了眯惊讶的眼睛，问道：

"像你这样的性格是应该喝酒的。能喝吗？"

"能喝的。"女婿回答，在晚餐时证明了他确能喝很多的酒。他各处都去过：伏尔卡河、乌拉尔山、克里米亚、高加索；他知道许多有趣口语、故事、可笑的话，他似乎是从一个快乐无虑的国度里跑来的。

"生活是一个美人！"他说，立刻就堕入不断地旋转着的事务的圈里，而且工人们都喜欢他，年轻人笑着，老织工们和蔼地点头，连米郎听他的闪出笑声的言语，都用舌头向柔薄的唇上舔出微笑。他同米郎从工厂的院里走到第五厂屋去，这厂屋刚刚插进地里去，是红砖的手掌的第五根手指。整个厂屋全用木架包着，一些木匠门在木板上忙着，银色的斧子闪耀着。米郎的眼镜闪耀出玻璃光和金色，他的手挺直着，像五分钱旧式图画里的将军。米郎又点头又挥手，好像把什么东西扔到地上似的。

耶可夫从账房间窗里望着他们。他也喜欢妹夫，同他在一起很高兴，忘却许多肩负困难的事情。耶可夫甚至羡慕这人的性格，但对他感到一种奇怪的不信任：好像这人是不长久的，等到明天，就会宣布自己是一个伶人、理发师，或像来时那样突然地消失。他还有一种好性格——他显然不贪，并没有问达姬央娜有多少嫁资，虽然也许在这里面隐伏着达姬央娜某种的狡黠。但是父亲清醒时嘟哝着说：

"我是为了这样的栗发的人工作着的……"

米郎也结婚了。

"容我把内人介绍给你们。"他从莫斯科回来，说着这话，便把一个蓝眼、痴肥、头发卷曲、头向侧斜的洋娃娃放在自己面前。他的妻子具着玩具一样的小尺寸，但是做得有点特别地真切。这在耶可夫的眼里给她添上了非真正女人的样子，却和一个瓷器的人形相仿。这人形塑在奥莱士卡叔父心爱的钟上，它的头打碎了，黏得稍稍斜些；钟放在镜架上面，那瓷像背着人，朝镜里看望。米郎宣布他的妻子名叫安娜，十八岁，但是对于他取得了二十五万卢布的嫁妆，而且她是纸厂主的独养女儿一层，却沉默着。

"人家这样才是结婚，"父亲嘟哝着，红赤的眼睛望着耶可夫，"可是你不知同什么女人搅在一起。而伊里亚却像垃圾似的被人家扫出去了。"

父亲艰难地走路，累重地摇晃着松软的、衰敝的躯体。耶可夫觉得这躯体使父亲的性子变坏，他故意对人们暴露出老人的裸体的作呕的丑陋。他穿着睡衣，不系腰带的晨袍，赤脚上套睡鞋，胸脯敞开，就像在女儿叶连娜面前走路，故意气她的情形一样。他有时到账房间去，坐了许久时候，妨碍耶可夫的工作，抱怨着说他把全部力气交与工厂和儿女，一辈子套在事务的石辗里面，在分心焦虑的烟雾里生活，不感到任何的快乐。

儿子听着，不说话，看到这些抱怨的话使父亲安慰，而同时把他吹成、扩大成钟楼的形状，早晨太阳看见它，比看见房屋早些，也同它最后辞别，走入夜里去。从这些抱怨的话里，耶可夫抽出了可为自己教训的结论：像父亲那样的生活是无意义的。

他又永远看见，在说够了抱怨的话之后，拥占着父亲的是一种热痒、侮辱人、取笑人的不安的愿望。他走到坐在通花园窗下的老妻面前，将无用的手放在膝上，空虚的眼瞪住在一个点上。他和她并坐，唠叨地说：

"你在想什么？你肥胖，却没有人看见你。达姬央娜同厨妇说话，还比同你说话客气得多。叶连娜忘记了，长久不来了，显然，又弄上新情人。伊里亚——在哪里呢！"

然而逗恼妻子是很闷损的，她的通红的脸上迅快地流着眼泪，好像泪水不仅从她的眼睛里流出，却从鼓紧的脸皮的各点上，从双层的、松软的下脖那里钻出来，在耳朵附近的一个地方渗透出来的。

"唔，又湿透了。"老人嫌脏似的嘟哝着，走了，朝她挥手，像挥去烟雾。不，她是不能使人逗趣的。

他并不逗耶可夫，但是儿子老觉得父亲持着侮辱性的怜惜心瞧着他。有时他叹气说：

"唉，你这白眼的人……"

米郎是不能用讪笑加以攻击的，父亲显然怕他，躲开他。耶可夫是明白这情形的。大家全怕米郎，工厂里，家里，从母亲和他的瓷器形的妻子，以至开大门的小孩格里士卡。米郎在院内行走时，他的长影似乎创造着周围的静寂。

取笑栗发的女婿并不快乐，这人自己会取笑自己，他显然愿意在别人打他之前先自己打击自己。达姬央娜怀了孕，身子发肿，神气活现地努翘嘴唇，饭后静卧下来，一口气读三本书，然后就出去游玩。丈夫和她并肩行走，像一只巴儿狗。

彼得吩咐套车，进城去逗兄弟和奇虹。耶可夫屡次听见他这样地做。

"怎么样，戴僧帽的大学生，把上帝抛弃了吗？"他朝着僧士起腻。

尼基大动了动驼峰，长手掌紧紧地抚摸锐尖的膝头，轻声而且可怜地说：

"唉，这又何必呢……"

"怎么叫作何必？你戴的不是那只帽子，你戴的是假帽子。你的衣服是虚假的。你是什么和尚？"

"这是我自己的灵魂的事情。"

"你闻烟丝。你输了，弄错了。你应该当时娶一个穷女郎、孤女，她会感恩地替你养些子女，你现在便和我一样，做了祖父。但是你竟干了那个勾当，你还记得吗？"

僧士慢慢地像一只大乌龟似的爬开。于是彼得·阿尔达莫诺夫便到奥洛瓦那里，对她讲奥莱士卡的酗酒和在博览会上的情形，但是这也并不使他感得有趣。小老太婆于丈夫死后被传染了一种坐不下的习惯，她老是走来走去，挪动木器，把物件从这地方搬到那地方，一面还向窗外看望。她走路时，头端直着，动也不动，虽然她的鼻上装饰着一架厚玻璃的眼镜，可是她在摸索中生活着，手杖触碰地板，右手向前摸着。对于老人的恶意的讲述，她冷笑着回答：

"随便你怎么说好了。对于我所知道奥莱士卡的一切，是再没有什么坏的可以贴上,好的可以添上的了。"

"他对于你说得很对:你是用一只眼睛看人的。"

"我两只眼睛都差不多看不见了。"奥洛瓦说,"我没有看见,昨天把他心爱的一只瓷杯在摸索里砸破了。"

彼得试一试逗奇虹·瓦洛夫,但这也是很难的。奇虹并不生气,斜看着,喉咙里咯咯地作响,简短且安详地回答。

"你活得很长远。"彼得说。奇虹有条理地回答:

"还有活得更长远的。"

"你为了什么生活着?你说!"

"大家都生活着的。"

"很对,但不是每个人都一辈子扫院,收拾垃圾的……"

奇虹有自己的思想。

"坐下来,就活到死。"他说。但是彼得没有听他,继续说:

"你同扫帚活了一辈子。你没有妻子、儿女,你没有任何操心的事。这是为什么?我的父亲曾给过你另外一个位置,但是你不愿意要,拒绝了。你这样固执是什么道理?"

"你问得迟了,彼得。"奇虹回答,朝旁边看去。

彼得生着气,坚决地唠叨着:

"你瞧,你活着的一辈子有多少人发财。一切的人都达到使自己舒服的目的,积蓄着钱……"

"积蓄着,积蓄着,积买到一个鬼。"奇虹说,把"着"字说得特别响。

耶可夫等候父亲生了气,骂奇虹一顿。但是他沉默了一会,喃喃地说些含糊不清的话,离开看门人走了。看门人虽然头发脱落,露出秃顶,皮肤成为单种颜色,带点黏土质,但并未遭受衰老的变换,依然身体结实,甚至取得了一种优美,而且用更加郑重、带着教训的口气说话。耶可夫觉得奇虹的说话和行为比父亲还带着"主人味"。

耶可夫自己越发明显地看出他在家属里成为一个多余的人，而唯一有趣的人却是一个陌生人，米卡。米卡在他看来既不傻，也不聪明，他是从这种估计里脱离出来，和别人不同的。性格暴躁，喜欢指挥人的米郎同米卡相处融洽，虽时常争论，却永不吵闹，而且争论时也很谨慎。家中从早到晚发出各种不同声音的呼唤：

"米卡！"达姬央娜喊。

"米卡在哪里？"母亲问。连父亲也探首窗外，呼吼着：

"米卡，是吃饭的时候了！"

米卡举着狐步在工厂里跑着，用厚毛尾巴似的可笑的话语、快乐的玩话，巧妙地扫去米郎同工人和职员们那种恼人的严峻。他称工人为朋友们。

"朋友，不是这样！"他对一个胡髭满脸、态度庄重的木匠头目说。他从口袋里掏出一本红皮的小书和铅笔，或是在木板上画着图样，问道：

"你看见没有？对不对？是这样吗？怎么样？弄对了吗？"

"对的，"头目同意，"但是我们全照老法子，习惯了……"

"不对，亲爱的人，应该习惯新的东西——比较有利些！"

头目同意着：

"对呀。"

米卡那种快乐地和事务相游戏的精神，颇像奥莱士卡叔父，他这人身上看不到所有者的贪心，他的快乐的诙谐很像木匠赛拉菲姆，这个父亲也注意到的。有一次晚餐时，米卡把在座的生气的情绪清除，扫荡了以后，父亲冷笑了一下，喃语道：

"我们这里也有一个'安慰者'……是的！"

耶可夫有一天在发生了父亲和米郎照例的冲突以后，米卡对米郎说：

"'可怕和嫌恶'同'可怜和联合'便成为纯粹俄罗斯的化学！"

他立刻就安慰道：

"但这是不要紧的！这快要过去，没落了。我们在做着清洁自己的工作。……"

休息日的晚上，在花园内饮茶时，父亲抱怨道：

"我没有什么休息日，活了一辈子！"女婿立刻放起焰火，流溅出金沙般的快乐的话语：

"这是您的错处，不是别人的！休息日是人给自己设立的。生活是一个美女：她要求礼物、娱乐，乃至一切的游戏，应该愉快地生活着。每天应该寻求些快乐的事情。"

他巧妙地说了许多时候，好像演奏箫笛，在座的人们全不响了。时常，人们听着他，似乎会睡着似的。耶可夫也感到他的话语的芬香，他体验到内中的真理，但是他想问米卡：

"但是你为什么娶不美丽而且愚蠢的女郎呢？"

耶可夫看出在他对于妻子的态度里有一点虚假，太客气且着重的关切；耶可夫觉得他妹子也感到这虚假。她悲郁地、沉默地生活着，十分容易惹气，而且时常和米郎热闹地谈论政治，却不大和快乐的丈夫交谈。除了政治以外，她是不会谈什么的。

耶可夫有时心想米卡并不是从快乐、无忧的国土里出来的，而是从一只深黑、烦闷的坑内跳了出来，闯到不相识的，对于他完全新颖的人们前面，为了到底达到了的快乐，在他们面前舞蹈，说笑话，对于他们的富裕深为感动，而且有点惊讶。就在他的这种惊讶里耶可夫注意到一点愚蠢：一个男孩走进了玩具店里时是这样惊讶的，但是这个男孩是聪明的，立即分辨出哪一种玩具好些。

家中和工厂里一切人中间，有两个人确定地不爱达姬央娜的丈夫的是尼基大和奇虹·瓦洛夫。耶可夫问奇虹喜欢不喜欢米卡，看门人安静地回答：

"不信实的人。"

"什么?"

"一只苍蝇。坐在一切的烂东西上面。"

耶可夫坚决地追问老人许多,但是他终于没有说出一点明白的话:

"你自己看见的,耶可夫,"他说,"你看见的,这人很会装样。"

僧士也这样说着。

"他这人火性很大,"他叹了一口气又说,"我看见许多这类能言善语的人。他们尽搅乱别人,自己也被话语搅缠住了。你对他说东,他偏要说西……是的,是的。"

听得奇怪的是这个温良的丑人生气地说话,几乎带着完全于他本性不适合的恶意。更使人惊讶的是奇虹与叔父对于达姬央娜的评价完全一致,两老人平日并不和谐,陷于一种显明却是沉默的仇恨之中,几乎互不交谈,互相躲避。在这上面,耶可夫又看出了他最感厌烦的人类的蠢性:这种人明天就要被死亡颠覆的,还有什么不相和谐呢?

尼基大叔父快要死了。耶可夫觉得父亲在努力促成这事,每次遇见僧士时,他总要讥刺他,责备他:

"我在人世一辈子活着像一条公牛,你却像一只猫。大家都张罗着让你暖和些,舒适些,甚至好像看不见你是驼背。大家全把我当作恶人,我哪里是恶人呢?我一辈子……"

僧士将头缩进驼峰里,咳嗽一声,请求道:

"你别生气。"

对于父亲,对于他的裸露的,好像涂上肥皂的,蒙着一层灰白细毛的胸脯所生的嫌脏的感觉也妨碍耶可夫的生活,这感觉是极难掩藏的。他有时提醒自己:

"父亲。我是他生出来的。"

但是这也不能将父亲装饰起来,不能消灭对于他的嫌脏,甚至还含着点可生气的、使人侮辱的感觉。父亲几乎每天进城好像就为了监督僧士的死。他喘着气,艰难爬上阁楼,坐在僧士床旁,红肿的眼盯住他。

尼基大默不作声，咳嗽，锡样的眼神望着天花板。他的手开始不安静，不住地抽拉袈裟，从上面摸取肉眼看不见的东西。他有时站起来，咳嗽得喘不过气来。

"咳出脆音了吗？"哥哥问。

尼基大爬到窗前，手抓着哥哥的肩，还抓住床背、椅背；袈裟挂在他身上，像破桅樯上的帆。他坐在床旁，张开嘴，看望下面的花园和远处深黑的、含怒的、马鬃般的树林。

"好了，休息休息吧。"哥哥说，拉着枯萎的耳根，走下楼去，通知奥洛瓦道：

"咳出脆音了。快了……"

肥胖的僧士玛尔达里神父来了，力劝送尼基大到修道院去。根据某种章程，他应该死在那里，而且必须葬在那里；但是驼子劝奥洛瓦道：

"等我死后再运去好了。"

驼子再三哀求着：

"棺材盖做得高些，不要压紧。千万别忘啦？"

战争开始前四天，他死了，死前的一天要求家人通知修道院：

"让他们来接我，他们到的时候我就会死的。"

死的那天早晨，耶可夫扶着父亲到阁楼上去。父亲画着十字，注视黑暗的、灰烬似的脸和半闭的眼睛，陷下的嘴。尼基大不自然地大声说：

"恕了我吧。"

"你怎么？为了什么？"彼得·阿尔达莫诺夫喃声说。

"为了我的孟浪的举动……"

"恕我吧。"彼得说，"我有时同你开玩笑……"

"上帝是不会责备玩笑的。"僧士微语。彼得停顿了一下，又问：

"你现在怎么样呢？……往哪里去？"

"我忘记了，"僧士匆忙地说，打断哥哥的话，"耶可夫，你对奇虹说一声，叫他把凉亭旁边的枫树锯了去，这枫树是长不高的……"

耶可夫听着这种过分真切的嗓音，瞧着胸骨非人形地耸高，好像匣子的角，感到十分难受。总之，在这一堆裹着黑衣，手内持铜十字架的不动的骨架里，毫无人形的遗留。耶可夫很可怜叔父，但是心里总要想：老人和一切家人都要在众人面前死去，这种规矩有什么道理？

父亲怕他兄弟还要说什么话，等了一会，才由耶可夫搀着手，默默地低下头，走出去了。在楼下，他说：

"快死了。"

"是吗？"米郎问，坐在桌旁，一大张报纸遮住半个身子。他问着话，眼睛没有离开报纸，但是，后来将报纸朝桌上一扔，对坐在角落里的妻说：

"我是对的，你看！"

他的圆圆的身体的妻子滚到桌边。母亲坐在窗前，害怕地问：

"米郎，果真，果真发生战争了吗？"

"第二个阿尔达莫诺夫又完了。"彼得大声提醒着。

"自然是扯谎。"米郎对妻或耶可夫说。耶可夫正在俯身就着报纸，读惊慌的电报，心里猜度着：这一切将对他发生什么危险？彼得·阿尔达莫诺夫摇着手，到院子里去，院内太阳把地上的石块烤得烫热，热钻进绒靴的软底里去。窗里流出米郎教训式的、严肃的话语；耶可夫站在窗前，持报在手，看见父亲举起红红的拳头向什么东西威吓着。

第三天清早，僧士们来了，一共七个人，全是不同的身材和腰围。耶可夫对他们分辨不清，好比新生的婴孩似的。内中只有一个人，身子最高最瘦，长着浓密的胡须，带着对于僧士，又对于这件事不相配的洪响、快乐的声音，在众人前面走路，手持黑大十字架，仿佛是没有脸容的：他的头发秃光，鼻子在脸颊上浮游，除去秃头和胡须之间有两个小黑酒窝以外，脸部上什么也没有。他走路时慢吞吞地举腿，像是瞎子，他唱出三种声音：

"神圣的上帝"低声，近乎 Bass（低音）；

"坚定的神圣的"，高些，带点 Tenor（中音）；

"神圣的，不死的，赐恩惠于我们！"唱得那样响亮，连赶在前面快跑的小孩们都惊讶地望他的胡子，一个看不见、唱出三音的嘴的容器。

出殡的行列从街上出广场时，发现广场上挤满了市民们、后备兵、玛尔文中尉的兵丁，还有不多的官员和僧士在一群人的中央。冷酷的中尉像在阅兵礼时一尊石像似的站在兵丁前面，太阳照耀着他；圆锥形的神父和教堂执事们也像金像般站着，在太阳下溶化，袈裟的光辉也落在玛尔文中尉身上；一个肥胖的、带着净铁般脑袋的军官挥摇军帽，在读经台面前跳跃。

三种音调的僧士摇着黑十字架，在人墙前面止步，用低音说：

"散开些！"

然而人们没有在他面前，却在一匹警察副区长埃开的栗色的、高大的马前面散开了。他挥着白手套，驱马到僧士身旁，马横在街头，用责备的、生气的声音喊道：

"往哪里去？你们没有看见？往回走！"

僧士举高十字架，拉长着调子说：

"神圣的上帝……"

"万岁！"军官喊，广场上的全体民众发起好几种声音，疯狂地喊：

"万——岁……"

埃开站在马镫上面，也喊道：

"彼得，请你绕小胡同！绕着走！米郎，请求你。这地方十分兴奋，你怎么能这样？"

彼得站在棺材前面，由妻子和耶可夫扶住，仰头望埃开的木脸，阴郁地朝抬棺材的僧士们说：

"转弯走吧，神父们……"

他哭着补说一句：

"显然是最后一次下命令了……"

这一切耶可夫觉得不大体面,甚至有点可笑,但是弯进鲍里娜住的胡同里去的时候,他看她迎着殡葬的行到迅快地走来,穿着白衣,撑了玫瑰色的洋伞,匆快地在凸出的、紧绷的胸脯面前画着十字。

"她欣赏玛尔文去了。"他立即猜到,惹恼得喘气。僧士们走得快些,黑须的那个唱得轻些,阴郁些,至于歌唱班完全不响了。市外屠宰场对面停着一辆奇怪的大车,盖上黑呢,套好两匹杂色的马,棺材放在车上,开始做追悼祭。然而从街上,好像从喇叭管里,传来声势浩大的铜器的吼声,音乐奏着"上帝佑吾皇",三所教堂的钟叩响着,流来了一阵阵灰尘似的、烟云般的咆哮:

"呀——呀——呀——呀!"

耶可夫觉得他听见了玛尔文中尉指挥的声音:

"立正!"

追悼祭后又得回到婶母的家去,在遗念桌旁坐了许久时候,听父亲生气的怨语:

"哪一个傻子吩咐把大车放在屠宰场前面?"

"警察,警察。"米卡安慰他,还解释道,"您知道,这不大方便。一面是民族的兴奋,另一面却是灵车,不大配的……"

米郎舔去唇上的微笑,对耶古夫莱夫医生说(在艰难的、不愉快的日子里,他特别地显露在人前):

"假如我们都仰着肚子倒下来,像银公爵里的米奇加……总而言之,世上的一切是以数字的比例决定的……"

"技术来决定的。"医生反驳。

"技术吗?是的……但是……"

到了晚上九点多钟,耶可夫才从这闷损的麻烦事情里脱身出来,跑到鲍里娜的家去,心里感到从来没有的,在这时间以前没有体验到的恐慌,预感到将生出一点不寻常的事来。这事情果真发生了:

"喔唷。"鲍里娜的厨妇说,当耶可夫从院子里走过,走进厨房里的时候。她说完了,就沉重地坐落在炉旁板凳上面。

"下贱的拉牵的女人。"耶可夫回答,站在屋门外,倾听明晰的、兵士式的步声和熟识的军人的声音:

"所以应该要考虑一下,是,或不是?……您考虑一下吧!"

"还称呼您,"耶可夫忖度着,"也许还没有出事。"

然而打开门,站在门限上,他立刻相信一切业已发生过了。冷酷的中尉严厉地皱紧眉头,站立屋子中央,军裤纽扣解开着,手插在袋里,军裤下面看得见背带,一根带子从裤子的纽扣上离开;鲍里娜坐在沙发上面,脚压在脚上,一只脚上的袜子像螺旋样子似的褪了下来,她的活泼的眼睛显得不寻常地圆,漾出厚厚的红润的脸涨得通红。

"怎么样?"冷酷的中尉问,这问话完全证实了耶可夫的一切疑团。他往前走一步,帽子扔在椅上,用自己不认识的、脱口而出的声音讲话:

"我从殡葬上回来……从追悼宴上……"

"是吗?"中尉用主人的口气反问着。鲍里娜欠直身子,香烟摇晃着,吐出一口烟,并不像做错事似的,却是不介意地说:

"伊鲍里脱·赛尔诺维奇劝我去做看护妇……"

"做看护妇吗?嗯,是的,"耶可夫说冷笑了一声。冷酷的中尉当时朝他走了一步,明朗地问:

"这冷笑是什么意思?请您记住:我是不,不爱吹牛的!不,不能忍受的!"

在这两三分钟里,耶可夫感到从他身上通过一阵气恼、恶狠的热流,遗留下一种压迫的、近乎悲苦的意识,意识到这小女人为他所需要的,正和他躯体上任何部分一般,他是不能允许她脱离掉的。由于这意识,怒气又回到他的身上,他发着冷,站起身来,手插进袋里:

"不许走近来!"他警告中尉,感到他的眼睛瞪得发痛。

"这,这是为什么?"中尉问,又走了一步。他这种爱叠句的讨厌的习惯,耶可夫素来不大喜欢,现在把他引到疯狂的地步,他想把手伸出袋里,喊:

"我要杀死你!"

玛尔文中尉抓住他的手,痛苦地掐着手腕,手枪在口袋里沉沉地发了一枪。耶可夫的手发出剧烈的痛,好像手肘间折断了似的,后来从口袋里挣脱出来。中尉从他的手指里夺去手枪,扔在沙发椅上,说道:

"没有成功!"

"耶可夫,耶可夫!"彼得听到洪响的微语,"伊鲍里脱·赛尔诺维奇,先生们!你们发疯了吗?为了什么?这是闹乱子!为了什么?"

"唔,唔,"冷酷的中尉吼叫起来,拉住耶可夫的胡须,往下揪着,让他鞠躬下去!"赔……赔罪……傻瓜!"

他每说一个字,就把胡须往下拉一记,后来又朝下颚轻声的一击,让那把胡须举将起来。

"唉,唉,真是难为情!"鲍里娜微语,拉中尉的手肘。

耶可夫的右手不能动,但是紧咬牙根,用左手推开中尉。他吼叫着,脸颊上流着耻辱的泪。

"不许触动我!"中尉喊,推他一下,让他坐在沙发椅上,手枪上面。耶可夫手掩脸,忍住眼泪,在半昏晕的状态中闭住气,头脑里轰响,听不大见鲍里娜的喊声。

"我的上帝,这真是不体面!你们,你们怎么这样!真是乱子!为了什么?"

"滚你的蛋,小姐!"中尉发出生铁的声音说,"拿一个卢布去,作为快乐的代价。这,这是很够的了!我不喜欢吹牛,你是最寻常的一个女子……"

中尉用沉重的脚步跺着地板,拍响着门,出去了,遗留下挂灯上玻璃的碎响和鲍里娜简短的尖叫。耶可夫站住松软的腿跟,两腿弯曲,全身抖索,像受了凉;鲍里娜站在灯下屋子中央,她的嘴张大着,她瞧着手里污秽的钞票,喘着气。

"混蛋,"耶可夫说,"你为什么做这种事情?你还说过……应该打死你……"

女人看了他一眼,把钞票扔在地上,带着惊讶,用哑嗄和拉长的声音说:

"真是混账东西……"

她坐到沙发椅上,弯腰,手捧住头。耶可夫举拳击打她的肩膀,喊道:

"把手枪给我……"

她动也不动,还是那样惊讶地问:

"那么你爱我吗?"

"我恨你!"

"你瞎说!现在你还爱着!"

她迅快地跳到他身上去,耶可夫竟来不及推开她,她抱他的颈脖,用紧咬似的亲吻,带着疯狂的固执,炙烧他的皮肤,热气吹进他的眼里,嘴里微语道:

"瞎说,瞎说,你是爱的。我也是这样!唉,你这柔软的,我的咸人儿……"

"咸人儿。"她的心爱的亲热的字眼,只到了最强烈的兴奋的时间内才说出来,永远使耶可夫醉得生出一种甜蜜的温柔的兽性的冲动。在这时候也是如此。他揉她,掐她,吻她,喘着气,喃声说:

"下贱东西。讨厌的。你知道……"

一小时以后他坐在长沙发上,她躺在他的膝旁。他摇着她,惊讶地想:

"一切都很快地过去了!……"

她疲乏地说:

"我生了气,想扔弃你。你尽忙着自己的事,办什么丧事,可是闷得要命。我也不知道你爱我不爱。现在你会强烈地爱,因为你会吃醋,在有了醋心的时候……"

"最好离开这儿。"耶可夫疲乏地说。

"是的。去巴黎,我会说法国话。"

他们没有点灯,屋内又黑又闷。后备的兵士们、女士们,在街上呼喊,虽然天色已到了深夜。

"现在国外是去不成的了,那里有战事。"耶可夫忆起来了,"战争,真是要命……"

女人重又说起自己那套话来:

"唯有狗相爱是不吃醋的。你看,一切的戏剧、小说,全是从吃醋里出来的……"

耶可夫冷笑着,抖索了一下:

"手枪射得还好,子弹会击中我的脚,现在只是裤子上有了一个小洞。"

鲍里娜将手指伸进小洞里,忽然呜咽地哭了,带着静静的却是恶毒的恨意说道:

"可惜你来不及把他击死,朝他那个紧绷绷的、橡皮似的肚腹上面!"

"不许说!"耶可夫说,强烈地摇她的身体。然而她继续从牙缝里发出啸声,还是凶狠地说:

"混蛋!臭骂了我一顿!你们这些人全是……你们一点也不懂得女人!"

翘起肿肿的嘴唇,露出紧咬的狐狸似的牙齿,她补说道:

"即使女人变心,这并不等于她不爱这男人呀!"

"你闭嘴,我说。"耶可夫喊,掐得她呻吟起来:

"喔唷,我感到,你是爱的!耶可夫,我的咸人儿!……"

黎明时他举着轻松的步伐,离开她家,感觉自己是一个人,在危险的游戏里赢到了一点珍贵的东西。更加增强他心脏跳动的还有以下的事实:他临走时问鲍里娜要她藏起来的手枪,她不肯给他,他不得不说他没有手枪不敢出门,当时告诉她那件诺司可夫的历史。鲍里娜的惧怕使他十分高兴,她的心神骚乱使他确信她确是珍重他,爱他。他叹气,摆手,责备她说:

"为什么你没有对我说这件事情?"

于是她惊慌地计较起来:

"侦探——自然这是很有趣的!譬如说,福尔摩斯侦探案,你读过没有?但是我们这里的侦探一定也是混蛋,对不对?"

她把手枪交还给他,想查一查,手枪还能射击不能,便劝耶可夫朝打开的壁炉上放一枪。耶可夫只好伏身在地板上面;她也躺下来。耶可夫开枪,一阵煤灰生气地从壁炉里吹到他们身上,鲍里娜啊呀地喊了一下,滚到旁边去,后来举起手掌,轻声说道:

"你瞧!"

在油漆的地板边上有一个深斜的小洞。

"你想一想,死神钻到那里面去了!"鲍里娜说,叹了一口气,皱紧细描的眉毛。

耶可夫还从未看见她这般可爱,从未感到她这般亲近自己。在他讲述诺司可夫的事情的时候,她的眼睛露出孩子气的惊讶,在她的少女形的尖尖的脸上已经没有一点点的恶意。

"她并不感到错处。"耶可夫惊讶地想,这使他感到愉快。

她送他走时,摸着耶可夫的胡须,说道:

"唉,耶可夫,耶可夫!原来这个样子!我们是正经的吗?唉,我的上帝……但是这个混蛋!"

她的手掌握成拳头,摇撼着。她恨恨地,抱怨着:

"老天爷,有多少混蛋在世上!"

忽然她抓住耶可夫的手，忧郁地皱紧眉梢，轻声说：

"等着，等着！这里有一个姑娘，啊，是的！"

她脸上露着笑容，对耶可夫画着十字，放他走了：

"去吧，咸人儿！"

早晨是凉爽的，有露水；吹着黎明前的风，绿珠色的天呼吸出苹果的香味。

"她自然是一赌气才犯了淫，等父亲一死，就娶她。"他宽容地想，立即忆起"安慰者"赛拉菲姆可笑的语来了：

"一切女人全好像快沉入水中似的，看见一根干草也要抓一把。你去捉她就是了！"

一想到冷酷的中尉，使他生出惊惶，他不像一根干草，生了气，大概要做点下贱事情出来的。但是中尉不久就要出发去打仗。耶可夫想起诺司可夫居然也安静了一点，虽然他仍旧疑心地环顾，细心倾听，口袋内握住手枪柄，诺司可夫是时常在这个时间内捕捉耶可夫的。

过了两星期，对于猎人的恐惧重又像煤气的浓烟般拥占耶可夫的全身。星期日，耶可夫视察向伏洛博诺夫买来用作劈砍的树林，看见了诺司可夫，从丛林里出来身上挂着捕机，背后扛着麻袋。

"幸福的遇合。"他说着，走近拢来，除下帽子——他照兵士的式样戴帽；帽顶的圈子折到右眉上，脱下来时不握住鸭舌，却拿着帽顶。

耶可夫不去回答他的奇怪的问候，在这里面感到了威吓，咬紧牙齿，紧捏住口袋里的手枪。诺司可夫也沉默了一分钟，手指摸弄帽子的里层，不看耶可夫。

"嗯？"彼得问。诺司可夫抬起狗眼，摸竖直的坚硬的头发，明晰地说：

"您的爱情，就是潘拉该亚·安特列也夫纳同司拉特阔潘夫且瓦神父的女儿认识了。您最好对她说，叫她不要和她相交。"

"为什么？"

"是这样的……"

猎人听着城内的钟响,补说道:

"我是从心灵里劝告,希望您好。您可以赏给我……"

他望着天空,数道:

"三十五个卢布。"

"我要打死这狗!"耶可夫心里想,一面数着银钱。

猎人收下钞票,拐着腿转弯,铁制的捕机撞击得发响,没有戴帽,就钻进林内。耶可夫感到这人使他更加不愉快了。

"诺司可夫!"他大声唤。诺司可夫已被松枝掩没半身,当时站住了。耶可夫对他提议:

"你最好停止做这件事吧!"

"为什么?"诺司可夫问,头伸到前面,耶可夫觉得在诺司可夫空虚的眼睛里闪耀着一点惧怕或很恶毒的意思。

"危险的事情。"耶可夫解释。

"必须会做,"诺司可夫说,眼睛的光焰熄灭了,"对于不会的人——什么都是危险的。"

"随便你吧。"

"您说这话,违反了自己的利益。"

"在仇恨之中,有什么利益可说的。"耶可夫喃语,后悔他同侦探谈起话来了。

"同他讨论什么,你这疯子……"

诺司可夫教训似的说:

"没有这个活不了的。每人有自己的仇恨,自己的需要。再见吧!"

他转身背着耶可夫,钻进浓绿的松树里去了。耶可夫听他拨开有刺的树枝,干枝脆响着,便迅快地走到林道上,一匹套着弹簧马车的马等候着他,便赶着进城去见鲍里娜。

"真是坏蛋!"鲍里娜近乎喜悦地惊讶了,"已经打听出她常到我家来的事情了吗？真行呀！"

"为什么你同这类人交朋友？"耶可夫生气地责备。但是她也生气地拉胸间黄色的薄纱围巾，叽叽咕咕地说：

"第一层：这是为了你！第二层：是叫我养猫、狗，姘玛尔文吗？我一个人住在家里，像住着牢狱，没有人伴着上街。她这人还有趣，她借小说、杂志给我，研究政治，讲解一切的事情。我曾和她在博博瓦的中学校里同过学，后来我们相骂了……"

指头触他的肩膀，她更加惹恼地说：

"你心想过秘密情妇的生活是轻松的吗？司拉特阔潘夫且瓦说情妇像一只橡皮套鞋，在地上污秽的时候是用得着的。她同你们的医生来往，他们并不隐瞒，你却把我藏起来，当作隐疾看待，你不好意思，好像我是斜眼或驼子，但我并不是丑物……"

"等一等，"耶可夫说，"我会娶你的，我说的是正经话，虽然你是一只猪……"

"我们两人，谁比较有猪相，还是问题呢。"她喊着，孩子气似的哈哈大笑，重复着说，"猪相呀，蠢相呀，弄乱了！我的咸人儿……亲爱的，不贪心的！别人也许不作声。这侦探是于你有益的……"

耶可夫照例心神安宁地离开她的家里。过了七天，清早时候，计时员叶拉更，小小的身材，雀斑脸，歪鼻子，报告说黎明时职工们曳网捕鱼时，一个织工莫尔特维诺夫想去救落水的猎人诺司可夫，几乎也淹死了，现在躺在医院里面。耶可夫听着鼻音腔的报告，伸腿坐着，为了把两手深藏在袋里，他的手抖索起来了：

"他们把他淹死了。"他心里想，设想着莫尔特维诺夫带着一副柔和的女人的脸，决不相信他会杀死什么人的。

"幸福的事件。"他心想，轻松地叹气。鲍里娜也同意着这是幸福的事件。

"自然这样是最好的。"她说，正经地皱眉头，"因为如果用别种方法把他杀死，那么一定要闹嚷起来的。"

但是她又惋惜起来：

"有趣些是把他捉住，让他忏悔，再把他绞死或枪杀，你读过的……"

"你尽说无聊的话，鲍里娜。"耶可夫打断她。

过了几个静谧的日子，耶可夫到伏尔哥洛特去了一次。等他回来后，米郎开心地皱眉，说道：

"我们这里又发生一件肮脏的历史，埃开奉到省里的命令，开始侦查猎人淹死的情形。莫尔特维诺夫、基略可夫、伙夫克洛托夫——那个小丑角，凡是同猎人一块儿捕鱼的人全被捕了。大概他们看出内中有点政治性质。……自然这不是什么撕破了耳朵的事情……"

他在钢琴旁站住，手指玩弄眼镜，眯细的眼睛朝角落里看望。他穿着揉皱的瑞典式的短褂，栗色的裤子，高及膝盖、蒙着尘埃的皮靴，颇像一个机器匠。他的剃得干净的，耸骨的脸颊和剪短的胡子像一个军人。无论他说什么，或怎样说，他的不大动的脸差不多是不变的。

"疯痴的时代！"他凝虑地说，"我们加入了新的战争。我们的打仗照例是为了使眼睛避开看见自身的愚蠢。同愚蠢交战呢，不会，也没有力量。工党想在农人的土地上面夺取政权。名列这党内的有商人的儿子伊里亚·阿尔达莫诺夫，一个负有完成使国家工业上、技术上欧化的伟大事业责任的阶级里的人。离奇上面的离奇！背叛阶级利益应照刑事罪处罚，实际上这是叛国……对于知识分子郭里慈魏托夫，我是了解的，他没有任何关系，自身不知向何处容留，因为他没有能力，不爱劳苦，只会读书，谈论。我以为俄国的革命事变，是无能的人们所做的唯一的事。……"

耶可夫觉得米郎说话时，看见满屋的人在他前面，他不停地眯小眼睛，终于完全闭住了。耶可夫停止听他的话，想着自己的事：侦查诺司可夫事件的结果如何？会不会牵到他，耶可夫身上？

米郎的妻子怀了孕，像一只五星柜，看了丈夫一下，用疲乏的声音说：

"去换衣裳吧！"

米郎听命唯谨地把眼镜架在鼻上，走了。

一个月，差不多所有被捕的人全释放了。米郎用不许反驳的严厉口气对耶可夫说：

"把他们都开除。"

耶可夫已经早就不自觉地习惯于服从米郎的严肃的命令，这还方便些，卸除对于厂务的责任，但是他到底说道：

"那个伙夫应该留下来。"

"为什么？"

"他这人是快乐的，可以使人们解闷。"

"是吗？也许留下好。"

米郎舔着嘴唇，说：

"丑角确是有用处的。"

有的时候耶可夫觉得大致一切都好，战争把人们压得紧紧的，大家都静谧凝想起来。但是他已经习惯了经历不愉快的事情，预感到一切对于他尚未完结，模糊地期待新的事情的发生。期待并不很久，城里重新出现了涅司铁连阔，手携高身的女太太，像魏拉·博博瓦。他在屋上遇见耶可夫，远远地就盯看了一眼，走拢来时，互相问候以后，问道：

"一小时后，您能不能到我那里来一趟？我住在丈人家里。您知道，我的太太快死了。所以我请您，不要在大门上按铃，免得惊吵病人，您可以从院子里进来。再见吧！"

这一小时是累重，而且不自然地长，耶可夫·阿尔达莫诺夫累乏地坐在一间放满书橱的屋内椅上的时候，涅司铁连阔侧耳静听了一下，轻声说：

"我们的朋友被人弄死了。这是无疑的，虽然没有证据。做得很巧妙，可以嘉奖的。现在有这件事：您的心上人潘拉该亚和司拉特阔潘夫且瓦小姐相识，这位小姐最近在伏尔哥洛特被捕了。她是不是相识的？"

"我不知道。"耶可夫说，立刻全身出汗。宪兵军官把手端到鼻子旁边，一面审看指甲，一面很安静地说：

"您知道的。"

"大概相识的。"

"这就对了。"

"他需要什么？"耶可夫猜想，蹙额看那张灰色的、凸出红筋的、扁平的脸，宽阔的鼻子，模糊的眼睛，从这眼睛里好像渗出严重的烦闷，流出强烈的酒气。

"我和您说话并不是正式的，只像一个朋友，希望您好，还关心您的事务上的利益。"耶可夫听着嘶嗄的话语，"你瞧，就是这么回事，我的尊贵的……枪击手！"宪兵军官冷笑一下，沉默一会，就解释道：

"我说枪击手，因为我还知道您有一次不成功地使用了火器。事情是这样的：司拉特阔潘夫且瓦小姐同潘拉该亚——您的心上人相识。现在请您考虑一下，猎人诺司可夫的事务性质，除去你我以外，是谁也不会知道的。我是这相识的锁链里之外。诺司可夫并不傻，虽然性子是松软的……"

涅司铁连阔叹了一口气，朝桌子底下看了一下：

"一切事情是没有永久的。现在剩下了——您……"

耶可夫觉得从军官的嘴内出来的不是言语，却是柔细的、看不见的绳索。这绳索套他的颈脖，捏得非常紧，使胸脯发冷，心脏停跳，周围的一切摇曳怒吼，像冬日的狂雪。但是涅司铁连阔显然故意慢吞吞地说：

"我以为，我差不多相信，您在言语间有点不谨慎，是不是？您想一想看！"

"不。"耶可夫轻声说，怕他的嗓音露出真情来。

"真的吗?"军官问,红手指挥摇着胡子。

"不。"耶可夫摇头,重复说。

"奇怪,很奇怪。但这是可以改正的。现在应该用另一个人,于你们有益的人代替诺司可夫。有一个名唤米娜也夫,会到您那里去,您能不能雇用他?"

"好的。"耶可夫说。

"这就好了。完了。请您谨慎些!不要对任何太太们说,一句也不要说!明白吗?"

"他像同小孩、傻瓜说话似的。"耶可夫想。

以后宪兵军官说秋天飞鸟的时期临近,又说战争、妻子的病,现在他的妹子服侍他妻子。

"但是应该要准备更坏的情势。"涅司铁连阔说,抓住胡须,举到厚厚的耳根上面,上唇也随着微举,露出黄澄澄的牙骨。

"快逃走。"耶可卡想,"他会把我弄进圈套。离开这里。"

"滚你们这些人的蛋。"他心想,在奥卡河岸旁行走。"你们于我有什么用处?什么用处?"

细雨,秋天的预报者,懒洋洋地在地上散播,黄澄澄的河水起了涟波。和暖到使人呕吐的空气里有一点更加增加耶可夫悲哀的气息。难道不能生活得安静、随便,没有这一些无用的、无意义的惊慌吗?

然而月份沉重而多量地载着一些异乎寻常的惊慌状态,鱼贯地移动,像重载火车一般进入严冬的风雪里去。

莫洛作夫家里的一个扎哈尔,从战场上回家,胸前挂着"葛渥尔基司基"十字勋章,烤焦的秃头上全是红疮疤,耳朵被揪去了一块,右眉的地位上有一条红疤,疤底下藏着一只被压折的、死人似的眼睛,另一只眼睛露出严厉、注意的神情。他立刻同伙夫克洛托夫熟识。"安慰者"赛拉菲姆的跛足的学徒奏唱起来了:

"唉,风呀,雨降,

卧在壕沟里。

拼命地帮忙

替欧洲打仗!"

耶可夫问莫洛作夫:

"怎么样,扎哈尔,我们打得不好吗?"

"没有什么好的。"织工回答。他的声音像大胆的狗叫似的,话语里听出伙夫的小调一样狠心的无耻。

"我们这里没有主人,耶可夫,"他朝着主人的脸说,"做主的全是恶徒。"

这人和伙夫瓦喜卡两人有点特别地显著了起来,好比在黑暗的秋夜里点燃着的街灯。快乐的达姬央娜的丈夫穿着口袋宽阔得可笑的裤子,裤子的颜色和扎哈尔的破烂大衣相同。伙夫看了他一眼,唱道:

"这真是笨蛋用的裤子!

立刻看出了区别:

这一条长出脑瓜,

那一条长了屁股!"

使耶可夫惊讶的是妹夫对这嘲笑并不生气,只是哈哈大笑,显然鼓励伙夫再做些话语的捣乱行为出来。工人们也笑了。后来扎哈尔·莫洛作夫把一只茸毛的小狗领到院里来,它的绒毛的尾巴英雄气概般翘到背部,尾巴的末端系着白色的"葛渥尔基司基"十字勋章,在那里摇晃不已。当时工厂里的人全哈哈大笑。米郎受不住这样的恶作剧,警察将扎哈尔逮捕,小狗落在奇虹·瓦洛夫手中。

市街上走着跛腿的、盲目的、断手的和各色各样破折的人,全穿着兵士的大氅。周围的一切染成他们的衣裳的脓水似的颜色。城里的太太们领这些四肢残破的兵士一同去游玩。细瘦身材,像扫帚一样的魏拉·博博瓦指挥着这些太太们,她也吸引鲍里娜做这些事,但是她摇头喊嚷,还抱怨道:

"不,不,我不能够!这太不好看了!你瞧,耶可夫,他们全年轻,健壮,可是全都得了残废,他身上那股味气,我真受不了!喂,我们走吧!"

"往哪里去呢?"耶可夫悲哀地问,看出他的女人更加容易惹恼,抽许多许多的烟,嘴里呼吸着苦焦的气味。总之,城中,特别是工厂里,所有的女子全变得恶狠,尽嘟哝,叹气,抱怨生活程度的高贵;她们的丈夫们呼啸着,要求增加工资,却工作得更坏了。工人的村落晚上更见喧哗,照新的样式哄闹着,怒喊着。

举止严肃的铜匠米娜也夫在工人中间闪来闪去,这人有三十多岁,皮肤黑褐,鼻子巨大,像犹太人。耶可夫畏葸地躲开他,竭力不和铜匠的眼神相遇。这铜匠的黑眼向一切的人们看望,似乎忘却了什么,不能忆清似的。

父亲在院内泅游,像污秽的碎木块一般,勉强移动着病足。现在,在他的宽阔的肩上披了一件旅行用的狐皮大衣,皮子全磨得平平的,他止住人们,厉声询问:

"你往哪儿去?"

人家回答后,他挥手喃语道:

"嗯,去吧。游手好闲的人们!臭虫们,你们靠我的血生存着呢!"

他的紫藤色的、浮肿的脸,嫌恶地抖索着,下唇塌了下来。妹妹达姬央娜整天翻阅报纸,也是害怕到耳朵永远发红的地步。米郎像小鸟般飞到省里、莫斯科、圣彼得堡等处,回来后跺着美国皮鞋的宽后跟,幸灾乐祸地讲述一个酒醉的、荒淫的农人,像水蛭一般吮咬着皇上的身体。

"这个农人我不相信是活的!"眼瞎了一半的奥洛瓦固执地说,同儿媳并坐在沙发上面,她的两岁的儿子伯拉东在沙发上喊叫,乱动,"这是故意造出谣言,做一个譬喻……"

"这真有趣!"快乐的达姬央娜的丈夫说,"这真新奇!乡村在报仇！啊？"

他喜悦地擦肥胖的、长满栗色茸毛的手。他一个人带着信心等待什么节日。

"我的天！"达姬央娜恼怒地喊，"什么东西使你喜欢？我真不明白！"

米卡惊讶地张嘴喊道：

"怎么？你不明白吗？那么你该明白！乡村对于所忍受的一切是会报仇的！它以这农人为代表，制成了破坏一切的毒质……"

"等一等！"米郎皱眉说，"最近你还说着另一种话……"

但是米郎近于疯狂地吞咽着说出来的话语，用极感动的微语说道：

"这是——象征，并不完全是——农人！三年前，他们庆祝皇朝三百年纪念，那不是……"

"胡说八道。"米郎厉声说。耶古夫莱夫医生照例冷笑了一下。耶可夫心想要是这类话让宪兵军官知道了的时候……

"为什么尽说这类话？"他问，"有什么意义？"

他注意到米郎也是精神异常地散漫，而且显得惊慌，这特别使耶可夫感到不快。所有的人中间，只有米卡一个人到底还带着原来的样子，还是像陀螺似的旋转，溅出玩笑的话语，晚上奏着弦琴，唱道：

"我的妻子在棺材里……"

但是达姬央娜已经厌听他的小调：

"真是讨厌死了！"她说着，便去找儿女去了。

米卡懂得巧妙地安慰工人。他劝米郎在乡下收买面粉、豌豆、马铃薯等物，照本卖给工人们，只加上运费和损折。工人们很喜欢这个办法，耶可夫开始明白工厂对于这快乐的人比对于米郎相信多些，耶可夫也看出来米郎时常和达姬央娜的丈夫吵嘴……

"你愿意顺风转舵，是不是？"米郎清清楚楚地问，不隐瞒着忿恨的心情。米卡微笑着回答：

"人民的意志……人民的权利……"

"你究竟是谁?"米郎喊。

"你们闹嚷得也够了吧?"彼得·阿尔达莫诺夫嘟哝着说,但是耶可夫在父亲的模糊的眼睛里,看出了愉快的火星,老人看着女婿和侄儿口角感到愉快。在听见达姬央娜惹恼的尖叫的时候,他暗笑一声,在母亲畏葸地请问着"达姬央娜,给我再斟一杯……"的时候,他又暗笑了一声。

新的一切是恐慌的,似乎是忽然和前面没有联系而跳跃出来的。忽然,眼睛全瞎的婶母奥洛瓦着了凉,过了两昼夜就死了,她死后过了几天,一个消息像雷响般震聋了城市和工厂:皇上逊位了。

"现在怎么样?是不是共和国?"耶可夫问快乐得将鼻子插进报纸里去的兄弟。

"自然是共和国!"米郎回答,俯身桌上,手掌支住布展开来的报纸。纸被拉得紧紧的,忽然撕裂了。耶可夫觉得这是恶兆。米郎挺起腰来,他的脸是不寻常的,他用不是他本有的声音,嚷闹地却和蔼地说:

"俄罗斯开始了恢复,更新。你瞧着吧,弟弟!"

他挥着手,似乎打算拥抱耶可夫,但是一只手立刻垂了下来,另一只手仍旧在外面伸着,一会儿举了起来,扶正了眼镜,重又伸出手来,像红绿灯闸,宣布说他明天晚上就要到莫斯科去。

米卡也是挥着手,像冻僵的马车夫,喊道:

"现在一切都将进行顺利。现在人民将说出自己的强有力的话语,早就在他们的心灵里成熟的话语!"

米郎不再和他辩论,凝虑地微笑,舔着嘴唇。米卡看出来真是这样的:一切进行顺利,大家都喜欢。米卡在台阶上对聚在院里的工人们讲述彼得堡的情形,工人们呼喊万岁,后来抓住米卡的手脚,开始把他向空中抛掷。米卡缩成一团,像一个大球,大家也去抛掷米郎,但是他好像在空中破裂了,好像他的手和脚全脱离开来了。一群老工人包围米

卡,一个身材高大、血筋暴出的织工格拉西姆·伏意诺夫朝他的脸上呼喊:

"米脱里·伯夫洛夫,你是合适的,合适的,明白吗?伙计们——喊他的万岁!"

大家喊着万岁。伙夫瓦喜卡,秃光的脑盖照耀得雪亮,一面跳舞,一面像酒鬼似的喊嚷:

"离开皇上的宝座,

人们坐得很远!

走近拢来看一看,

乌鸦在宝座上!"

"来呀,瓦喜卡!"大家鼓励他。

有人也想抛掷耶可夫,但是他逃走了,藏在家里,深信工人们把他往上抛扬——决不会再用手接住的,那么他将摔死在地面上。晚上,坐在账房间里,他听见院内窗下奇虹的声音。

"为什么你把小狗取去?你卖给我吧。我会使它成为一只好狗。"

"喂,老头儿,难道现在是养狗的时候吗?"扎哈尔·莫洛作夫回答。

"那么你做什么事?你就卖了吧,拿一个卢布去,好不好?"

"去你的。"

耶可夫从窗内看望,说道:

"皇上呢,奇虹?"

"是的。"老人应声说,向房屋的角上看了一眼,轻声吹啸。

"皇上被推翻了!"

奇虹俯身拉直靴筒,朝地上说:

"热闹的演出来了。安东的话很对:马车丧失了轮儿!……"

他挺直身子,走到屋角后面呼喊,声音不大:

"图龙,图龙……"

快乐的数星期在喊嚷中像环圈戏一般走动着。米郎、达姬央娜、医生,还有其他的人们全都互相和蔼了一点,从城里来了些不相识的人,把铜匠米娜也夫带走了。后来春天来了,阳光的、热的春天。

"你听着,咸人儿,"鲍里娜说,"我到底不明白这是怎么回事?皇上逊位了,兵士们全被杀死,弄成残废,警察也解散了,一些文官指挥了起来,那么现在怎么样生活呢?随便什么鬼想怎么做,就怎么做,自然芮铁意金是不会给我舒服的。他,还有别的人,凡是对我追求,被我拒绝的。我不愿意,在现在这大家平等的时候,也不能住在这里,我应该住在无人知道我的地方。还有,既然革命和自由成功了,那么就为了每人能照自己的意思来生活!"

鲍里娜越说越坚决,越说越多,耶可夫感到她的话有点无从辩驳,便安慰她说:

"你等一等,等到大家清醒些的时候,再……"

然而他已不信周围的骚乱会安静下去的,他看见工厂里的喧闹声一天天地沸煮得浓厚些,显得可怕起来。习惯于惧怕的人永远找得到发生恐怖的理由,扎哈尔·莫洛作夫的炸焦的脑瓜使耶可夫害怕。扎哈尔走来走去,像一个小皇帝,工人跟随他,像群羊跟着看家狗。米卡像养熟的喜鹊一般在他周围飞绕。莫洛作夫确乎很像一只学会用后腿走路的大狗。他头上炸烧的皮肤大概时常破裂,他有时用米卡送给他的、达姬央娜洗浴用的毛巾包扎脑袋,像回教徒的头帕。庞大的头压住扎哈尔,身材显得矮些。他走起路来,神气活现,像肥胖的副警区长埃开,大手指插入破碎的兵士大氅的腰带里面,别的手指摇晃着,像鱼摇晃鳍,喊道:

"同志们——守秩序!"

他审判三个年轻小伙子偷窃布匹的罪。他大声询问,整个院子全都听见了:

"你明白不明白偷了谁的东西?"

他自己回答道：

"你偷自己，偷我们大家！难道现在可以偷东西吗，你们这些混账孩子？"

他吩咐鞭打窃贼，两个工人愉快地用干柳枝抽打他们。伙夫瓦喜卡疯狂地一面唱，一面跳：

"现在是这样殴打昆虫！

正直的裁判官是如此的……"

伙夫唱脱了腔，喃语着什么话，摇摆双手，忽然喊道：

"上帝，救吾人！"

米卡喊道：

"好呀！好呀！"

米卡穿着灰色裤子，皮帽推在后脑上，汗水在栗色的脸上发光，眼睛里闪耀薄醉的、绿油油的快乐。昨天夜里他和妻子大吵一顿。耶可夫听见从他们的屋窗飞到花园里来的，起初是洪响的微语，以后是达姬央娜按捺不住的呼喊：

"你是丑角！你是不诚实的人！你的信仰呢？乞丐是没有信仰的！胡说！一个月以前你这些信仰……够了！明天我就进城，到姊姊家去……孩子们也跟着我……"

这并不使耶可夫惊讶，他早就看见这个栗色的米卡成为最可憎的人物，但是耶可夫惊奇的，甚至有点引为骄傲的是他首先看出了这栗色的人的靠不住。现在连母亲，不久以前还爱米卡，像她爱雄鸡似的，居然抱怨说道：

"他怎么竟成为这样反复的人，像犹太人一样？你去养他吧……"

米卡喊：

"一切都好！生活是美女，聪明的女人！至于说狼和羊可以在一处和平生活的老调，那是应该忘却的了，达姬央娜·彼得洛夫娜！这老调已经唱迟了！"

米郎恶狠而且严肃地问他：

"明天你要怎么说法？"

"看生活如何暗示！是的！嗯，还有什么？"

妻子和米郎在米卡身旁很谨慎地走路，好像他身上被煤灰弄得很脏似的。过了几天，米卡搬进城去，拿走了自己的财产：三包书，一箱衣裳。

耶可夫到处看到一种无意义的、火灾似的忙乱样子，一切人身上冒着一股显然的愚蠢的烟，没有苗头看出这种疯狂的日子将完结。

"嗯，"他对鲍里娜说，"我决定走了！先到莫斯科，以后再说……"

"早该如此呀！"女人高兴了，拥抱着吻他。

七月的夜晚里，薄红的朦胧弥漫了花园，雨水浸湿，阳光煦燠的土地的浓味吹进窗里来，让人既觉得舒适又感到悲哀。

耶可夫把鲍里娜潮润、烫热的手从头上摘下，忧郁地说：

"胸脯遮一下……最好——穿上衣服！有正经话说。"

她从他的膝上跳到地上，跳了两跳，跑到床边，裹上睡服，一本正经地和他并肩坐下。

"你看，"耶可夫说，手掌把胡须在脸颊上摩擦得须根吱吱地作响，"应该想一想，找一个地方，一个安静的国家。在那里用不着去了解，也不用思想别人家的事情。"

"自然喽。"鲍里娜说。

"应该做得谨慎。米郎说，火车塞满逃跑的兵士。应该装得穷点……"

"不过你要多拿些钱。"

"那自然喽。我离开这里，不让我家里的人知道到哪里去。我就说是到伏尔哥洛特去，明白吗？"

"为什么隐瞒呢？"鲍里娜奇怪，而且不信任地问。

他不知道为什么，他刚刚产生了这个念头，但是他感到这是很好的念头。

"你知道——父亲、米郎那一套盘问……这全是用不着的。钱在莫斯科放着。我可以取得很多的钱,好多的钱……"

"不过要快些才好!"鲍里娜请求,"你看,这样生活下去是不成的。一切都贵,而且什么也没有。一定要开始抢劫,因为——叫人家怎样生活下去呢?"

她朝门外环顾,微语道:

"厨妇本来是很好的,现在都鲁莽了起来,好像时常喝酒。她会乘我睡熟时把我砍死。一切都这样的乱,为什么不会把我砍死呢?昨天我听见她同一个人耳语。我的天呀!我心想,这一下子来了!我轻轻儿开门,她跪在那里喃喃地说话!真可怕!"

"你等一等,"耶可夫止住她的惊慌的微语的急流,"我先走……"

"不,"她大声说,拳头叩击膝盖,"我先走!你给我钱,并且……"

"你不相信我吗?"男子生气而且感到侮辱似的问,取得了下面坚定地说出的回答:

"我不相信。我是老实的。在现在这种时候,大家对皇上叛变,而且互相叛变的时候,还能相信人吗?你相信谁?"

她坚决地说话,藏在打开的睡衣褶缝里的胸脯更加坚决地说话。耶可夫对她让步。当下决定,她明天就收拾行装,到伏尔哥洛特去等他。

第二天早上,耶可夫开始诉说自己肚痛、头痛,这是很可信的。近数月来他瘦得厉害,身体松软,精神散漫,彩虹般的眼睛显得黯淡。八天后,他在从城里到车站去的大道上走着。他的车子在崎岖难行的路边慢慢地行走,大路上石块全掘了出来,现露在深坑里,坑里驼峰般鼓起,并且画着裂缝的烂泥晒得干瘪了。在他的后面遗留下同样的破碎的、翻得凌乱的生活,但是在前面,死沉沉的太阳从烟雾中央柔软的坑里穿了出来。

一个月以后,米郎从莫斯科回来,低头审看自己的手掌,对达姬央娜说：

"我应该通知你一点悲惨的消息：那个和耶可夫姘识的下贱的女人到莫斯科来见我，说有一帮人，唔，现在还有什么好人呢？把耶可夫揍了一顿，扔出火车窗外去了……"

"不能的！"达姬央娜喊，想从椅上站起来。

"在火车开行的时候。过了两昼夜他死了，她把他埋葬在彼图司卡站附近的乡村坟墓场上面。"

达姬央娜默默地将手帕按在腿上，她的尖尖的肩膀抖索着，黑衣好像从肩上溜下来，似乎这长颈的瘦女人将溶化了似的。

米郎扶了一下眼镜，手指轧得脆响，摩擦着手，倾听孤独的钟声，教堂唤晚祷的钟响，随后在屋内踱步，说道：

"哭做什么？我们私下说，他本是一个完全无益的人，而且愚蠢得不体面。对不住！自然是很可惜。是的。"

"我的天呀！"达姬央娜说，闪着通红的眼珠，在手指上黏了些唾沫，抹平眉毛。

"那个活泼的女郎，"米郎说，手伸入袋里，"很笨拙地装作悲哀的寡妇，但是穿得十分阔绰，显然，她把耶可夫的钱全拿去了。她说她曾写信到这里来的。"

达姬央娜否定地摇头。

"没有吗？我就猜到的。我以为不必对父母提起这件事情，让他们心想耶可夫还活在世上。对不对？"

"是的，这样好些。"达姬央娜同意。

"大概伯父已经什么也不懂，伯母是会哭得要死的……"

达姬央娜摇头说：

"不久我们大家全要完了。"

"再留在这里，也许会的。但是我立刻要打发妻子和儿女们离开这里。我劝你也走，不要等扎哈尔·莫洛作夫……好了！我们不必对老人们说什么。对不住,我要回家去,妻子不舒服……"

他伸出长手握妹妹的手,一面走,一面说:

"现在出门是困难得厉害,铁路上秩序坏极了!"

彼得·阿尔达莫诺夫生活在半睡半醒的状态里,慢慢地沉进越睡越深的梦中。黑夜,他躺在床上,其余的时间坐在窗前的安乐椅上。窗外是蔚蓝的空虚,有时云涂抹着它;镜内映出一个肥胖的老人,鼓得肿肿的脸,四处浮泅的眼睛,断块的、灰色的胡须。彼得望着自己的脸,心想:

"蚊虫真好。"

妻子进来了,俯身摇着他,呜咽着说:

"应该离开这里,应该治病……"

"你走吧,"彼得懒洋洋地说,"你走吧。讨厌死了。让我安静一下。"

于是彼得独自留在那里,倾听院内、园中和各处的人们过节似的喧哗着。但是工厂沉默起来了。

习惯了的谈话者、那个被骗的人扎着思想的小针使彼得活泼的人消灭了,死了。而且来得正好,老人已难以思想,不愿思想,他也早就明白思想无用,因为是没有法子了解。大家都消逝到何处去了:耶可夫、达姬央娜、女婿?

有时他问妻子:

"伊里亚——回来了吗?"

"没有。"

"还没有吗?"

"没有。"

"耶可夫呢?"

"耶可夫也没有。"

"是的。他们游逛着。事业被米郎吸吮光了。"

"你不要想这些事。"娜泰里亚劝他。

"你去吧!"

她到角落里坐着,黯淡的眼光望着这过去的人,同他过了一辈子的人。她的头摇曳,手挪动得不正确,像脱去骨节似的。她瘦了,像蜡烛般浮散了。

家里偶然有一种莫名其妙的忙乱的情形,但是日见增加地使彼得惊醒。来了一些陌生的人,他审看他们,努力了解他们的喧闹的谵语,听着妻子的哭声:

"上帝,这是怎么回事?为了什么?这里是主人,我们是主人!让我带他去,他需要治病,他应该到城里去!是的,让我把他带走吧……"

"她想藏起来。但是有什么可藏的?"彼得忖度着,"傻瓜,做了一辈子的傻瓜。耶可夫像她,就是这样的。伊里亚像我,他回来后,会整顿一下的……"

下雨,飘雪,霜冻轧响着。风雪怒吼,呼啸。

一种尖锐的饥饿的感觉把彼得从半醒半睡的状态中摇醒了。他看见自己在花园凉亭里;从凉亭的玻璃窗里,潮湿的树枝中间,透露红红的、近得奇怪的天,好像就挂在树后,可以用手触到它。

"我想吃。"彼得说,没有人回答他。

园中充满了发蓝色的、潮润的烟雾;两匹马,一匹灰色,另一匹黑色,站在凉亭前面,脑袋互相碰撞;旁边木椅上坐着一个穿白衬衫的人,解开一大捆绳子。

"娜泰里亚,你听见没有?给我点东西吃……"

以前,他从浑忘中醒来,呼唤妻子的时候,她立刻进来,她永远在附近什么地方,但是今天却没有她。

他举起头来,澡堂门前树棵中间有什么东西闪耀着,以后才发现那是在树棵里分辨不出的穿绿色军服的兵士背后扛着的带刺刀的步枪。院里有人喊：

"你们怎么啦，同志们，是闹玩笑吗？马可以这样放的吗？连猪也不能这样放着！为什么干草不收拾起来，弄得这么湿？你想关在澡堂里吗？"

穿白衬衫的人把绳索从膝上扔到地上，站起身来，朝兵士的方面低声说：

"天下落下了头目，鬼捉他去！"

"指挥官比以前多了。"兵士回答。

"谁派这些小鬼的？"

"自己派自己。现在，一切都自然而然弄妥了，像老太婆的故事里一般。"

那人走到马前，抓住马鬃。彼得喊得响些：

"喂，叫我妻子来！"

"住嘴，老头儿，"人家回答他，"你这家伙，还想要妻子……"

马走了，彼得举手摸脸和胡须角，冰凉的手指摸索耳朵，四面望了一下。他躺在凉亭的进深的、没有安放玻璃的墙旁，就在苹果树底下，树上的红苹果像山梨般一串串地下垂着，躺着很硬。他盖着一件穿旧的狐皮大衣，身穿冬天的厚短褂，但是并不觉得热。无从了解——为什么他在这里？也许家中施行节日前的修理？什么节期？马在花园里，兵在澡堂旁边，是什么意思？又有人在院里大喊：

"同志，你真是讲不明白的小孩！什么？人累乏了？累乏还早呢！不许做傻子……"

在远处喊，但是喊声使人震聩，引起头里的响声。脚好像也没有了，膝盖以上的腿部不能动弹。墙上的苹果树是油漆匠温卡·路金——一个小偷画的；他后来到教堂里去行窃，坐在监狱内死了。

有一个人，宽阔的身材，戴假皮帽，走进凉亭；他带进了寒冷的影儿和胶油的浓味。

"你是奇虹吗?"

"不是他是谁……"

奇虹的嘟哝似的回答也使他震聩。老看门人摆着手,好像在吱吱作响的地板上面浮泅着。

"谁在喊?"

"扎哈尔·莫洛作夫。"

"士兵是怎么回事?"

"战争呀。"

停顿了一会,彼得问:

"敌人竟到这里来了吗?"

"这是反对你的战争,彼得……"

主人严声问:

"你这老傻子,别开玩笑,我和你不是朋友!"

他听见安静的回答:

"最后的战争,再也不会有的了。现在大家全是朋友。对于傻瓜,我确是老的。"

显然奇虹在取笑他。他无礼貌地坐在主人脚下,不脱帽子。院内有人用破碎的嘎声下命令:

"八点钟以后街上不许有人行走!"

"我妻子在哪儿?"彼得问。

"去寻觅面包。"

"怎么——寻觅吗?"

"不寻又待怎样?面包不是砖头,不会在地上横躺的。"

园中的阴影愈加浓厚,发蓝。一个兵士在澡堂附近打哈欠,叫了一声,他完全看不见,唯有枪刺闪耀着,像水里的鱼。想问奇虹许多事情,但是彼得沉默着。奇虹的话终归是弄不明白的,而且问题似乎在跳跃着,紊乱着,无从了解哪一个问题比较重要一点。真想吃点东西。

奇虹唠唠叨叨地说：

"傻瓜，却比别人先明白了真理。一切都翻了转来。我说过，大家受罪！现在来了，像用一块烂布把灰尘全扫去了，像木屑似的被擦去了，是的。鬼推磨，人帮忙。为什么如此呢？作孽，作孽，作了无数的孽，我全都看见的。什么时候完结呢？现在完了。这一切像铅片似的铸成了。……马车丧失了轮儿……"

"发谵语呢。"彼得心想，但还是问道：

"为什么我在这里？"

"把你赶出来了。"

"是米郎吗？"

"全都被赶走了。"

"但是……耶可夫呢？"

"他早就不在人世了。"

"伊里亚在哪儿？"

"听说同这班人在一起。也许因为他，你才活到现在，否则……"

"发谵语呢，"彼得确信地决定，就不说话了，心想，"老头儿发了疯。真是料得到的。"

黯淡的细星撒播在天空中，以前好像没有这些星。没有这么多。

奇虹拿起帽子，在手里压紧着，重又唠叨了：

"你们那些狡猾的愚蠢事情呕吐了出来。乞丐们轻松些。"

忽然奇虹用另一种声音问道：

"那个小孩，办事员的儿子还记得吗？"

"嗯，怎么样？"

彼得不能明白：这个出人意料的问题使他害怕呢？或使他惊讶？但是他立刻明白了，在奇虹一说出下面的话的时候：

"你杀死了他，像扎哈尔杀死那只小狗一样。你杀死他，有什么用意？"

彼得开始明白：奇虹到底告发他，所以他这病人被捕了。但这不使他十分害怕，使他恼怒的却还是那非人性的愚蠢。他支住手肘，欠起身来，带着针刺和嘲笑说话，感到舌尖上的苦味和口内的干燥：

"但这是胡说！每一件行为是有期限、时效的！你把所有期限全错过了。是的！你发了疯。忘记你自己看见，当时自己说的……"

"我说什么？"老人打断他的话，"我自然没有看见，但是我明白的！我说话，是为了看一看：你到底有什么办法？我说了谎话，但是你很高兴，就抓住了这谎话。我瞧着——瞧着，等着，等着……你们全是一样的。奥莱士卡教自己的丈人，那个醉鬼，放火焚烧巴尔司基的酒店，你的父亲猜到了这层，设法使人家把这醉鬼打死。尼基大·伊里奇知道这事，他也是凭着自己的智慧想到的。他本可沉默不说，但是他为了恨你的缘故，对我说了。我说，你是僧士，你应该忘掉这一切，让我来记住吧。你们用种种事情吓唬他。你们赶他上吊绳，以后又赶进修道院：你就替我们祈祷吧！但是他怕替你们祷告，不敢！因此就丧失了上帝……"

奇虹显然可以说到这些日子的尽头为止。他轻声、忧郁地说话，似乎并没有含恶意。在深晚中浓厚、热辣的黑暗里，他差不多是看不见的。他的竖毛似的话语，像蟑螂在夜间的蟋蟀声，并不使彼得惧怕，却压着重量，使他惊讶到声哑的地步。他更加相信这个莫名其妙的人发了疯。但看他长长地叹气，像从肩上卸去了重负，继续单调地开掘过去的、无用的东西：

"你们，阿尔达莫诺夫一家人也使我失了信仰。为了你们，尼基大也把我推到迷途上面，使我不信上帝……你们没有上帝，也没有鬼。家里所供的神像是为了欺骗人家。你们有什么？没有法子明白，好像也有点什么。你们是靠着欺骗生活的。现在全都明白了：把你们的衣裳脱去了……"

彼得艰难地移动躯体，异常沉重的脚扔到地板上，但脚跟的皮肤感觉不出地板。他觉得腿脱离了他,他的身子悬在空中。这使他惧怕,他两手抓住奇虹的肩膀。

"往哪里去?"看门人问,粗鲁地摔脱他的手,"不许动。你没有力气,捏不死人的。你的父亲真有力气,为夸大口丧了性命。你们使我丧失了信仰。我不知道现在我怎样死法,看你们看出事来了。"

彼得更想吃东西,腿也使他惧怕。

"难道我要死了吗?我还没有到七十五岁。上帝……"

他重又试一试躺下来,但是没有力气抬腿。他就吩咐奇虹:

"帮帮忙,抬一抬腿!"

奇虹把前主人的死腿放在长椅上,吐了一口痰,重又坐下,手触进帽子里去,他的手里有什么东西发亮。

彼得仔细看:原来是针,奇虹在黑暗里缝帽子,由这里证实他的疯狂。灰色的夜蛾在他头上闪来闪去。三道黄光在花园里空中伸出来,一个人声远远地,却亲切地说:

"对于我们,向后转是没有的,也不会有的。"

奇虹把这声音遮掩下去:

"你的父亲也是这样。他把我的兄弟杀死了。"

"胡说,"彼得不由自己地说,但是立刻问,"在什么时候?"

"就在那时候……"

"你尽胡说些什么,疯子!"彼得忽然生气,同时感到饥饿吮吸他,使他全身发干,"你需要什么?你是我的良心,我的裁判官吗?为什么你沉默了三十多年?"

"我就是沉默着。那就是思想着!"

"积蓄着恶恨,是不是?……好了,你去向警察告发吧。"

"警察——没有了。"

"你就说——他给了一辈子的吃喝,现在裁判他吧!你一定已经告发过了!还要什么?压迫我,吓唬我,要钱,是不是?"

"你没有钱了。你什么也没有。以前也没有。我才不去找裁判官呢。我自己就是裁判官。"

"那么你威吓我做什么,发谵语的人?"

但是奇虹好像没有威吓,彼得模糊地感到这层。奇虹喃语道:

"一切都完了。你们为什么把我的兄弟杀死了?"

"对于兄弟的事情你是造出来的!"

两个老人开始说得快些,互相打插。

"我撒谎吗?我当时同他在一块儿……"

"同谁?"

"同我的兄弟。你父亲弄死他的时候,我跑走了。你父亲流的是他的血。为什么要流血呢?"

"你迟了……"

"现在推翻了你们,你是受不到保护的了,而我还和以前一样站在旁边……"

"发疯了……"

彼得感到以前的浚河工人把他逼到角落里,赶进坑里,里面一切分不清楚,无从了解而且可怕。他坚决地说:

"你迟了。你胡说,你并没有兄弟,像你这样的人是什么也没有的……"

"良心是有的。"

"就是你把我的儿子,伊里亚推到迷途上去!"

"是你们,阿尔达莫诺夫一家人推我到迷途上面,尼基大·伊里奇刺激了我!"

"但是他说是你把他……"

"我许多次想杀死你的父亲。我几乎用铲子朝他的头上砍去……你们很狡猾……"

"你自己……"

"蓄养了赛拉菲姆。他也把我弄得糊涂:既不欺负人,自己却过着不合理的生活。这是怎么回事?到处是狡诈……"

"谁走路?往哪儿去?"黑暗里生气地大声喊着,"对你们说过,八点钟以后不许走路。"

奇虹站起来,走近门前,掉入黑暗里去了。彼得被心神骚扰,饥饿与疲劳压迫着,看见有宽阔的、黑的东西穿过三道黄光,在园内闪过。他闭眼,等待着现在就有点完全可怕的事发生。

"你取到了吗?"奇虹问什么人。

"你瞧,就这么一点。"

这是妻子的声音。她到哪里去了?为什么把他同这老头子放在一起?

彼得张开眼睛,支着手肘,微抬身子,朝门外两个黑身影掩着的地方望去。突然他忆起他一辈思想着,是谁对不起他,是谁的错处,使他的生活弄得这样乱七八糟,充满欺骗。现在这一切明白了。

妻子走到他身边,俯身细语:

"谢天谢地,现在你……"

"奇虹,你瞧,这一切是谁的错处。"彼得坚决地说,轻松地叹气,"她贪心,她唆使我的,是的!"

他胜利似的喊:

"尼基大弟弟就为了她倒霉的。你自己知道,是的……"

彼得喘不过气来,奇怪的是看见妻子并不生气,也不害怕,不哭。她用抖索的手摸他的头发,惊慌却和蔼地微语:

"轻些,别嚷,这里人全是很恶的……"

"给我吃点东西……"

妻子把一条黄瓜和沉重的一块面包塞到他手里,面包像一团湿面似的黏在手指上面。

彼得惊讶了:

"这是什么？给我吃？这么一点？"

"轻声些，为了基督的分上，"娜泰里亚微语，"一点东西也没有！兵士们也是这样……"

"你这是给我的——为了一切？为了整个的恐惧，为了整个的生活？"

他用手称量面包，喃语着，猜出已经发生了一件难以忍受、可耻辱到死的事情，在这事情里，连她，娜泰里亚也没有错处的。

他把面包扔到门前，沉重而且坚决地说：

"我不要吃。"

奇虹拾起面包，嘟哝了一声，用嘴吹了吹，娜泰里亚重又把一块面包塞到丈夫手里，微语着：

"你吃吧，吃吧，别生气……"

彼得推开她的手，紧闭眼睛，带着疯狂的愤怒从牙缝里反复道：

"我不要吃。走开。"

"俄苏文学经典译著·长篇小说"书目

沙宁　　　［苏联］阿尔志跋绥夫 著／郑振铎 译
罗亭　　　［俄国］屠格涅夫 著／陆蠡 译
少年　　　［俄国］陀思妥耶夫斯基 著／耿济之 译
死屋手记　　［俄国］陀思妥耶夫斯基 著／耿济之 译
罪与罚　　　［俄国］陀思妥耶夫斯基 著／汪炳琨 译
卡拉马佐夫兄弟　　［俄国］陀思妥耶夫斯基 著／耿济之 译
白痴　　　［俄国］陀思妥耶夫斯基 著／耿济之 译
铁流　　　［苏联］绥拉菲莫维奇 著／曹靖华 译
父与子　　［俄国］屠格涅夫 著／耿济之 译
处女地　　［俄国］屠格涅夫 著／巴金 译
前夜　　　［俄国］屠格涅夫 著／丽尼 译
虹　　　　［苏联］瓦西列夫斯卡娅 著／曹靖华 译
保卫察里津　　［俄国］阿·托尔斯泰 著／曹靖华 译
静静的顿河　　［苏联］肖洛霍夫 著／金人 译
死魂灵　　［俄国］果戈里 著／鲁迅 译
城与年　　［苏联］斐定 著／曹靖华 译
钢铁是怎样炼成的　　［苏联］奥斯特洛夫斯基 著／梅益 译
诸神复活　　［俄国］梅勒什可夫斯基 著／郑超麟 译
战争与和平　　［俄国］列夫·托尔斯泰 著／郭沫若　高植 译
人民是不朽的　　［苏联］格罗斯曼 著／茅盾 译
孤独　　　［苏联］维尔塔 著／冯夷 译
爱的分野　　［苏联］罗曼诺夫 著／蒋光慈　陈情 译

地下室手记	［俄国］陀思妥耶夫斯基 著 / 洪灵菲 译
赌徒	［俄国］陀思妥耶夫斯基 著 / 洪灵菲 译
盗用公款的人们	［苏联］卡泰耶夫 著 / 小莹 译
在人间	［苏联］高尔基 著 / 王季愚 译
我的大学	［苏联］高尔基 著 / 杜畏之 萼心 译
赤恋	［苏联］柯伦泰 著 / 温生民 译
夏伯阳	［苏联］富曼诺夫 著 / 郭定一 译
被开垦的处女地	［苏联］肖洛霍夫 著 / 立波 译
大学生私生活	［苏联］顾米列夫斯基 著 / 周起应 立波 译
叶甫盖尼·奥涅金	［俄国］普希金 著 / 吕荧 译
盲乐师	［俄国］柯罗连科 著 / 张亚权 译
家事	［苏联］高尔基 著 / 耿济之 译
我的童年	［苏联］高尔基 著 / 姚蓬子 译
贵族之家	［俄国］屠格涅夫 著 / 丽尼 译
毁灭	［苏联］法捷耶夫 著 / 鲁迅 译
十月	［苏联］A. 雅各武莱夫 著 / 鲁迅 译
安娜·卡列尼娜	［俄国］列夫·托尔斯泰 著 / 周笕 罗稷南 译
克里·萨木金的一生	［苏联］高尔基 著 / 罗稷南 译
对马	［苏联］普里波伊 著 / 梅益 译
暴风雨所诞生的	［苏联］奥斯特洛夫斯基 著 / 王语今 孙广英 译
猎人日记	［俄国］屠格涅夫 著 / 耿济之 译
上尉的女儿	［俄国］普希金 著 / 孙用 译
被侮辱与损害的	［俄国］陀思妥耶夫斯基 著 / 李霁野 译
复活	［俄国］列夫·托尔斯泰 著 / 高植 译
幼年·少年·青年	［俄国］列夫·托尔斯泰 著 / 高植 译
烟	［俄国］屠格涅夫 著 / 陆蠡 译
母亲	［苏联］高尔基 著 / 沈端先 译